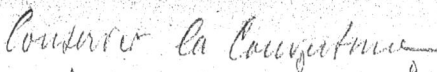

MÉMOIRES DE JEUNESSE

de

Benjamin

CANASSON

NOTAIRE

par

EDGAR MONTEIL

OUVRAGE AUGMENTÉ DE LA MUSIQUE INÉDITE DE

Ch. L. Hess

ET ORNÉ DE **CENT** GRAVURES EN NOIR ET EN COULEURS

D'après les Dessins de

Paul de SÉMANT

PARIS

Librairie Furne

Société d'Édition et de Librairie

5, RUE PALATINE, 5

Tous droits réservés

MÉMOIRES DE JEUNESSE

DE

BENJAMIN CANASSON

NOTAIRE

OUVRAGES D'EDGAR MONTEIL

ADOPTÉS PAR

LE CONSEIL-MUNICIPAL DE PARIS ET LE MINISTÈRE DE L'INSTRUCTION-PUBLIQUE

Histoire du Célèbre Pépé, orné de 100 dessins par PILLE.

L'Entreprise de dix lycéens à travers la Russie et la Chine, orné de 30 dessins par VAUZANGES et DROGUE.

Le Roi Boubou, orné de 50 dessins par MÉS.

Histoire de pauvre Louise, orné de 60 dessins par VAUZANGES.

Les Trois du Midi, orné de 100 dessins par ROBIDA.

François-François, orné de 100 dessins par LŒVY.

Jean-le-Conquérant, orné de 100 dessins par MONTÉGUT.

La Petite institutrice, orné de 10 dessins par TAUZIN.

EN PRÉPARATION :

Jeanne-la-Patrie.

La Paix pour la vie.

Les Demoiselles du Château.

M. l'Ambassadeur de Chine.

TYPOGRAPHIE FIRMIN-DIDOT ET Cie. — MESNIL (EURE).

EDGAR MONTEIL

MÉMOIRES DE JEUNESSE

DE

BENJAMIN CANASSON

NOTAIRE

OUVRAGE AUGMENTÉ DE LA MUSIQUE INÉDITE DE

CH. L. HESS

★

ORNÉ DE CENT GRAVURES EN NOIR ET EN COULEUR

d'après les dessins de

PAUL DE SÉMANT

PARIS

LIBRAIRIE FURNE

JOUVET & Cᴵᴱ, ÉDITEURS

5, RUE PALATINE, 5

A

Mon Ami de Jeunesse

Ernest VALLÉ

et à Madame VALLÉ

POUR LEUR FILLE

MADELEINE

ma petite amie, qui passera quelques bonnes heures, je l'espère, à lire cette histoire de garçons.

EDGAR *MONTEIL*

MÉMOIRES DE JEUNESSE

DE

BENJAMIN CANASSON

NOTAIRE

~~~~~~

CHAPITRE PREMIER

DE MA FAMILLE ET DE MA NAISSANCE

IENNE, capitale située sur le Danube? Ah! non; c'est la Vienne des Allemands et ce n'est pas la mienne : Celle-là, c'est la *Vindobona;* ma Vienne, à moi, est la *Vienna Allobrogum;* c'est aussi une capitale, celle des Allobroges, et elle est située sur le Rhône qui, pour les cœurs français, est de beaucoup supérieur au Danube et non moins bleu.

C'est à Vienne que je suis né, c'est tout dire.

Cependant, ni mon père ni ma mère ne naquirent à Vienne. Ils étaient venus s'implanter au sein des Allobroges comme une simple colonie romaine, se sentant chez eux partout où le Rhône coule, car ils étaient de Marseille (Bouches-du-Rhône) et ils en conservaient pieusement l'accent ainsi que l'amour de l'ail, de la bouillabaisse et de la brandade.

Mon père avait même importé à Vienne la suprême manière de triturer la morue dans de la bonne huile d'olive.

— Les Viennois, disait-il communément, étaient tellement primitifs avant mon arrivée dans leur ville qu'ils ne mangeaient que le gratin, c'est-à-dire une espèce de plat rudimentaire, cuit au four, que l'on compose avec des

pommes-de-terre et du lait. Je ne pus leur apprendre ce que c'était que la bouillabaisse parce que la mer dédaigne de remonter jusqu'ici et qu'ils n'ont que
du mauvais poisson d'eau douce, quoique ce soit cependant le poisson du
Rhône qui est de beaucoup supérieur aux poissons de tous les autres fleuves
de l'Univers ; mais je leur fis goûter la brandade, et j'eus l'honneur d'ac-
coutumer à apprécier   l'huile d'olive des populations qui
n'avaient jamais connu   que l'huile de
noix.   Mais comment
mon père, Marseillais,
vint-il se fixer à
Vienne ?

Voici de quelle
façon cette chose
arriva :

Mon grand-
père tenait la
poste de Marseil-
le à Draguignan.
Il eut de son mariage onze
enfants dont mon père se
trouva le petit dernier.
Chacun de ces enfants de-
vant gagner sa vie, mon grand-père, Aris-
tide Canasson, les plaça à droite et à gauche, gardant l'aîné pour lui succéder
et le plus jeune pour l'aider en attendant qu'il eût un métier.

Mon père conduisait donc la diligence lorsqu'il apprit qu'un de nos cousins, depuis longtemps établi à Vienne, dans le département de l'Isère, venait
de décéder. Ce cousin, un très brave homme, laissait sa fortune à mon père,
soit une quarantaine de mille francs, plus son commerce, mais à condition que
mon père irait habiter Vienne et continuerait son épicerie.

Mon père ne réfléchit pas. Il accepta l'héritage et en endossa les conditions avec autant de facilité que la limousine dont il se couvrait durant l'hiver. Il était conducteur et il s'agissait de devenir épicier : Il serait épicier. Nous autres, dans le Midi, nous ne connaissons ni les hésitations, ni les difficultés.

Seulement, avant que de partir pour Vienne, mon père voulut se marier. Le Midi est le pays des décisions viriles.

Il se maria avec Mlle Bécopoulos.

Et l'on vit, un beau jour, arriver à Vienne en Dauphiné, une malle en poil de porc, dix-sept paquets, deux paniers, et M. et Mme Napoléon Canasson.

Il faut vous peindre une femme très grande, large, renversée en arrière, superbe, portant sa tête comme le Saint-Sacrement : Une cathédrale avec un clocher en tête de Vierge; et à côté d'elle un homme petit, maigre, nerveux, noir comme une taupe, dont les longs cheveux bouclés et ébouriffés rapetissaient encore la tête et la taille. Le mari, à côté de son épouse, ne paraissait rien du tout, une sauterelle auprès d'un éléphant; aussi, ce qu'il était fier de sa femme, ce qu'il se redressait, ce qu'il se pavanait, c'est ce que tout le monde comprendra et c'est ce que les Viennois remarquèrent du premier coup-d'œil.

Mon père et ma mère n'avaient pas fait dix pas dans Vienne, suivis des commissionnaires portant leur bagage, qu'on s'écriait :

— Quels sont donc ces deux voyageurs?

Et Mme Napoléon Canasson, de son petit nom Nestorine, ne se planta pas sur le seuil de sa boutique qu'on ne l'appela plus que la « Belle-Épicière ».

« La Belle-Épicière ! » Elle conserva cette dénomination sa vie entière, et ce fut la mode d'aller voir la Belle-Épicière comme un objet de curiosité, de passer et de repasser devant sa boutique.

Cette boutique était située en face de la Halle. Elle avait bonne apparence et mon père la fit remettre à neuf entièrement. Mon père se montra fort affairé car il entreprenait un métier dont il ne savait pas le premier pruneau; mais grâce à un vieux commis depuis longtemps chez le cousin, commis qui se trouvait au courant des achats autant que du débit et de la clientèle, il devint en peu de temps le modèle des épiciers.

Pénétré de ce principe : Qu'il faut vendre beaucoup et perdre sur chaque article pour se rattraper sur la quantité, mon père sut achalander sa boutique au détriment des autres épiciers, et il était déjà bien dans ses affaires lorsque je vis la lumière.

Mon père m'a souvent répété que le jour de ma naissance fut le plus beau de sa vie. Avec moi, il avait « son aîné », et pour nous autres, gens du Midi, il y a toujours un enfant préféré, c'est le premier, et on ne manque pas de lui donner la part disponible au détriment de ses frères et sœurs quand on règle son héritage.

Mes parents n'en étaient pas là. Ils n'avaient qu'une envie, celle de vivre longtemps, de m'élever et de me faire suivre d'un nombre respectable de frères et de sœurs, mais pour marquer sa tendresse, ma mère déclara vouloir me nommer Benjamin.

La prétention qu'elle afficha de me choisir elle-même ce nom déchaîna la discorde dans le jeune ménage Canasson.

— Quoi! s'écria mon père, donner à ce fils le nom de Benjamin! Qu'est-ce que c'est que ce nom-là?

— Ainsi s'appelait, dit ma mère, le dernier fils de Jacob, qui causa la mort de sa mère Rachel et qui fut le préféré de son père.

— La belle idée! reprit mon père, et le bel exemple que ce Benjamin! Tu vois bien que c'était un petit dernier et tu veux que notre aîné porte ce nom! Ce Benjamin que tu dis fut la cause de la mort de sa mère et, Dieu merci, tu es aussi solide que le château des papes en Avignon.

— Je veux qu'il se nomme Benjamin, dit ma mère avec autorité, parce que c'est lui que j'aimerai toujours le mieux.

— Il ne portera pas ce nom, s'écria mon père, parce que ce n'est pas digne des Canasson! Sais-tu que mon aïeul portait le grand nom de Brutus? Cela n'éveille pas tes souvenirs, femme ignorante? Il ne te passionne pas, ce grand nom de Brutus, et cependant, le grand Brutus chassa les rois de Rome et proclama la République...

— Té! la belle affaire, objecta ma mère, s'il ne fit rien à Marseille.

— Ainsi donc, continua mon père, mon aïeul portait le nom de Brutus. Et mon père, tu sais comment il s'appelle?

— Oui bien, répondit ma mère, il a nom Aristide.

— Et le connais-tu, femme ignorante, cet Aristide dont il porte le nom glorieux?

— Le connaître? Est-il donc de nos amis? demanda ma mère.

— Aristide fut un admirable citoyen de la République d'Athènes qui mérita le surnom de Juste. Est-ce que ce n'est pas beau de se nommer ainsi : le Juste? Aristide-le-Juste Canasson?

— Mais ton père n'a pas tant seulement été conseiller-municipal à Marseille!

— Qu'importe qu'il ne l'ait pas été s'il eût pu l'être. Il ne se nommait pas moins Aristide. Et moi, moi, est-ce que je ne porte pas le nom de Napoléon ?

— Si, pour sûr.

— Et sais-tu ce que c'est que Napoléon, femme ignorante ?

— Té, c'est l'Empereur.

— Et alors que dans ma famille on a porté les noms de Brutus, d'Aristide et de Napoléon, tu voudrais que notre aîné s'appelât comme ce Benjamin qui n'a rien été du tout, qui n'a peut-être pas existé.

— Pas existé, Benjamin ! s'écria ma mère. Il est dans la Bible.

— Les autres sont dans l'Histoire ! s'écria mon père en passant sa main dans la bavette de son tablier avec un geste digne de son prénom.

— Enfin, je veux qu'il soit baptisé Benjamin.

— Et moi, je ne le veux pas ! Il y a longtemps que j'ai rêvé du nom que notre aîné doit porter...

— Dis-le, voir.

— Il se nommera Vercingétorix.

— Vers saint singe quoi ? Ah ! té, par exemple, tu deviens fou, mon homme, que je me pourpense. C'est un nom à coucher dehors.

— Et ce sera ainsi.

— Non.

— Oui.

— Non. Et tu le verras bien, té !

Ma mère avait sa tête. Sans tambour ni trompette, alors que mon père rêvait un baptême carillonné, elle me prit entre ses bras, se fit accompagner d'un voisin et d'une voisine, et elle me porta à l'église Saint-André-le-Bas où on me baptisa.

— Té, fit-elle en rentrant dans notre boutique, embrasse-le, Benjamin.

Et voilà de quelle manière j'échappai au nom de Vercingétorix, mais, outre que mon père m'en voulut toujours de ce que je m'appelais Benjamin, il me semble que j'eusse été plus heureux de me nommer simplement Pierre ou Paul.

Car ce nom de Benjamin, jamais, pour ainsi dire, on ne me le donna. Les uns m'appelèrent « Benben », d'autres « Jaja », certains « Gamin » et de ces derniers fut mon père ; mais je suis forcé d'avouer que mon prénom ne m'occasionna jamais autant de désagréments que mon nom de famille.

Canasson? D'où provenait ce terme? Était-ce d'une canne à son? Cela ne voulait rien dire, à moins que ce ne fût quelque trompette.

Ce n'était pourtant point une cane nourrie de son? Ou bien un petit canard? Canasson, de canard, était-il donc un petit conte, une nouvelle absurde et mensongère, une crac? Ce mot convenait-il à un joueur de clarinette? Que de suppositions je fis jusqu'au jour où je découvris par hasard que les Grecs nommaient canastron une manière de panier destiné à emballer quelque chose, et que, sur le port de Marseille, on appelait canasse une boîte contenant du tabac.

Tout s'expliqua. Dans l'antique cité phocéenne, le canastron avait dégénéré en canasse et celui qui avait manié la canasse en canasson, à moins que le canasson ne fût une plus petite boîte que la canasse et qu'on n'eût donné par dérision ce surnom à un de mes ancêtres, la plupart des noms, on le sait, étant des sobriquets.

J'ai donc admis que je sortais d'une boîte, mais que cette boîte était grecque et que, en conséquence, j'étais un Grec après être Marseillais. Mais le nom de Canasson n'en fut pas moins toujours pris comme celui d'un vieux cheval de fiacre poussif et sur ses boulets; on n'eut jamais aucune considération pour un Phocéen ayant un nom dérivé du grec et on s'en moqua autant que je pouvais m'en moquer moi-même aux jours fastes de ma naissance et de mon baptême.

Pour le moment j'étais né et je me nommais Benjamin Canasson.

> Il est né le fils Benjamin,
> Jouez hautbois, résonnez musettes.
> Il est né le petit coquin,
> Qu'on le dise dans les chambrettes,
> Il est né notre Benjamin
> Chantons tous cet enfant divin!

Ah! j'en faisais du bruit dans Landerneau!

— Vous savez, la Belle-Épicière a un fils!

— Elle a un fils, la Belle-Épicière!

Et les bonnes gens de Vienne exprès venaient dans la boutique pour me voir.

— Où donc est-il ce beau petit chéri? faisait-on.

— Là, désignait ma mère.

Elle montrait un tonneau de pruneaux sur lequel elle prenait l'habitude de me déposer tandis qu'elle servait la pratique, même que par la chaleur naturelle de mon corps j'amollissais les pruneaux et les faisais gonfler au point que tout le monde les trouva frais comme si on venait de cueillir la prune, plus parfumés qu'ils ne l'étaient d'ordinaire et ce fut une mode d'en manger.

Ah! les bons pruneaux
Tout chauds!

On entourait le ton-
neau.

— Oh! le bel enfant!
s'écriait-on.

Qu'il est gentil, qu'il est mignon,
On dirait un bouton de rose,
Il montre son petit peton,
On croirait que sa bouche cause!
Que ses petits yeux sont gentils!
Ah! madame, quel charmant fils!

— Impossible de voir un enfant plus robuste!

— Plus superbe!

C'était un concert de louanges, et mes parents se redressaient, mon père en particulier, croyant fermement que j'étais un chef-d'œuvre.

Mais les honnêtes personnes qui m'admiraient tant et venaient de me chanter en mâchant des pruneaux n'étaient pas sorties de notre boutique d'épicerie qu'elles s'écriaient en chœur :

— Dieu! qu'il est laid!

C'est que, en effet, d'après des voisins, et notamment au témoignage de M. Guillard, papetier, tenant magasin jouxte l'épicerie de mon père, j'étais un vrai petit monstre à la peau très brune, aux membres grêles, avec une grosse tête qui déjà avait beaucoup de cheveux.

Ma mère elle-même, malgré les yeux dont elle me voyait, ne pouvait s'empêcher de remarquer la grosseur de mon nez, et aux clients qui se pâmaient d'admiration devant moi, elle disait en posant le doigt dessus :

— Regardez donc la jolie petite pomme-de-terre.

— Ah! qu'elle est drôle!

Mon nez avait la faculté de mettre en joie les clients de notre épicerie. Ainsi, tout petit, encore emmailloté, je portais le prénom de Benjamin, j'étais possesseur du nom de Canasson et je me trouvais propriétaire d'un nez qui faisait rire les gens. La nature se joignait à la société pour me doter, et il n'y a rien à faire contre les bonnes et les mauvaises fées, ainsi qu'on l'apprend dans les contes les plus sérieux.

CHAPITRE II

HISTOIRE DE MES PREMIÈRES ANNÉES

D E temps-en-temps, mon père, m'ayant longuement considéré, murmurait entre ses dents :

— Il a tout-de-même une tête cocasse.

— Tu verras que ce sera un gaillard, disait ma mère.

— Il le faut! s'écriait mon père. Dans la vie de ce monde, telle qu'elle se présente à notre époque, il faut être un gaillard.

— Il en sera un, té, je te dis, affirmait ma mère.

Et pour ne pas manquer d'être exacte dans ses prédictions, ma mère, au bout de mon premier mois, m'ingurgita un grand verre de vin de Côte-Rôtie.

— Té, le petit ivrogne! s'écria mon père.

— C'est qu'il est ivre, té! fit ma mère.

Il paraît que je dodelinai de la tête comme un homme fait; aussi ma mère ne recommença à me faire boire qu'au moment où j'eus plus de force. J'avais bien six mois quand elle me fit manger un peu de tout en même temps qu'elle.

— Ce petit! faisait-elle en prenant entre ses doigts un morceau de viande et en me le fourrant dans la bouche.

— Il mange comme un homme, disait mon père. Tiens, Nestorine, donne-lui donc mon fond de café pour le ravigoter.

Il ne me manquait rien, comme on voit!

Ma mère commença même à me faire marcher et mes os étant encore trop faibles pour porter mon corps, j'y gagnai des jambes cagneuses qui se sont bien redressées quand j'ai grandi mais jamais complètement.

Je ne puis accuser cette bonne mère de l'imprudence qu'elle commit en me mettant debout trop jeune, ni des maux d'estomac dont je souffre aujourd'hui, car ce qu'elle fit découla de son excès d'amour maternel, de son désir de me voir promptement un petit homme.

Cependant, jugez ce qu'est la contradiction de l'esprit : Ma mère me voulait un homme et elle m'habilla en fille tant qu'elle put. Mes cheveux étant drus, raides, ce qui est fréquent chez les gens du Midi et chez les bruns, elle passa chaque soir une demi-heure à me mettre des papillotes. Elle oubliait fréquemment de me débarbouiller, mais elle pen-

sait toujours à me boucler avec régularité.

— A-t-il des cheveux, ce petit Benjamin! s'exclamaient les pratiques.

Et l'on m'a juré plus tard que les personnes auxquelles mes parents faisaient crédit m'admiraient cent fois plus que les autres.

Ma mère me vêtait donc de robes, ce qui présentait plusieurs avantages. D'abord, je me salissais beaucoup plus que si j'avais eu des vêtements courts et collants; ensuite, chaque fois que je me penchais, mes pieds s'embarrassaient dans ma robe et je tombais invariablement sur le nez, ce qui ne pouvait que contribuer à le grossir.

Mes petits voisins étaient d'ailleurs vêtus de la même manière, et garçons et filles ne se démêlaient qu'à je ne sais quel air qui n'est pas exactement le même chez les uns que chez les autres, singulièrement chez nous, gens du Midi, qui avons la peau bistrée.

Nous grouillions tous ensemble sur la bordure du trottoir, devant les maisons, les pieds dans le ruisseau, et lorsque la pluie tombait, nous ne manquions jamais de faire passer l'eau par-dessus nos chaussures et de faire des bateaux de nos souliers.

Les grands nous apprenaient à construire des digues qui coupaient le ruisseau, et comme nous étions en amont de la Halle, l'eau dévalait dans le grand carré de pierre élevé au milieu de la place et les marchandes nous accablaient de sottises ou nous envoyaient des carottes.

Les carottes, c'était ce que nous attendions. On les plaçait sur la bordure du trottoir, debout, et avec une pomme, on jouait aux quilles. Il faut savoir se contenter de ce qu'on a. Ni les petits voisins ni moi nous ne disposions de nombreux joujoux, et encore les autres en avaient-ils plus que moi parce que mon père en vendait.

Il n'était cependant pas trop avare de sa marchandise, car il me laissait fouiller dans ses caisses et dans ses tonneaux. Ah! j'en ai mangé, en ce temps-là, des pruneaux et des poires tapées! Mais je me spécialisais dans la mélasse. Je trempais ma main dans le tonneau qui en contenait et je m'en tartinais le visage, puis je tendais cette même main aux camarades qui la suçaient avec satisfaction.

Hé bien, je portais à ma bouche tout ce que je trouvais bon sans que ma bouche parlât encore; mais quand je parlai, je remplis de bonheur mon père et ma mère.

— Gamin, criait mon père qui ne m'appelait jamais autrement, Gamin, viens ici

— P'pa, faisais-je.

— Gamin, dis-moi : Tu m'embêtes!

— Tu m'embêtes! répétais-je.

Alors mon père m'enlevait dans ses bras et m'embrassait avec effusion.

J'avais cinq ans lorsqu'on se décida à me donner des culottes. Il en coûta beaucoup à ma mère.

— Il me semble qu'il m'échappe déjà, dit-elle.

— Enfin, dit mon père, nous n'allons pas encore le marier.

— Le pauvre, té, fit ma mère, quitter sa robe!

— On ne saurait faire des hommes trop jeunes, sentencia mon père.

Et pour mettre le sceau à ce magnifique axiome, il me fit cadeau d'un sabre, mais d'un vrai sabre avec un fourreau et un ceinturon!

Que je fus donc fier de ce sabre-là! Je le tirai, je le rentrai, et j'allai le montrer aux petits de la rue dont j'excitai fortement la jalousie. Il y en eut même un qui déclara que mon sabre était de pacotille. Je lui en envoyai un coup à travers le visage, ce qui ne laissa pas de l'écorcher. Sa mère, témoin de cette scène, me gifla, si bien que le petit de son côté et moi du mien nous remplîmes l'air de nos cris.

Ma mère, en m'entendant, accourut. Apprenant qu'on m'avait donné des soufflets, elle se porta chez la voisine et

une violente dispute s'éleva entre elles. Ah! c'est que ma mère était de Marseille et l'autre était seulement de Vienne, ma mère était une Vénus grecque et l'autre un petit bout de maigrelette allobroge. Le Midi aplatit littéralement le Demi-Midi.

Malheureusement un attroupement s'était formé. Chacun s'échauffa. Le mari de la maigrelette tomba sur mon père et il était plus fort que lui. Il l'enleva et le planta dans le tonneau de mélasse où j'avais l'habitude d'enfoncer si délicieusement mes doigts. Des amis de mon père prirent fait et cause pour lui et tombèrent sur le voisin, mais les amis du voisin arrivèrent à la rescousse. Les femmes s'en mêlèrent en poussant jusques au ciel mille cris éclatants :

Enfin dans toute la rue
Ce ne fut qu'un pugilat.

L'on criait : Coquin! chien! grue!
Loup! crapaud! gredin! verrat!
De coups la moisson fut drue
Dans ce terrible combat!

Elle ne se fût jamais terminée, même à la nuit, cette bagarre, si les gendarmes, requis par les agents-de-police impuissants, ne s'étaient dessinés à l'horizon de la place de la Halle. A peine on aperçut leur chapeau galonné d'argent que le combat cessa faute de combattants.

Cette arrivée des gendarmes causa sur moi une impression que je garde encore. J'étais bien petit, mais j'ai conservé la mémoire de cet effrayant tumulte tout-à-coup apaisé par la vue des uniformes. Ce n'est pas là une chose que l'on m'a racontée, comme celles qui concernent mon enfance et que je rapporte pieusement; c'est bien une impression directe qui a persisté chez moi.

Aussi, depuis ce temps et pour toute ma vie,
J'ai gardé le respect de la gendarmerie.

— Et dire, s'écria mon père, que c'est ce Gamin qui nous vaut tout cela!

Il avait eu beaucoup de peine à se tirer de son tonneau, le brave Napoléon Canasson. Tout d'abord, il pensa, naturellement, à le renverser, mais le souci de la mélasse qu'il contenait l'arrêta, et il attendit en gémissant que des âmes compatissantes vinssent le sortir d'une position dans laquelle sa tête avait l'air d'être entre ses deux genoux.

Dégagé de son tonneau comme un autre Diogène, il lui fallut se désenmélasser. La besogne n'était pas commode. Il ne savait par quel bout se prendre lui-même et plus il se touchait plus tout se collait à ses mains.

— Viens donc à mon secours, Nestorine, gémit-il.

— Ah! va te faire lanlaire! s'écria ma mère qui demeurait cramoisie de colère. Est-ce que ce n'est pas honteux de se laisser mettre dans la mélasse!...

— Ma chère Nestorine, quand on est épicier...

— Ah! troundelair! tu aurais dû le prendre à bras le corps...

— Qui donc, ma chère Nestorine?

— Ton tonneau de mélasse... et le vider sur les voisins.

— Et la marchandise!

— Tant pis! nous n'en serions pas morts.

— Té! fit mon père, j'aime mieux leur faire manger, aux Viennois, une mélasse dans laquelle j'ai pris un bain. La voilà, ma vengeance, et ils la dévoreront comme ils ont dévoré les pruneaux du petit.

Il laissa ma mère apaiser sa colère et le soir seulement il osa dire :

— Hé bien, crois-tu, à-présent, que c'est dommage d'avoir nommé notre fils Benjamin ?

— Pourquoi donc ?

— Parce qu'il a des instincts guerriers. Si, comme je le voulais, il eût été baptisé du nom de Vercingétorix, j'en aurais fait un général.

Voilà comment l'influence d'un nom suffit pour changer la vie d'un être humain.

Le fait est que j'avais l'instinct des batailles. Je ne voulais plus que jouer au soldat. Je commandai une compagnie composée d'une douzaine de galopins qui avaient six ans, comme moi, et, un jour, nous traversâmes le pont et nous allâmes en expédition dans le département du Rhône. Peu s'en fallut qu'une nouvelle bataille s'engageât entre nous et les petits de Sainte-Colombe.

Cependant, il n'y eut rien. Les petits de Sainte-Colombe eurent peur, parce que nous étions de Vienne et que nous marchions en rang comme des troupiers, si bien que le Colonel nous rencontrant nous dit :

— Allons ! au pas... Une !.. deusse !.. Une !.. deusse !.. C'est parfait.

— Vive le Colonel ! criâmes-nous.

Ce qui lui fit grand plaisir, car il se mit à rire en nous regardant.

Nous ne nous en tînmes pas, du reste, aux expéditions militaires.

Vienne est située dans un admirable pays. La vallée du Rhône est un verger, mais la campagne de Vienne, du côté d'Estressin, produit à elle seule une énorme quantité de fruits. Quand le printemps fut à sa fin, nous imaginâmes d'aller dans la plaine étroite, entre la colline et le fleuve, pour y dérober des cerises.

Nous voilà partis, une dizaine. Les cerisiers n'étaient pas difficiles à trouver, il y en avait partout. Nous en avisons un gros contre lequel se trouvait précisément une échelle. C'était tentant. Nous nous regardons, et sans prononcer une parole, nous nous élançons sur l'échelle et nous voici tous sur l'arbre, perchés comme des moineaux, les uns sur une branche, les autres sur le tronc.

Nous nous mettons à manger des cerises. Oh! les bonnes cerises! Ce qu'elles étaient noires! et sucrées! Nous leur disions vraiment bonjour.

> Quelle chance pour les oiseaux,
> Pour les enfants quelles surprises,
> Les pentes vertes des coteaux
> Sont toutes rouges de cerises.

Nous ne chantions pas cette chanson très connue, bien entendu, car nous ne la savions alors, ni les uns ni les autres, si même elle était faite, et c'est un proverbe qu'il ne faut pas parler la bouche pleine. La nôtre était aux cerises et nous ne prenions pas la peine de rejeter les noyaux. Oh! les bonnes, les bonnes cerises!... Mais il y eut la surprise.

Le propriétaire du champ, suivi d'un gros chien à l'air rébarbatif,

> Arrivant avec un panier
> Se plaça sous le cerisier
> Et dit : Que vois-je là, que vois-je?
> Quels sont tous ces petits voleurs?
> Ah! les méchants gredins! que dois-je
> En faire? Ils verseront des pleurs.
> Je laisse mon chien à leur garde
> Tandis que je m'en vas chercher
> A quelques pas d'ici le garde
> Qui pour la nuit va les boucler.

Le bourreau de propriétaire, au lieu d'être content qu'on lui mangeât ses cerises, ce qui lui évitait la peine de les cueillir, retira l'échelle, et, pour que nous ne pussions descendre, il attacha son gros chien au tronc de l'arbre.

— Veille, Néron, lui dit-il en nous montrant.

Le chien comprit parfaitement. Tandis que son maître s'éloignait, il leva son museau vers nous et se mit à tourner autour de l'arbre en digne geôlier qu'il était.

— Nous sommes pincés, dis-je; le propriétaire va nous faire conduire au violon.

— Est-ce possible? demandèrent mes camarades qui commencèrent à pleurer.

— Que diront nos parents?

— Ils ne vont pas savoir où nous sommes.

— Nous serons fouettés demain.

— Attendez! attendez donc! dis-je.

En tournant autour de

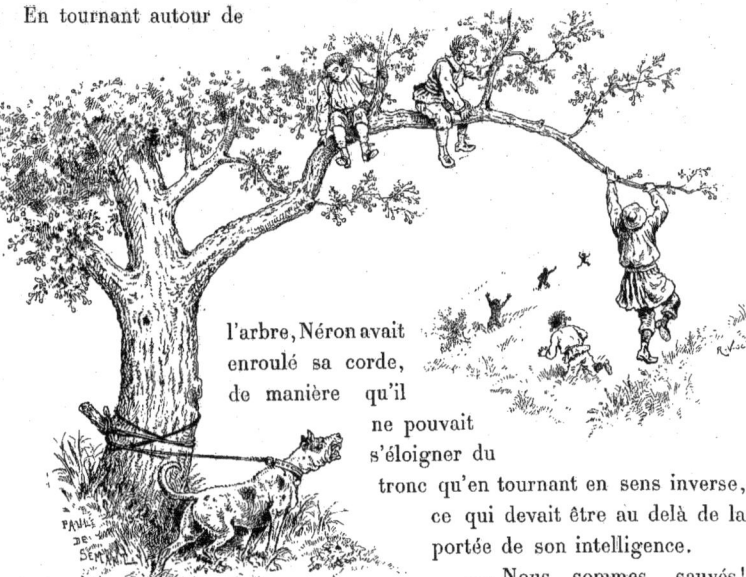

l'arbre, Néron avait enroulé sa corde, de manière qu'il ne pouvait s'éloigner du tronc qu'en tournant en sens inverse, ce qui devait être au delà de la portée de son intelligence.

— Nous sommes sauvés! m'écriai-je. Faites comme moi.

J'empoignai une grosse branche qui me permit de sauter à terre hors de la portée du chien, mes camarades m'imitèrent, et nous décampâmes au plus vite, nous mussant, au loin, derrière une vigne, pour voir ce qui allait arriver.

Ce fut le propriétaire qui arriva avec le garde-champêtre. Il se montra fort étonné de ne plus nous voir et administra une forte râclée au pauvre Néron tandis que nous, nous lui faisions un pied-de-nez et détalions au plus vite, en nous promettant de revenir aux abricots.

C'était sur notre chemin, car nous passions nos journées au bord du Rhône. Il y avait un coin formant une sorte de petite plage où nous apprenions à nager. Tous les galopins de Vienne se donnaient rendez-vous dans ce coin-là et sans maître, entre petits, on s'octroyait des leçons réciproques. C'est ainsi que j'appris à me trouver dans l'eau aussi à mon aise qu'un poisson. A huit ans, je traversai le Rhône en compagnie d'un de mes voisins et nous abordâmes sur la rive opposée seulement deux kilomètres au-dessous du point d'où nous étions partis. Nos petits corps, et en particulier le mien, qui n'était pas brillant, avaient donc encore assez bien lutté contre le courant.

De savoir nager nous donnait beaucoup de confiance pour nous aventurer dans les saulaies du Rhône où nous faisions la chasse aux coléoptères. Les capricornes noirs avec leurs longues antennes nous semblaient ravissants, et le capricorne vert qui se signalait à nous par sa forte odeur de musc nous trouvait impitoyables. Férocement, nous piquions ces insectes avec de grandes épingles sur des plateaux de liège, et comme ils sont très nerveux et qu'ils mettent fort longtemps à mourir, ils devaient souffrir énormément. C'était un supplice qui nous impressionnait fort peu. Notre but était d'arriver à former des tableaux que coloraient les scarabées aux tons de pierres fines, et une belle insecto-peinture nous semblait le summum de l'entomologie.

Mon père ne laissait pas d'être fier des tableaux que je formais ainsi. Il les faisait couvrir d'un verre et les plaçait au-dessus du comptoir afin que ses clients pussent jouir de ces œuvres d'art et qu'il leur dît en se rengorgeant :

— C'est mon fils qui fait cela.

— Oh! qu'il a donc de goût! s'écriaient les bonnes commères du quartier, et que vous devez vous estimer heureux d'avoir un fils comme celui-là!

Heureux? oui; mais pas tous les jours.

Il y avait une chose qui m'agaçait au suprême degré, c'était la sentinelle se promenant devant la caserne jaune du Champ-de-Mars.

— Comment, disais-je à mes camarades, les bourgeois de la ville, qui ont tous quelque richesse chez eux, n'ont personne pour les garder et les soldats qui n'ont rien à voler ont une sentinelle!

— C'est vrai, ça, tout-de-même, me répondait Eusèbe Guillard, le fils de notre voisin le papetier.

— Et puis, c'est agaçant de voir cette boîte avec un homme qui se promène de long en large pour ne rien faire.

— Pour ne rien faire du tout.

— Qu'ennuyer les passants.

Il me faut dire que nous avions une dent contre la sentinelle parce que, jouant du côté où elle faisait les cent pas, elle nous avait chassés en nous criant :

— Voulez-vous vous sauver, sales petits vauriens.

Nous appeler vauriens, nous, alors que mon père était le plus gros épicier de la ville de Vienne, quand mes camarades étaient tous fils de commerçants ! Nous n'avions pas digéré cette injure.

Nous voulions pour nous en venger renverser la guérite et prendre la sentinelle dessous comme un rat dans une souricière, mais, après y avoir réfléchi, l'entreprise nous parut trop difficile : La guérite était lourde et les préparatifs que nous aurions dû faire eussent été découverts cent fois par le militaire en faction.

Nous nous arrêtâmes à un autre projet, d'une exécution moins délicate.

Je pris chez mon père, qui en vendait, quatre de ces pièces d'artifice dénommées « marrons » qui font un bruit du diable quand elles éclatent, mais je me gardai bien de prévenir mes parents de ce larcin. Une fois en possession de ces engins, le petit Guillard et moi nous en réunîmes les mèches et nous les attachâmes à un bout de mèche pour briquet de fumeur. De cette manière, en allumant la mèche de briquet qui se consumait lentement, nous avions le temps, après avoir placé les marrons, de nous enfuir au loin avant que le feu n'atteignît l'artifice et ne produisît l'explosion.

Nous essayâmes de placer de suite nos marrons, mais nous constatâmes l'impossibilité d'approcher de la guérite sans être vus et nous dûmes nous résigner à attendre un soir de pluie. Que d'impatience nous eûmes ! combien nous soupirâmes après le mauvais temps !

Enfin, nous vîmes le mont Pilat prendre son capuchon de nuages et des éclairs en sortir.

A la nuit tombante, Vienne se trouva sous une pluie diluvienne, ce qui est bien naturel. Par les rues en pente, par les escaliers des vieilles maisons, par les ruelles ascendant le coteau, l'eau bouillonna, tourbillonna, s'écoula. La rivière la Gère en cascadait et le Rhône en mugissait. C'était le moment de nous glisser dans l'ombre pour faire notre mauvais coup. Nous n'y manquâmes pas, sans prendre souci de voir traverser nos légers vêtements par l'eau du ciel.

J'allumai la mèche de briquet sous une porte, et, faisant un détour par le milieu du Champ-de-Mars, je me glissai, suivi d'Eusèbe Guillard, derrière la guérite.

La sentinelle s'était cachée dans un coin et il n'y avait pas de danger, à moins d'une ronde major, qu'elle mît le nez hors de sa guérite ; nous pûmes donc à notre aise glisser sous cette guérite nos marrons.

Il paraît que nous fîmes un peu de bruit, car la sentinelle dit tout haut :

— Tiens, les rats qui se mettent à l'abri sous mes pieds.

Nous nous retirâmes au plus vite et nous nous massâmes au coin du Cours Romestang, le cou tendu vers la caserne, les yeux écarquillés.

Nous étions, il faut bien l'avouer, fort anxieux, car nous pensions que la guérite, sous l'effort de cette quadruple décharge pouvait sauter avec son contenu, la sentinelle.

Le cœur nous battait fort.

Tout-à-coup nous vîmes un éclair sous la guérite et nous' perçûmes au milieu de l'orage un petit bruit, tout petit, qui nous déconcerta.

— Nos marrons sont-ils partis ? fis-je.

La sentinelle s'enfuyait à toutes jambes vers la caserne.

— Elle appelle la garde ! s'écria Eusèbe Guillard.

Et nous nous sauvâmes.

— D'où viens-tu ? me demanda ma mère en constatant que j'étais trempé jusqu'aux os.

— De jouer avec le petit Guillard.

— Comment, sous cette pluie ! Té, je vais t'apprendre, mon petit !

Et sans aucune considération pour mes huit ans, elle me passa sous son bras, découvrit ce qui m'est le plus utile pour m'asseoir et m'appliqua plusieurs fois sa main assez large pour embrasser la superficie découverte ; mais estimant, à ce que je sentis, que cette main était trop douce, elle attrapa une cuillère en bois qui nageait dans un tonnelet d'olives et s'en servit comme d'une férule.

Je poussai des cris de paon, mais ma mère ne s'émouvait pas aisément. Elle me déshabilla et m'envoya au lit où je passai plusieurs heures à ne pas vouloir dormir pour protester contre la punition qu'on m'avait infligée. Mais enfin, je fermai les paupières, et quand je les rouvris, ce fut pour apprendre que la foudre était tombée sur la guérite, devant la caserne.

La pluie avait cessé à l'aube, le ciel était radieux, le soleil brûlant. Tout Vienne voulut visiter la guérite. Le malheur, c'est qu'on ne voyait rien du tout, que des officiers qui se livraient à une enquête.

Vers le soir, le bruit circula que la guérite n'avait pas été frappée par la foudre mais par une invention destructive.

— Pourvu qu'on ne nous découvre pas ? me dit Eusèbe Guillard.

Nous commençâmes à éprouver une crainte épouvantable et cette crainte redoubla lorsque, le dimanche, le *Moniteur de l'arrondissement*, organe important paraissant tous les huit jours en quatre pages de petit format, publia cet article sensationnel :

Épouvantable attentat!!!

Qui donc peut en vouloir à l'armée ?

Quel révolutionnaire est capable de frapper le soldat ? Qui peut oser détruire un monument appartenant à l'intendance militaire ?

Qui ? Qui ? Qui ?

C'est que des mains criminelles ont fabriqué un engin meurtrier, une machine infernale sur la nature de laquelle on n'est pas encore fixé, mais qui était certainement construite pour provoquer un désastre.

Cette abominable machine a été déposée par les mêmes mains criminelles sous la guérite placée devant la caserne.

Il est clair qu'en la plaçant dans cette position, les assassins n'avaient pas pour but unique de disloquer les planches d'une misérable guérite, mais qu'ils voulaient faire sauter avec elle la sentinelle et les murs de la caserne, faire effondrer les planchers, les toits et causer la mort d'un nombre considérable de nos braves troupiers.

Si tout cela n'a pas eu lieu, il faut en louer le hasard et bénir la Providence, car ce n'est pas la faute des criminels. C'est la pluie qui a tout sauvé, c'est grâce à la pluie que l'engin détrempé n'a pas produit l'effet que pouvaient en attendre les bandits qui l'ont fabriqué.

Quant à ceux-ci, nous espérons qu'ils ne tarderont pas à être découverts et mis sous les verrous.

La justice informe.

Mon père lut cet article tout haut dans notre épicerie, et il fit chorus avec les clients pour souhaiter la prompte arrestation des coupables.

La peur bleue d'aller en prison où nous nous trouvâmes nous cloua la langue et aucun de nous ne souffla mot.

Je ne pus m'empêcher tout-de-même de penser qu'on faisait beaucoup de bruit pour quatre marrons.

Personne cependant ne nous eût jamais soupçonnés si, après avoir parlé de feu du ciel et de machine infernale, les braves gens qui s'étaient lancés dans une instruction extraordinaire et dans une enquête pyramidale, n'en fussent venus à recueillir les débris de mes marrons et à déclarer qu'il n'y avait jamais eu sous la guérite qu'un pauvre pétard. Il est clair que ces gens n'entendaient rien à la sauvegarde de leur dignité; sans cela, ils eussent affirmé que la machine infernale qui faillit tuer Bonaparte dans la rue Saint-Nicaise n'était rien à côté de celle qui n'avait même pas entamé la guérite.

Dès qu'on parla de pétard, mon père eut des soupçons. Il vérifia son compte de pièces d'artifices et s'aperçut qu'on lui avait subtilisé quatre marrons. Il me prit à part et obtint mes aveux. Je collectionnai immédiatement deux maîtresses gifles, mon père et ma mère ayant pour me corriger chacun une face de leur choix, et on connut bientôt dans la ville que c'était moi qui avais tout fait.

La première qualité d'un Français étant l'amour-propre, tous les Viennois déclarèrent qu'ils n'avaient jamais cru à la machine infernale et il ne s'en trouva pas un qui voulût y être allé voir. Au fond, ils me gardèrent rancune de la farce que je leur avais jouée et un soir que je m'étais attardé sous la porte romaine qui est près de l'hôpital, je reçus d'un monsieur inconnu un maître coup de pied accompagné d'un :

— Tiens, fumiste !

Je pleurai beaucoup de douleur, mais ne me vantai de cette correction anonyme à personne, à l'exception d'Eusèbe parce qu'il était mon ami intime et que j'avais besoin de lui pour me venger.

Pour commencer, nous attrapâmes des chats que j'attachai solidement

par la queue en ne faisant
qu'un nœud pour toutes les ficelles qui
les tenaient et je les lâchai sur le cours, un beau
dimanche.

Chacun de ces chats voulut retourner à son domicile
et ils tirèrent dans des directions différentes en miaulant
épouvantablement. Ils jurèrent les uns
contre les autres et se griffèrent.

Les voyant en désaccord, les
chiens du voisi-
nage accoururent et
aboyèrent autour d'eux. Les aboie-
ments des premiers attirèrent peu-à-peu les
chiens de la moitié de la ville. La première moitié attira l'autre. Tous les
chiens de Vienne aboyèrent en un concert qui s'entendit de Tournon. On les
vit descendre au galop de tous les
côtés.

Ils se jetèrent dans les jambes des promeneurs.
Ceux-ci s'aplatirent sur le sol. Les
Viennois qui res-
taient debout se précipitèrent pour
les relever. Les
nouveaux chiens qui arrivaient bon-
dirent par-
dessus leur dos. Bientôt les gens les
plus éloi-
gnés voulurent voir ce qui se passait et
Vienne offrit
un spectacle assez semblable à celui que
présentait
Marseille le jour où un Martiguais annonça qu'une grande sar-
dine bouchait l'entrée du port. Autour des chats c'était un beau
tapage.

Mais un capitaine qui passait par là eut la présence d'esprit de

PAUL
DE
SÉMANT

tirer son sabre et de couper la ficelle qui retenait les chats. Ceux-ci partirent poursuivis par les chiens, et les Viennois, auxquels j'avais fourni un sujet de conversation, s'assirent dans les cafés où ils firent sauter des bouchons de limonade gazeuse, leur boisson favorite.

D'avoir si bien attaché les chats me donna l'idée, un jour que j'étais entré dans l'église Saint-Maurice, d'attacher aussi les bonnes dames qui venaient à la prière du soir recommander leur âme à Dieu. Mes camarades et moi, nous prîmes des aiguilles à carder et de la solide ficelle et nous nous glissâmes entre les rangs des fidèles en ayant soin de passer la ficelle dans leurs jupes en même temps que dans les chaises.

La première ouaille qui se leva dit :

— Pardon, Madame.

Elle croyait que sa voisine avait sa chaise sur sa robe. Cette dernière aussitôt se dressa, mais se sentant aussi retenue, elle dit comme la première, absolument du même ton :

— Pardon, Madame.

— Vous êtes sur moi, répéta la première.

— Pardon, c'est vous qui êtes sur moi, expliqua la seconde.

— C'est un peu fort !

— Mais je ne puis bouger !

— Moi, non plus.

— Enfin, Madame, voulez-vous vous déranger ?

— Dérangez-vous vous-même !

La voix s'élevait.

— Chut ! chut ! fit-on dans l'assistance.

Mais l'une, en se levant, déchira sa robe; aussitôt, elle interpella l'autre :

— Vous devriez faire attention !

— Je ne vous touche pas !

— Vous me déchirez !

— Par exemple ! s'écria la voisine en faisant un mouvement violent.

Et elle se sentit accrochée à sa chaise.

— Pardon, Madame !

— Pardon, Madame !

— Mais enfin, Madame, faites donc attention !

On n'entendit plus que ces mots dans l'église et d'autres plus vifs encore. Le prêtre vivement quitta l'autel et envoya le bedeau s'enquérir de ce qui se passait. Ce fut lui qui découvrit les ficelles. Ces gens-là sont si malins !

Les habitants de Vienne commençaient à n'y plus rien comprendre. Tous les jours, il y avait en ville des événements nouveaux.

Les chats ne tenaient pas encore leur tranquillité ! Quand j'en attrapais un, je lui attachais solidement la queue, je nouais l'autre extrémité de la ficelle à une sonnette et je laissais le chat carillonner.

Le bon bourgeois mettait le nez à sa fenêtre, ne voyait rien, était fort étonné, car la sonnette allait toujours.

— Qui est là ? demandait-il.

Il regardait encore plus attentivement et se recouchait tout tremblant en murmurant :

— Il y a dans cette maison des esprits qui reviennent et qui se logent dans la sonnette.

Ce n'est que le lendemain matin que la servante trouvait le malheureux chat, à moins qu'il n'eût réussi à se dépendre, dans lequel cas le bon bourgeois demeurait convaincu que sa maison était hantée.

Il allait consulter un magistrat de la ville qui s'occupait de spiritisme et qui lui garantissait que les âmes des trépassés aimaient se loger dans les sonnettes parce qu'elles pouvaient ainsi s'annoncer dans les maisons.

Mais cet excellent magistrat eût pu admettre que les revenants prenaient quelquefois la forme de hanneton, car il advint qu'il y en eut un si grand nombre dans la salle du tribunal que MM. les juges furent agacés, que les plaideurs furent distraits, que le public s'amusa et que les magistrats durent renvoyer leur audience ;

> Car voyant dans le prétoire
> Tant de hannetons si près
> Les trois juges, c'est notoire,
> Crurent revoir leurs arrêts.

C'était moi qui avais été chercher les derniers hannetons de la saison et qui, en ayant bourré mes poches, les avais vidées dans le sanctuaire de la Justice!

Hanneton, vole, vole, vole.

Mon esprit était entièrement tourné à ces inventions, mais je demeurais ignorant comme une carpe. Alors que mon voisin Eusèbe Guillard savait lire et écrire, je ne connaissais, moi, ni A ni B.

Cependant mon père commençait à s'inquiéter de mon instruction parce qu'il voulait faire de moi un bourgeois.

— Tu comprends, disait-il à ma mère, il faut que Gamin nous fasse beaucoup d'honneur. C'est notre seul enfant.

— Malheureusement! soupirait ma mère, nous aurions dû lui donner une douzaine de frères ou de sœurs.

— Je pense comme toi, ma chère Nestorine; mais puisqu'il n'est venu que celui-là...

— Et que c'est notre Benjamin.

— Il faut en faire quelque chose de grand, affirma mon père.

— Quelque chose de grand? demanda ma mère.

— De grand...

— De grand? oui.

— Oui, de grand. Cela se comprend.

— De grand! Très-bien, té! Je comprends très-bien. Qu'est-ce que tu veux dire?

— Par exemple, si, comme je le voulais, il s'était nommé Vercingétorix, il fût devenu général.

— Général? Avec de l'or sur son habit? Ah! c'est beau!

— Mais il ne peut pas.

— Pourquoi?

— Té, à cause de ce diable de nom de Benjamin.

— Qu'est-ce que cela peut faire?

— Mais... on n'a jamais vu un général se nommer Benjamin. Ce prénom, auquel tu as tenu, et dont je ne voulais pas...

— C'est entendu, je t'entends.

— Ce prénom indique des mœurs douces. Avec ce nom-là, on n'est pas un foudre de guerre.

— Il est cependant assez farceur, Benjamin. Il occupe tout le pays.

— Enfin, il ne peut être général.

— Puisque tu le sais...

— Sans doute, je le sais.

— Alors, qu'est-ce qu'il sera?

— Je veux qu'il devienne un préfet ou un député.

— Un député? Ces gens qui sont en redingote et qui font nos commissions? Ce n'est pas la peine.

— Mais préfet?

— Ceux-là, ils sont tout en argent, c'est sérieux.

— Pour arriver à cette haute situation, il faut qu'il apprenne beaucoup.

— Oh! le pauvre! cela va bien l'ennuyer!

— On doit travailler dans la vie. Nous travaillons bien, nous autres.

— C'est vrai, té.

— Nous gagnons de l'argent. Nous avons développé dans de larges proportions notre commerce et nous pouvons, sans nous gêner le moins du monde, faire des sacrifices pour assurer un bel avenir à notre enfant, tant que cet enfant est seul.

— Je t'écoute. Va toujours.

— Si tu le veux, nous le mettrons au Lycée...

— Mais il n'y a pas de Lycée à Vienne.

— Aussi le mettrons-nous à Lyon.

— Il faudra nous en séparer? Cela me fera de la peine, té, Napoléon.

— Qu'est-ce que tu veux? Nous ne pouvons faire autrement si nous exigeons qu'il reçoive une instruction soignée.

— Soignée? Oui. Tu es certain qu'au Lycée de Lyon on est soigné?

— Pense donc! C'est un établissement de l'État.

— Alors!... C'est pour sûr que notre Benjamin aura un habit en argent, plus tard?

— Puisque c'est ton opinion aussi bien que la mienne, je vais arranger cette affaire pour la rentrée des classes.

— Et quand est-ce, cette rentrée des classes?

— Au mois d'octobre. Seulement, en attendant, je vais envoyer Benjamin chez les frères.

— Chez les frères? Pourquoi pas à l'école communale où on ne demande pas d'argent?

— A cause du nom de Benjamin.

— Té, pourquoi?

— Parce que Benjamin est un nom biblique.

— Alors?

— Alors, il sera mieux chez les frères.

— Est-ce que tu voudrais en faire un curé, Napoléon? demanda ma mère avec anxiété.

Mon père se redressa, et avec un geste impérial :

— Un curé? Jamais! s'écria-t-il.

Et quoiqu'il y eût un certain illogisme entre son idée de me mettre dans un établissement de l'État et sa détermination de me faire passer quelques mois chez les frères, ce fut avec ceux-ci qu'il s'entendit.

Quand j'appris qu'on allait me conduire à l'école, je beuglai comme un veau. Je me refusai à marcher. S'il n'y avait eu que mon père, il ne serait jamais venu à bout de moi, au moins! Ah! non!... Seulement, il y avait ma mère. Celle-ci m'empoigna à bras le corps et me porta jusqu'à l'école malgré mes poings et mes pieds que j'agitais d'une manière peu filiale. Elle n'était pas empruntée, la Belle-Épicière; elle avait les bras solides.

Un vieux frère me reçut :

— Mon enfant, me dit-il, de quoi donc avez-vous peur? Nous ne sommes pas si terribles. Tenez, mangez ce bonbon.

Et il sortit d'une soutane qui avait des reflets de peau de gigot cuit une vieille tabatière de corne qui contenait des pastilles à la menthe.

Il ne pensait certainement pas que je pouvais, à tout moment de la journée, plonger ma main dans les bocaux de papa pour manger des dragées, des prâlines, des pastilles, etc., etc., car c'est bien bon pour les enfants d'être fils d'épicier!

— Est-ce que j'en veux, de vos saletés! m'écriai-je en tordant mes bras dans un geste malencontreux qui envoya promener la tabatière et son contenu.

— Mon frère, s'empressa de dire ma mère, je vous rapporterai des bonbons.

Le frère s'inclina, mais il était devenu verdâtre. Ma mère s'étant éloignée, je sentis ses doigts secs me serrer comme un étau. Il me conduisit dans la classe et me remit au maître en disant simplement :

— Élève indocile.

Je regardai ce maître. Était-il très grand? était-ce l'effet de sa robe? ou celui de sa maigreur? était-ce parce qu'il se trouvait sur une estrade? Il me parut immense, colossal, surnaturel. J'en eus une peur bleue.

Il descendit, m'empoigna par mon collet, et je frissonnai d'épouvante.

— Asseois-toi, et que je ne t'entende pas, me dit-il.

Je n'osai plus pleurer.

Il y avait derrière la chaire un alphabet majuscule sur une pancarte. Il montrait une lettre du bout de sa longue baguette, et quand on ne la lisait pas exactement la baguette changeait de direction et s'appliquait sur votre tête ou sur vos doigts, ferme.

Dès la première matinée, comme

je ne connaissais ni A ni Z, je reçus plus de vingt coups. J'en conçus une sorte de haine contre ce frère, et, quand je revins le lendemain, j'avais dans l'idée de me venger du mal qu'il m'avait fait.

Comme les frères ne voulaient pas qu'on se servît d'autres livres que de ceux qu'ils vendaient, mon père m'avait remis vingt sous pour acheter une Croix-de-par-Dieu.

Je montai jusqu'à la chaire du maître pour lui remettre mes vingt sous à un moment où il était debout, et tandis que je lui tendais ma pièce de ma main gauche, de ma main droite je glissai sur sa chaise une belle petite galette que j'avais fabriquée chez nous avec de la poix que nous vendions aux cordonniers.

Le maître s'assit pour chercher dans son tiroir le livre que j'attendais, il me le remit et demeura à écrire pendant que tous les petits faisaient des barres sur des feuilles de papier blanc préalablement réglé et posé sur une planchette qu'ils tenaient sur leurs genoux.

— Mon cher frère, j'ai fini, cria tout-à-coup un élève au milieu du silence général.

— Tu as écrit ta page? demanda le maître.

— Oui, mon cher frère.

Le maître se leva. Je l'attendais à ce changement de position. Sa chaise le suivit, et ce fut si drôle que la classe entière éclata de rire.

D'un geste brusque, le maître saisit la chaise et la rejeta derrière lui, mais en même temps s'entendit un bruit de déchirure, la chaise entraîna le drap de sa robe et à travers la robe passa un grand linge jaunâtre et indécent. Les élèves se tordirent. Lui, pour se cacher, il s'enfuit.

Je devinai que les choses allaient se gâter et comme j'avais aperçu certaine férule que l'on appliquait assez facilement sur la paume des mains des élèves et sur des parties plus charnues, je profitai du désarroi pour gagner la porte et rentrer chez nous.

— Tu reviens de bonne heure, Gamin, me dit mon père.

— Le maître s'est trouvé mal, lui répondis-je.

Et je ne bougeai plus de la soirée.

Le lendemain, au lieu d'aller à l'école, je me promenai au bord du Rhône et je ne rentrai qu'à l'heure où la classe devait finir.

— C'est donc toi, s'écria mon père, qui m'as volé de la poix pour la mettre sur la chaise du bon frère?

— D'où viens-tu? demanda ma mère.

Je jugeai prudent de ne répondre ni à l'une ni à l'autre de ces questions, mais on m'apprit que le vieux frère était venu signifier à mes parents que j'étais chassé de son établissement. Je pensais bien que jamais celui-là ne me pardonnerait d'avoir envoyé promener sa tabatière.

Je n'y pus tenir et m'écriai :

— Quel bonheur!

Et j'expliquai que je m'étais vengé parce qu'on m'avait donné des coups.

— Comment, mon Benjamin, s'écria ma mère, ils te frappaient avec un bâton ? Les monstres, té ! Tu t'es vengé, tu as bien fait.

Devant cette approbation maternelle, mon père, qui avait préparé une forte semonce, n'osa plus ouvrir la bouche.

Seulement, le lendemain, il m'attira dans un coin et me dit :

— Gamin, souviens-toi qu'il faut respecter ses maîtres.

Je ne m'élevai pas contre ce cliché, et je me considérai comme excessivement heureux de la bonne farce jouée au frère, car il ne fut plus question de me remettre à l'école. Je pus baguenauder à ma fantaisie comme je l'avais fait jusqu'alors, jouer à la marelle et aux boules avec les petits du quartier, et grâce à mes conceptions vengeresses, j'entrai au Lycée de Lyon sans savoir ni lire ni écrire.

CHAPITRE III

Ce ne fut pas sans difficulté que l'on m'accepta au Lycée de Lyon. Il n'entrait pas dans les habitudes du Lycée de recevoir des enfants ne sachant ni lire ni écrire ; mais il se trouva que le Lycée de Lyon était tombé et que le Proviseur de ce temps-là essayait de le relever par tous les moyens. Il lui fallait donc des élèves. Je faisais nombre.

Il obtint de mon père que, six mois durant, j'aurais un maître-répétiteur pour me faire rattraper le temps perdu, et l'on me garda.

Je ne puis déclarer que cet arrangement me remplit de joie. Hélas ! au contraire. J'espérai une seconde que le Proviseur refuserait de m'admettre et c'est étonnant comme je lui trouvai bon visage en ce moment-là ; mais aussitôt que mon père eut souscrit à ce qu'il lui proposait, je vis clairement que le Proviseur avait un air rébarbatif et maussade.

Mon père m'embrassa et me quitta. Ah ! cette séparation me fut cruelle ! Je me sentis abandonné dans une grande maison complètement ignorée de moi ; on me conduisit au milieu d'enfants que je ne connaissais pas ; il y avait des grilles à toutes les fenêtres. Je fus pris d'un désespoir profond. Je ne crois pas que le prisonnier puisse être plus impressionné par sa prison que moi par mon Lycée.

Je pleurai, mais je n'étais pas le seul à sangloter. Il y avait beaucoup de pauvres petits que leurs parents remettaient en des mains mercenaires pour ne les revoir que de loin-en-loin. Il paraît que c'est très-bien d'avoir des enfants pour s'en séparer sous prétexte d'éducation.

Un vieux bonhomme de pion qui se promenait de long-en-large dans l'étude essaya de nous consoler, mais il savait par une longue expérience que quelques jours sont nécessaires pour acclimater les enfants à leur nouveau monde. Il nous laissa parfaitement tranquilles, ne nous demanda pas de travail et nous apprit à ranger nos livres dans nos cases.

Au roulement de tambour, nous formâmes les rangs pour aller à la soupe. Nous devions traverser de longs corridors blanchis à la chaux dans lesquels nos pas sonnaient en réveillant des échos qui avaient sur nous cet avantage de pouvoir se rendormir quand nous étions passés. Nous descendîmes des escaliers aux marches usées et nous pénétrâmes dans un immense réfectoire très élevé où s'alignaient des tables de marbre gris.

Sur ces tables fumaient des soupières de fer-blanc devenu noir par l'usage. On avait sa soupière par huit, sa bouteille d'abondance par huit. A chaque bout de table s'asseyait un pion et il était défendu de parler, de peur, sans doute, que nous perdissions un coup de dent.

Le fait est qu'il n'y avait rien à perdre, pour qui possédait un appétit de louveteau. Je ne devais pas songer à laisser ma portion. Dans chaque assiette nous vidâmes deux fois la louche, nous mangeâmes ensuite une mince tranche de bœuf nageant dans une sauce brune où l'oignon dominait, et nous nous partageâmes un grand saladier au milieu duquel des feuilles vertes semblables à des feuilles de chou étaient aspergées de vinaigre.

Après ce souper, on nous mena coucher.

Nous étions dans un boyau fort long, possédant une seule rangée de lits assez serrés les uns contre les autres, en face de fenêtres donnant sur le Rhône. Le lit du pion, garni de rideaux et placé sur une estrade, était à un bout du dortoir, et à l'autre bout se trouvait un lavabo, sorte de réservoir en tôle muni d'une trentaine de robinets.

En deux minutes nous fûmes au lit, sans qu'on entendît d'autre bruit que celui de nos souliers tombant lourdement sur le parquet.

Le matin, je dormais profondément, comme j'avais l'habitude de dormir, si profondément que je n'entendis pas le tambour et que mon voisin dut me secouer.

— Réveille-toi, me dit-il. On se lève.

Je frottai mes yeux et regardai autour de moi.

Mes camarades étaient tous en bannière et portaient un bonnet de coton.

Le dortoir étant éclairé par deux quinquets, l'effet que nous faisions tous, nos étranges silhouettes, amenèrent sur mes lèvres mon premier sourire dans ce bahut.

Mais il fallait nous dépêcher. J'enfilai mes bas, mon pantalon, mes sou-

liers, je saisis une serviette qui était sur le pied de mon lit et je suivis les camarades grelottants de froid, jusqu'au robinet où nous mouillâmes un coin de
notre serviette pour nous la promener sur le nez et où nous nous savonnâmes
les mains. Ce ne fut pas long. Nous n'avions qu'un quart-d'heure pour nous
habiller. A un dernier roulement de tambour nous descendîmes en l'étude où
je feuilletai des livres dont les caractères ne me disaient rien.

Mais de placer devant mes yeux ces hiéroglyphes piqua ma curiosité. Seul,
dans cette classe, ne sachant pas lire, je désirai ardemment apprendre et
les maîtres que l'on me donna n'eurent pas à se plaindre de leur élève.

Mais n'anticipons pas.

A huit heures, nous allâmes manger la soupe. On nous donna un morceau
de pain sec et nous eûmes quinze minutes de récréation.

— Comment te nommes-tu? me demanda un de mes nouveaux camarades.

— Benjamin Canasson.

— Hein?

— Benjamin Canasson.

— C'est pour rire?

— Mais non.

L'élève qui me questionnait appela les autres et, me désignant du doigt :

— Vous voyez celui-ci? demanda-t-il.

— Oui.

— C'est un Canasson.

— Ah! Canasson!

J'eus un succès, mais un succès limité à mon étude dans laquelle se passait cette récréation, tandis qu'à la récréation de midi, quand nous nous trouvâmes dans la cour des Petits, ce succès n'eut plus de bornes. Il passa les
modestes frontières de notre cour.

— Avez-vous vu le nouveau?

— Quel nouveau?

— Celui qui se nomme Canasson?

— Canasson?

— Où est-il, Canasson!

— Me voilà!

— Ah! Ah! Canasson!

Et sur l'air des *Lampions* les élèves se mirent à marcher en rang autour de
moi en criant :

— Canasson! Canasson! Canasson!

Dix minutes après, dans la cour des Moyens et dans la cour des Grands, on répétait :

— Vous savez ? il y a un nouveau qui a nom Canasson.

— Oh! Canasson.

— On ne lui donnera pas de surnom, à celui-là.

> Enfin dans le bahut
> Comme un chahut
> Du plus petit jusqu'au plus grand élève
> On répéta sans paix ni trève
> Sur chaque ton :
> Nous avons Canasson.

Et les élèves de rhétorique se donnèrent la joie de m'adresser, ouvertement pour que personne n'en perdît rien, des poulets de cette nature :

> Je viens d'essuyer ma plume
> Sur un coin de paillasson
> Pour rimer une chanson
> En l'honneur d'un polisson,
> Mais le hasard me résume
> En me soufflant un seul nom :
> Canasson.

Ou encore celui-ci :

> Voilà que, comme une bombe,
> Étrange par son seul nom,
> Dans le Lycée il nous tombe,
> Un Canasson.

Et il en plut comme cela des centaines! Hé bien, ce qui m'ennuya le plus, ce fut de ne pouvoir les lire moi-même. Aussi, je redoublai d'ardeur pour apprendre, et je commençai à connaître mes mots avant que se terminât la scie qu'on montait sur mon nom, car cette scie, hélas! devait grincer éternellement à mes oreilles!

Chaque fois que quelque phrase finissait en *on*, c'était mon nom qui répondait.

— Qui sait bien sa leçon ? demandait le professeur.

Et vingt voix criaient :

— Canasson.

Au réfectoire, quand il restait de la soupe, un camarade demandait :

— Qui veut du bouillon ?

— Canasson, faisaient dix élèves à voix basse.

A l'étude, si on disait :

— Passe-moi ton crayon.

— Canasson.

Enfin, cela commença et cela ne finit pas, ni plus tard, dans ma vie, ainsi qu'on le verra par la suite.

— Est-il joli, au moins, ce Canasson ? demandaient des Moyens et des Grands. On me montrait.

— Ah! qu'il est laid !

— Hé bien, va, mon vieux, me faisait un Moyen, tu en as une pomme-de-terre à portée de ta bouche. Avec elle, tu es sûr de ne jamais mourir de faim.

Alors, moi, une fois rentré en l'étude, je me regardais dans un de ces petits miroirs à double boîte de métal qui coûtaient cinq sous et qui étaient les seuls dont nous disposions, je me regardais en me demandant :

— Suis-je donc si vilain?

Et je me trouvais mieux qu'on ne me le disait ; mais cela venait sans doute de ce que j'étais habitué à ma physionomie.

A cet âge-là, à neuf ans, j'étais petit plutôt que grand. Mes épaules étaient larges et robustes, mes bras forts, mais j'avais les jambes menues, nerveuses, et un peu en dedans.

J'avais une tête plus grosse qu'on ne l'a d'ordinaire avec un front très proéminent, un nez trop caractérisé, comme je l'ai déjà dit, une grande bouche découvrant les dents serrées et déjà fortes de ma seconde dentition, des joues rondes et des yeux très grands, très noirs, bordés de longs cils relevés. Des cheveux noirs, épais, drus, raides comme des bâtons de chaise, ombrageaient cette tête que supportait un cou fort court et épais Ah! je m'en rends compte surtout à-présent, je n'étais pas joli, joli, mais on ne peut se refaire.

Mes camarades avaient peut-être raison de se gausser de moi jusqu'à la cruauté.

Cependant, un copain qui me voulait du bien, Charles Reynaud, me dit un jour :

— Le Lycée, à ce que m'a dit mon père, est en petit l'image de la vie. Il faut s'y défendre. Moi, à ta place, au premier qui se moquerait de moi, je flanquerais une pile.

Cette parole me donna beaucoup à réfléchir. Jusqu'alors, j'avais subi les quolibets non sans éprouver quelque peine, mais sans m'en fâcher ; quelquefois j'étais le premier à en rire, quand ils m'amusaient vraiment. Il suffit d'une parole pour développer mon amour-propre. Je me figurai que peut-être on me trouvait lâche et je résolus de me montrer à la première occasion.

Précisément un élève plus vieux que moi, mais qui marchait en s'aidant d'une béquille, m'appela :

— Sale Canasson.

Je lui tombai dessus. Une bataille s'engagea entre nous dans un coin de la cour. Nous chûmes l'un et l'autre et moi d'abord dessus ; mais il se retourna assez prestement malgré sa jambe plus courte à côté d'une plus longue, et saisissant sa béquille

il m'en administra une volée telle que je restai sur le carreau et qu'il m'eût assommé, tant il était rageur, si le pion ne fût arrivé et ne nous eût séparés.

On me releva. Je saignais et me sentais meurtri.

— Tiens, Canasson qui a une pomme-de-terre rouge, s'écria un élève.

On me traîna devant le robinet qui ornait un des murs de la cour et où nous trouvions notre boisson à notre déjeuner et à notre goûter, et on me fit laver jusqu'à ce que mon nez cessât de couler. Il resta tuméfié, et on me colla en retenue où on avait déjà envoyé mon adversaire.

Je dois dire qu'il fut gentil. Il me tendit la main en me disant :

— Sans rancune.

Il pouvait ne pas en avoir, c'était lui qui m'avait rossé.

Ce combat, dont je gardai les marques une bonne quinzaine, modéra mes ardeurs guerrières. Je réfléchis que je n'étais pas fait pour ces joutes homériques auxquelles mon caractère ne me portait point, mais je ne demeurai pas

moins irrité contre les camarades qui se moquaient de moi et contre le con-
disciple qui m'avait si bien arrangé.

Je guettai l'occasion de me venger de ce dernier, et, un jour, me trouvant
dans l'escalier derrière lui, je saisis tout-à-coup sa béquille et lui envoyai une
rude poussée. Il tomba, glissa sur les marches, rebondit, se mit en sang à
son tour. Ce fut lui qu'on releva, qu'on pansa. On dut le conduire à l'infirmerie.

Naturellement, quoiqu'on ne mouchardât pas, dans le premier moment, il
m'accusa. L'affaire prit un développement considérable. Le Proviseur me fit
appeler et me tança d'importance. Ce fut lui-même, de sa haute autorité,
qui m'envoya au cachot.

Je frémis à ce mot, mais je me rassérénai quand je me trouvai dans
ma prison. Les cachots du Lycée de Lyon donnaient sur un couloir étroit
qui conduisait à l'infirmerie. Ils étaient constitués par une petite chambre
dans laquelle il y avait un lit, une table, une chaise et une fontaine de fer-blanc
avec une serviette, pour se laver. Si j'avais su écrire suffisamment, j'aurais dû
copier cent vers par heure, mais on ne put m'infliger ce pensum.

— Cela peut donc servir à quelque chose, de ne savoir ni lire ni écrire,
pensai-je.

Mais je devais éprouver le terrible ennui du régime cellulaire, regretter de
ne pas être à même de copier des vers. Depuis les journées passées dans
mon cachot de lycéen, j'admets parfaitement ce qu'on dit : Que le criminel re-
doute moins la guillotine que la détention en cellule, sans travail, toujours,
toujours. Il n'y a pas de plus horrible supplice que d'être mis dans l'impossibilité de s'occuper.

J'imaginai, pour me distraire, d'inscrire mon nom dans le plafond, un
beau plafond blanc, bien uni, fort tentant. Mon nom, je savais l'écrire en majuscules et en anglaise, et le sculpter dans le plafond pour le transmettre à
des générations d'emprisonnés était comme la revanche, la revanche du nom
moqué.

Je mis la chaise sur la table et montai sur la chaise.

Je ne m'attendais guère à ce qui arriva.

Les cachots, à travers un judas pratiqué dans la porte, étaient surveillés
par un vieux pion qui avait en même temps le service de l'infirmerie et qu'on
nommait « Papa-Lambin ».

Tous les matins, Papa-Lambin passait devant chaque étude, entr'ouvrait la
porte et criait :

— Les malades !

Il y en avait toujours, non pas parce qu'ils avaient des maladies, mais c'était l'occasion de monter à l'infirmerie et de passer une demi-heure en promenade.

La file des malades arrivait à l'infirmerie. Le médecin était assis près d'une table, à la même table se trouvait une sœur avec le registre des ordonnances. Du premier coup-d'œil, le médecin savait à qui il avait affaire.

— Qu'avez-vous ?

— Je tousse.

— Tisane.

Cette ordonnance-là, la sœur ne l'inscrivait pas sur le registre. Le pseudo-malade passait auprès d'un grand pot, on lui versait dans une tasse une infusion de réglisse, une sorte d'eau jaune légèrement sucrée, et il s'en retournait à l'étude après avoir bu.

Lorsque Papa-Lambin avait reconduit ses élèves, il rentrait à l'infirmerie en regardant, par les judas, ses prisonniers.

Il entr'ouvrit mon guichet et poussa un cri désespéré. Il avait vu mes pieds à hauteur de ses yeux et il crut que je m'étais pendu.

Il bondit chez le Proviseur qui avertit le Censeur, et ils accoururent au plus vite.

Ils me trouvèrent fort tranquillement assis.

— Vous n'êtes pas pendu ! s'écria Papa-Lambin.

— Moi ? demandai-je.

— Vous avez eu la berlue, Monsieur, dit le Proviseur à Papa-Lambin, sèchement.

Et il descendit avec le Censeur en murmurant à l'oreille de ce dernier :

— Il vieillit trop, ce brave homme de l'infirmerie. Il faudra se résoudre à le changer.

Cependant, Papa-Lambin me disait :

— Vous étiez pendu, tout-à-l'heure.

Il regarda le plafond et lut mon nom.

— Qu'est-ce que vous avez fait, petit malheureux ! s'écria-t-il. Vous venez d'abîmer le plafond de l'État ! Car il est à l'État, ce plafond, c'est lui qui l'a remis...

— En bon état, dis-je.

— A neuf, répondit Papa-Lambin. Vous venez de l'abîmer.

— Oh! pas beaucoup.

— Les fous mettent leur nom partout. Je vais être obligé d'écrire un rapport pour signaler cette déprédation. Vous aurez au moins quarante-huit heures de prison en plus.

Ce fut comme il l'avait dit. On prolongea ma peine et je passai sous les verrous une semaine franche, au pain et à l'eau, ce qui réalisait toujours une petite économie pour M. l'Économe.

J'avoue que je m'ennuyai prodigieusement durant ces journées, et si j'avais su, dans ce temps-là, ce que je devais apprendre peu-à-peu, j'eusse, certainement, fait concurrence à Silvio Pellico.

Le récit qui serait sorti de ma plume eût été vivement goûté par mes camarades, car ils m'interrogèrent tous sur ma détention avec autant d'intérêt que si on m'eût donné la torture.

Ils ne laissèrent cependant pas de me reprocher d'avoir pris le pauvre boîteux en traître pour le faire tomber. Celui-ci m'en voulait, m'assurèrent-ils, mortellement, et il l'avait crié si haut que, pour nous séparer et pour que la bataille ne recommençât pas, on l'avait fait passer dans la cour des Moyens en le changeant d'étude.

Comme je n'entendais pas reculer devant lui, je lui fis passer la lettre qu'on va lire, lettre dont je n'ose aujourd'hui reproduire l'orthographe et dont je ne saurais refaire la pénible écriture :

Espèce de Béquillard,

Si tu n'es pas encore content, nous nous retrouverons un jour de sortie ou quand je passerai dans les Moyens.

Je me moque pas mal de toi, et il faudra bien que tu me paies les huit jours de prison que je viens de faire pour ton museau.

Benjamin Canasson.

Je ne reçus aucune réponse à cette importante communication, mais je sus que l'illustre Béquillard, car c'était là son surnom, avait conclu :

— Hé bien, nous nous reverrons.

Au fond, je n'étais pas fâché d'être débarrassé de sa présence et de ne voir notre nouvelle rencontre que dans un lointain brumeux. J'avais autre chose en tête. Je voulais apprendre et vite. Je profitai énormément des leçons particulières qu'on me donna et ne tardai pas à savoir bien lire et bien écrire. Je

commençai alors à faire les mêmes devoirs que mes condisciples et j'eus la satisfaction d'être porté à l'ordre du jour.

Malheureusement, le vieux pion que nous avions et avec lequel tous les petits
vivaient en bonne intelligence, le brave homme qui ne nous punissait presque
jamais, prit son humble retraite et on le remplaça par un jeune homme nommé
Régulato.

Le nom de notre nouveau pion eut un succès presque égal au mien, mais on
le débaptisa vite pour le surnommer « Toto ».

Il entendit bientôt ce nom de Toto, devina aisément qu'il s'appliquait à lui,
et, au lieu d'en rire ou de n'y pas apporter attention, il s'en fâcha.

Aussitôt, on put lire « Toto » écrit sur les murs blancs avec du charbon, sur
les tableaux noirs avec de la craie. Dès qu'il tournait le dos, on criait :

— Toto !

Il appliqua quelques retenues : Le nom de Toto résonna plus fort.

Il était trop jeune, ce Toto, pour être mis avec des petits qu'il faudrait confier à des femmes ou à des hommes âgés, expérimentés et bons.

Toto inaugura un système de punitions qui nous le fit prendre en grippe.
Nous chargeâmes les externes de mettre à la poste des lettres plus ou moins
injurieuses ou grossières adressées invariablement : « à Monsieur Toto, pion,
au Lycée, Lyon ».

Et nous fîmes circuler un mot-d'ordre qui alla des Petits chez les Moyens, et
quand, le dimanche, nous nous trouvâmes à vêpres, le Proviseur et tous les
maîtres furent bien étonnés du silence observé par les deux tiers des élèves.
Aucun de nous n'entonna les psaumes, selon la coutume. C'est qu'il y avait un
psaume dans lequel on dit : « Je vous louerai, Seigneur, de tout mon cœur, dans
la société des justes et dans leurs assemblées » ; ce que nous chantions ainsi :
*Confitebor tibi, Domine, in toto corde meo, in consilio justorum et congre-
gatione.*

Toto ! il y avait *toto !* Alors, quand vint le moment, ce mot, ce seul mot, à
la stupéfaction de tous, sortit, seul, de trois cents bouches, haut, clair, vibrant :

— Toto !

Le jeune Régulato en frémit, le Proviseur dressa l'oreille, le Censeur par-
courut nos rangs.

La guerre était déclarée.

Le Lycée de Lyon était bien un des plus horribles bâtiments qu'on pût ima-
giner. Les cours y étaient exiguës, et quelques-unes, comme la cour des Moyens,

constituaient de véritables puits où le soleil pénétrait à peine. Était-ce parce que ces cours restaient sombres, parce que les bâtiments du Lycée, très élevés, nous écrasaient, je ne sais, mais nous nous amusions fort peu. Quelquefois, l'hiver, on jouait à « l'ours » ou aux « barres », mais nous nous trouvions trop à l'étroit. En résumé, nous ne faisions que nous promener en rond autour de la cour, comme les condamnés dans une prison centrale.

Ne jouant pour ainsi dire pas, tournant, en causant, par bandes, entre copains, nous complotions presque constamment et nous imaginions des farces plus ou moins spirituelles. Sous notre ancien pion, nous ne songions pas à lui monter un bateau, avec le nouveau, nous créâmes toute une flotte.

L'hiver n'était pas écoulé que nous nous faisions apporter par des externes trois douzaines de magnifiques escargots de Bourgogne voués à une mort certaine chez des restaurateurs de la ville. Nous nous partageâmes ces escargots que nous mîmes dans nos poches et, lorsque nous fûmes au dortoir et que Toto ronfla, je me dévouai avec Reynaud et nous les déposâmes sur le lit du pauvre pion.

Ils ne furent pas nombreux les lycéens de ce dortoir qui dormirent cette nuit-là! Je pouvais voir les têtes ornées de l'antique casque-à-mèche, se soulever doucement, et les yeux fixer le lit de Toto. Mais nous fûmes bien déçus. Le matin seulement, Toto découvrit les escargots qui avaient voyagé de tous côtés excepté sur son nez.

— Tiens! s'écria-t-il, qui est-ce qui a apporté ces bêtes-là?

Personne ne répondit, naturellement.

Alors nous vîmes Toto cueillir un à un nos escargots, les serrer dans son mouchoir et nous dire :

— Je les aime, je les adore, les escargots. Messieurs, si c'est vous qui avez voulu me régaler, merci.

Nous étions roulés. Il les fit cuire, et il les mangea, le misérable, à notre barbe ou, pour être exact, à la place où elle devait pousser plus tard.

Une telle outrecuidance nous exaspéra.

— Il se gausse de nous! s'écria Reynaud.

— Oh! oui, alors!

— Qu'est-ce que nous pourrions manigancer? demandai-je.

— Ah! voyons, Canasson.

— Qu'est-ce qu'il a dans la caboche, Canasson?

— Vas-y, Canasson.

— Mais je n'ai rien, dis-je, je cherche.

Tandis que nous cherchions, je reçus une lettre de mon père qui m'annonçait que j'avais une petite sœur.

— Tiens, c'est drôle, fis-je.

Je m'étais habitué à me considérer comme enfant unique, mais la nouvelle qu'on m'envoyait me fit plaisir.

— Je voudrais la voir, pensai-je.

Les vacances de Pâques approchaient, je ne tardai pas à réaliser mon sou-

hait, car on me   conduisit à Vienne où je tombai dans les bras de ma mère et de mon père.

— Où est-elle ? fis-je.

— Viens voir Clémentine, dit ma mère en me conduisant dans sa chambre.

La nouvelle-née était dans le berceau qui m'avait servi. Elle me parut rose et fraîche et je l'embrassai de bon cœur.

Je causai un plaisir non-dissimulé à mes parents, car je compris plus tard qu'ils avaient eu peur, comme j'avais déjà neuf ans, que j'en voulusse à la petite Clémentine de venir partager mon bien. Heureusement pour moi, ce sentiment-là n'entra jamais dans mon cœur. Au contraire, plus je la regardai, plus je la trouvai jolie.

— Moi, dis-je à ma mère, je sais que je ne suis pas beau...

— Pas beau ! s'écria ma bonne mère. Pourquoi : Pas beau ?

— Je ne sais pas, maman, c'est un fait.

— Un fait ? Té, qu'est-ce qui te manque ?

— Tandis que ma petite sœur est jolie ; tu verras, maman, qu'elle sera jolie.

Et j'éprouvai tant de plaisir à m'occuper d'elle que j'allai dans les prés cueillir des marguerites, que j'en formai une guirlande et que j'entourai de cette guirlande son berceau.

— Té, tu es gentil, me dit ma mère en m'embrassant.

Et se retournant vers mon père, elle ajouta :

— Il est affectueux, tu vois, notre Benjamin.

— Oui, dit mon père. Ce sera une poule mouillée.

Mais avant que de me laisser retourner au Lycée, il me prit à part :

— Gamin, me dit-il, tu dois voir les choses telles qu'elles sont. Lorsque tu es parti pour le Lycée, tu étais fils unique, maintenant tu as une sœur. Je gagne largement notre vie. J'ai augmenté de dix mille francs les quarante mille francs dont notre brave cousin me fit l'héritier : C'est ma fortune ; je l'arrondirai encore, il me reviendra aussi un jour quelque menue monnaie de mon père et de ma mère, mais nous ne serons jamais millionnaires : Il faut donc que tu travailles énormément, afin de compenser les sacrifices que je fais pour toi en te laissant au Lycée, car tu n'as pas le droit de manger la part de ta sœur.

Ce que me disait mon père me fit réfléchir un moment.

— Papa, demandai-je, si je parvenais à me créer une situation indépendante, grâce à l'instruction que j'aurai reçue, je pourrais laisser à ma petite sœur ton héritage entier ?

— Sans doute.

— Alors, je vais travailler d'arrache-pied. Tu peux compter sur moi ; car, déjà, en six mois, j'ai appris à lire et à écrire. Tu seras satisfait.

— Bien, me dit mon père en m'embrassant. Maintenant, va t'habiller. C'est aujourd'hui dimanche et ta mère ne t'a pas encore vu en uniforme.

Ah ! quand elle me vit, cette bonne mère, ce fut du délire.

— Qu'il est beau ! s'écria-t-elle, qu'il est beau !

Elle considéra ma tunique, l'examina sur les coutures, redressa le passepoil rouge de mon pantalon, inclina légèrement mon képi sur mon oreille.

— Qu'il est beau ! répéta-t-elle.

Elle admira particulièrement les palmes d'or brodées sur mon collet.

— C'est ce qui fait le mieux, murmura-t-elle.

Et dans un élan de tendresse, elle s'écria :

— C'est donc ainsi qu'il sera quand il deviendra préfet !

— Oh ! plus beau ! fit mon père.

— Plus beau ! s'écria ma mère, notre fils plus beau ! Ce n'est pas croyable !

Elle passa l'après-midi à me produire chez nos connaissances.

— Té, leur fit-elle, voyez-le donc un peu notre Benjamin. Est-il assez beau ?

Je repris, le soir, mes vêtements ordinaires et ma mère regretta de ne pas m'admirer encore en uniforme.

— Mais enfin, dit-elle, tu as raison, il ne faut pas l'abîmer ; ces affaires-là,-elles coûtent bon.

Il était inutile d'user du drap pour m'en aller avec Eusèbe Guillard et les camarades dans les launes du Rhône ou pour gravir les collines. Eusèbe avait la rage de collectionner des serpents et des lézards, il en remplissait des boîtes, gardait même deux vipères dont il avait brisé les dents et nourrissait dans sa chambre une dizaine de belles couleuvres qui se promenaient en liberté.

— Tu n'en as pas peur ? lui demandai-je.

— Oh ! fit-il, ce sont des reptiles fort inoffensifs, va. Ils viennent gentiment coucher dans mon lit, où ils trouvent la chaleur, et je n'en suis pas gêné le moins du monde.

— Je n'aimerais pas ce voisinage, observai-je.

— Il faut t'habituer à les manier. Les vipères, il est indispensable de toujours s'en méfier, mais les couleuvres, si elles mordaient, ce serait comme la morsure d'un jeune chien.

— Quel agrément trouves-tu à posséder ces vilaines bêtes ?

— Elles m'amusent, moi, parce qu'elles font peur aux autres.

— Tu es particulièrement heureux qu'on en ait peur.

— Oh ! il n'y a pas de danger qu'on entre dans ma chambre, va ! ni les personnes, ni les rats. Depuis que j'y ai une couleuvre, je ne vois plus une souris.

J'entrais cependant dans sa chambre, moi, mais je ne pouvais m'asseoir sur une chaise sans que deux minutes après la tête d'un serpent se balançât à côté de la mienne.

Je m'habituai vite à cette situation, et à manier ces peaux écailleuses et froides il me poussa en ma cervelle qu'on pourrait, avec ces bêtes là, faire une jolie farce à Toto.

Je priai Eusèbe de me céder deux grosses couleuvres qui avaient bien un mètre de long et, à la fin de mes petites vacances, je les emportai dans un sac en toile avec lequel je passai triomphalement devant le concierge, devant le maître-d'étude qui faisait la rentrée, devant le Censeur qui se tenait auprès de lui et devant Toto lui-même.

Je montai au dortoir avec mon sac à serpents, mais il me fut impossible de glisser son contenu comme je le voulais, dans les meubles de Toto et entre ses draps. Mes serpents devenaient encombrants. Je m'ouvris de ma situation à Reynaud qui était mon voisin de lit, mais il manifesta une si grande frayeur à l'idée que j'avais des serpents que je n'en tirai aucun conseil.

Comme, absolument, il fallait m'en débarrasser, j'attendis d'entendre ronfler Toto et je vous prie de croire qu'on l'entendait, celui-là! Si on ronfle quand on est mort, les trompettes du jugement dernier pourront bien trompetter à leur aise dans la vallée de Josaphat sans le réveiller, cet excellent Toto!

J'exploitai cette heureuse disposition.

— Fais bien attention à moi, dis-je à Reynaud. Si le veilleur entre ou si quelque mouvement d'un élève dans le dortoir peut réveiller Toto, tu auras une quinte de toux et je me garerai, au petit bonheur, sous un lit.

— Compte sur moi, dit Reynaud.

Je me jetai sur le parquet et, à quatre pattes, je longeai les lits qui me séparaient de l'estrade sur laquelle mon pion ronflait comme une toupie de Nuremberg. J'approchais de mon but lorsque Reynaud se mit à tousser. Vite je me faufilai sous le lit d'un camarade. C'était le veilleur qui passait, sa lanterne à la main.

Il s'arrêta devant mon lit et voyant que Reynaud ne dormait pas, il lui demanda où j'étais.

— Il est un peu souffrant, dit Reynaud; il s'est absenté un moment et va revenir.

Le veilleur se contenta de cette réponse et passa.

Je respirai.

Je repris ma pérégrination. J'étais au pied de la marche sur laquelle reposait le lit de Toto qui ronflait de plus-en-plus. J'allongeai mon bras sous son rideau pour ouvrir la porte d'un meuble indispensable qui était auprès de son lit. La porte grinça, le ronflement s'arrêta. J'étais perdu!

J'attendis un moment, plein d'anxiété. Mais Reynaud qui comprit ma triste situation fut saisi d'une véritable quinte de toux. Le ronflement reprit de plus belle. J'ouvris mon sac, saisis mes serpents et les plaçai potablement dans le susdit meuble dont je refermai vivement la porte. Mais, en se refermant, cette maudite porte fit encore plus de bruit, Reynaud toussa davantage et Toto cessa de ronfler.

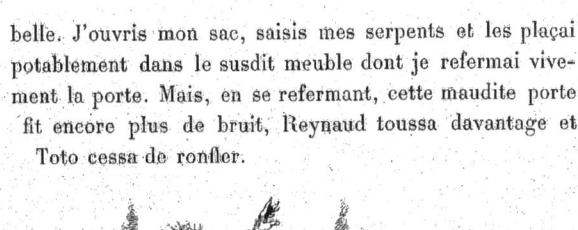

Je n'eus que le temps de me jeter de côté, car Toto écarta son rideau pour examiner le dortoir. Il ne vit rien, et se leva. Il ouvrit à son tour la porte qui grinçait et avança la main.

Non, jamais je n'entendis un pareil cri d'effroi! Non, jamais cri plus épouvantable ne glaça ma moëlle dans mes os!

Toto, l'infortuné Toto bondit à travers le dortoir, s'élança, en réveillant toute la division.

— Des serpents! des serpents! des serpents! cria-t-il.

Il ouvrit la porte du dortoir et disparut.

Je profitai de sa fuite pour regagner mon lit au plus vite.

Nous étions tous sur notre séant et ceux qui portaient des casques-à-mèche semblaient l'avoir, de peur, dressé sur leur tête, ce qui ne laissait pas d'être un beau spectacle.

— Surtout, ne dis rien, ne te dénonce pas, quoi qu'il arrive, murmura Reynaud à mon oreille, car l'affaire va mal tourner.

Je le crois, qu'elle tourna mal!

Aux cris : « Des serpents! des serpents! » les élèves s'effrayèrent. Ils regardèrent et virent mes deux couleuvres dont l'une se promenait déjà dans le dortoir, dont l'autre descendait avec gravité de l'estrade. Ils firent comme Toto, ils crièrent. Je levai les bras pour les calmer, je fus sur le

point de leur dire qu'il n'y avait aucun danger, mais Reynaud me saisit la main.

— Ne parle pas, me souffla-t-il; soyons tremblants aussi et faisons comme les autres.

J'obéis. Toute la division s'échappa par le même chemin que Toto. Il ne resta plus personne dans le dortoir.

Ce n'est pas que nous eussions chaud, tous, en bannière, dans les vieux escaliers de pierre du Lycée, mais aucun de nous ne demandait à rentrer, non pas même le domestique qui faisait le service de notre division et dont les genoux claquaient l'un contre l'autre comme des castagnettes.

Bientôt montèrent des voix. Le Lycée était en rumeur. Le Censeur s'était levé; on avait averti le Proviseur; des garçons, des maîtres arrivaient. Tous portaient des lanternes et s'étaient armés de cannes et de balais. Toto les conduisait. Ah! le beau spectacle!

— Remontez dans votre dortoir, Messieurs, nous dit le Censeur.

Et bravement, il y entra le premier.

— Où sont-ils, ces serpents? demanda-t-il à Toto.

— Près de mon lit, Monsieur le Censeur, répondit celui-ci en tremblant.

— Bien.

Tout le monde s'avance. On brandit les balais d'une façon guerrière. On projette la lueur des lanternes sur le parquet... Mais on ne voit rien du tout. On furète, rien..... Rien !

— Ah ! ça, dit le Censeur qui paraissait fort contrarié qu'on l'eût tiré de son lit douillet, où donc se trouvent ces fameux serpents, monsieur Régulato ?

— Ils étaient là, répond Toto ; ils se seront cachés.

Voilà qu'une véritable battue s'organise dans le dortoir, mais de retrouver les couleuvres, ce n'était pas facile. Ces bêtes-là se cachent très-bien et avec le bruit qu'on avait fait, avec ces lanternes, on avait dû les effrayer. On ne les retrouva pas.

— Vous avez eu la berlue, Monsieur Régulato, dit le Censeur.

— Oh ! non, Monsieur le Censeur, je les ai touchés.

— Nous les avons vus, affirment quelques élèves.

— Moi aussi, je les ai vus, à ce que je déclare pour éloigner de moi les soupçons.

Devant ces assurances formelles, on bouscule tout. Nous défaisons nos lits, remuons nos tables-de-nuit, regardons dedans. Rien.

— Décidément, vous avez tous rêvé ! s'écrie le Censeur.

— Je vous jure... commence Toto.

— Taisez-vous, Monsieur, dit le Censeur. Vous voyez qu'il n'y a rien puisqu'on ne trouve rien.

En ce moment, le Proviseur paraît.

Il se fait expliquer l'affaire de l'alpha jusqu'à l'oméga.

— Et il n'y a rien ! s'écrie le Proviseur. Vous êtes fort léger, monsieur Régulato, de vous emballer ainsi pour un songe. Couchez-vous, Monsieur.

Et se tournant vers nous :

— Couchez-vous, Messieurs.

Il sort avec le Censeur. Tout rentre dans l'ordre.

— Le pauvre Toto ne doit pas en mener large, me souffle Reynaud.

Non. Le pauvre maître-d'étude ne fut pas récompensé d'avoir eu peur. En vain, le lendemain, les domestiques cherchèrent-ils mes couleuvres. Nous ne savions où ces gredines-là avaient pu se fourrer, mais il fut impossible de les découvrir. Il demeura dès lors entendu que ce malheureux Toto avait fui sous l'empire d'un déplorable cauchemar, et dame ! le cauchemar dans ces proportions-là, un cauchemar qui dérangeait le Censeur et le Proviseur, n'était pas fait pour lui attirer les bonnes grâces de l'administration du Lycée.

— Mais enfin, disaient mes camarades, nous n'avons pas eu le cauchemar, nous aussi, et nous avons vu les serpents.

Je leur découvris la vérité et ils commencèrent à s'amuser de ce qui les avait effrayés.

— Ne te dénonce jamais! s'écrièrent les élèves, tu risquerais d'être renvoyé du bahut. S'il y a un jour une punition, si les serpents se retrouvent, nous subirons la punition collective et nous te sauverons.

Ils étaient gentils, les camarades, et, au Lycée de Lyon, il

n'y avait pas un élève capable de moucharder, d'en vendre un autre.

La punition collective arriva.

Au bout de huit jours, comme ce pauvre Toto, pour se réhabiliter, faisait toujours rechercher les serpents, notre garçon de service eut l'idée de déclouer l'estrade sur laquelle était le lit de Toto, chose que l'on n'avait pas faite d'abord, parce qu'on ne voyait pas de trou par lequel un serpent pût se glisser.

Sous l'estrade, on trouva mes deux couleuvres, bien tranquilles, mais qui se mirent à voyager aussitôt qu'on les eut découvertes. Seulement, cette fois-là, on les tenait, les misérables!

BENJAMIN CANASSON.   7

Une dizaine de domestiques féroces se jetèrent sur elles et leur cassèrent les reins, leur écrasèrent la tête, et on les porta triomphalement au Proviseur et au Censeur.

— C'était vrai! s'écria ce dernier.

Il rendit un peu de son estime à Régulato; mais se précipitant dans l'étude avec le Proviseur et un garçon qui tenait une couleuvre de chaque main, il dit :

— Messieurs, l'un de vous a apporté dans le dortoir ces specimens d'ovipares. Qui est-ce?

Personne ne répondit.

— Je vous préviens, Messieurs, dit à son tour le Proviseur, que la division tout entière sera privée de récréation jusqu'à ce que le coupable se dénonce.

Silence de mort.

— Vous vous déciderez, Messieurs, dit le Proviseur.

Il sort, suivi du Censeur et des serpents.

— Voyons, dit Toto, nous prenant par la douceur, que celui qui a fait cette mauvaise plaisanterie se dénonce. On ne le guillotinera pas pour cela.

Et, persuasif :

— Il ne va pas faire punir tous ses camarades pour s'éviter, à lui, une réprimande.

Mot.

Et huit jours durant nous demeurâmes privés de récréation. Notre stoïcisme ne fut pas ébranlé.

Il fallut oublier cette farce, mais comme le murmuraient à voix très basse mes camarades :

— Tout-de-même, Canasson en avait trouvé une roide.

Ce qui nous faisait le plus de peine, c'est que l'on ne pardonnait pas à Toto sa scène de la nuit, c'est qu'on lui en voulait de n'avoir pas découvert le coupable. Quand le Censeur passait dans l'étude, il lui disait d'un ton goguenard :

— Vous n'avez plus de serpent?

Et il dénigrait ce qu'il faisait.

— Vous ne savez donc pas fournir aux élèves des indications pour leurs devoirs? demandait-il.

Ou encore :

— On me dit que vos élèves savent mal leurs leçons, il faut les leur faire répéter.

Et comme le pauvre Toto travaillait tant qu'il pouvait pour devenir professeur, on ne lui était pas favorable.

Nous le vîmes s'attrister. Il devint beaucoup plus doux avec nous, il nous fit même des confidences qui nous retournèrent complètement et nous portèrent à l'aimer.

Toto avait une vieille mère et une sœur. Sa mère presque aveugle pouvait tout-au-plus faire le ménage, sa sœur cousait du matin au soir pour gagner quelques sous, et sur son traitement de sept cents francs Toto prélevait cinquante francs par mois pour leur usage.

Nous nous expliquâmes alors ses redingotes luisantes et adroitement reprisées, ses chapeaux problématiques sur le bord desquels il passait de l'encre, ses souliers éculés. Quelques-uns de mes camarades s'arrangèrent pour le prendre comme maître-répétiteur, mais ce ne fut pas commode parce que le temps lui manquait et que le Proviseur refusait avec aigreur de le faire remplacer.

On lui fit gagner quelques sous quand-même et il nous en sut bon gré. Il nous accorda une certaine liberté. On ne fut plus digne de la retenue pour dire à son voisin de prêter sa règle ou pour lui demander une explication relative à un devoir.

— S'il ne tenait qu'à moi, nous disait-il, je vous laisserais plus de liberté encore et vous n'en travaillerez pas moins, mais ne racontez même pas que je vous en laisse autant.

En ce qui me concernait, je n'eusse pu travailler davantage, car je m'étais mis de tout cœur à l'ouvrage en songeant à cette petite sœur que j'avais et dont mon instruction devait garantir le bien-être. Je l'avais promis à mon père : Je devins un bûcheur, et si j'étais entré au Lycée ne sachant ni lire ni écrire au commencement de l'année, j'eus le bonheur d'être nommé deux fois lors de la distribution des prix et je rentrai à Vienne fort glorieux de mon savoir, avec un gros cartable rempli de devoirs de vacances que je ne manquai pas de faire.

— Ah! mon cher Eusèbe, dis-je au petit Guillard qui m'attendait à la station du chemin-de-fer, tes couleuvres ont eu un fier succès, va. Je vais te raconter...

Je lui peignis la scène du dortoir.

— Tu vois que cela peut servir de collectionner les serpents, dit Eusèbe. J'espère qu'après avoir réussi cette bonne farce vous avez continué.

— Non, répondis-je. L'administration du Lycée en a beaucoup voulu à

Toto de la peur qu'il avait eue, du retentissement de cette farce parmi les élèves, et surtout des dérangements qu'elle avait occasionnés au milieu de la nuit.
Voyant Toto persécuté par ses supérieurs nous avons été adoucis de suite, naturellement, par esprit d'opposition. Il s'est montré plus confiant et nous a
appris qu'il soutenait sa vieille mère et sa sœur. Depuis que nous connaissons
ses peines, nous l'aimons et il n'y a plus de punitions dans notre division.

— Ah! fit Guillard, tu as de la chance d'être tombé sur un bon pion.

— Ils ne sont pas bons, les tiens?

— Moi, je n'en ai pas : Je vais à l'école communale. Je n'ai pas besoin de
latin pour succéder à papa dans sa boutique de papeterie, tandis que, toi, tu
seras préfet. Qu'est-ce que tu me donneras quand tu seras préfet?

— Tout ce que tu souhaiteras.

— Ah! bien, tu verras si je t'en demanderai, des affaires?

— Comme quoi?

— Est-ce que je sais!...

— Mais, Eusèbe, si tu gardes la papeterie, que fera ta petite sœur?

— Elle se mariera.

— Ta petite sœur est née en même temps que la mienne.

— Ma dernière, car tu sais que j'en ai perdu une et tu n'oublies pas Octa-
vie qui, jeune encore, a été confiée à ma grand'maman, à Givors.

— Non, je n'oublie pas ta première sœur, mais je te parle de la petite
Catherine, la seconde.

— Ah! elle est bien gentille. Elle a la peau si blanche, si blanche!.. plus
blanche que du papier, et des cheveux blonds.

— C'est la mienne qui est gentille aussi.

— Oh! oui.

Ma petite sœur Clémentine occupait une grande place dans mon cœur.

Aussitôt dans ma maison, après avoir embrassé mon père et ma mère, qui
m'avaient attendu sur leur seuil au milieu d'une dizaine de clients et de voisins,
je leur demandai :

— Clémentine?

— Elle dort, en haut, dans la chambre, répondit la Belle-Épicière.

J'y montai quatre-à-quatre.

Ah! qu'elle avait donc embelli depuis trois mois! Elle n'était pas blonde
comme Catherine Guillard, elle était déjà brune, mais elle avait la peau aussi
blanche que Catherine, pour sûr.

Je remarquai ses grands yeux bruns qui me fixaient. Je lui fis risette, elle me rit. Alors je l'enlevai dans mes bras et la couvris de baisers. Il me sembla que mon cœur débordait sur elle, que je m'épanouissais à l'aimer. Il est certain que je n'avais jamais senti pour mon père et pour ma mère des sentiments pareils à ceux que j'éprouvais pour ma petite sœur.

J'eus pour elle de vraies tendresses de mère. J'en pris soin, je la berçai, je la dorlottai tant qu'elle pleurait quand on la tirait de mes bras. Cette marque d'affection fit couler dans mes veines comme un baume.

— Elle m'aime déjà! me dis-je, et de croire que ce petit être qui ne devait guère penser encore s'attachait à moi me causa un plaisir extrême.

J'installai une table pour faire mes devoirs dans la chambre de ma mère, parce que c'était dans cette chambre que l'on mettait le berceau de ma sœur et je partageai mon temps de manière à travailler depuis cinq heures du matin jusqu'à midi. Dans l'après-dînée je sortais pour me promener et pour jouer avec mes anciens camarades et nous ne pouvions passer devant la guérite de la caserne sans rire encore de ces beaux exploits qui avaient ameuté la population de la ville de Vienne.

Mais le temps des bonnes farces parut envolé! Nous allions nager dans le Rhône et nous y pêchions à la ligne. C'était un plaisir très sérieux.

Comme on avait construit une sorte de digue pour canaliser le Rhône et empêcher ses inondations d'être aussi désastreuses, nous nous rendions sur cette digue, nous y laissions nos vêtements en paquet et nous nous jetions en plein courant. Notre plaisir était de nous laisser emporter par le Rhône jusqu'au bas d'Estressin où finissait la digue et nous reprenions par la digue pour recommencer le même manège.

> Quand nous avions fait à la nage
> Cinq ou six tours nous remontions
> Sur la digue servant de plage.
> Au bout de lignes nous mettions
> Le lombric nommé ver-de-terre
> Tortillant sur nos hameçons
> Et, séchés d'un rayon solaire,
> Nous pêchions de petits poissons.

Nous attrapions ainsi de délicieuses fritures, mais quelquefois un fort poisson ne dédaignait pas de mordre. Alors, nous rapportions notre proie, généralement un gros barbeau, nous le faisions admirer sur notre passage, et comme nous étions de bons camarades, nous le mangions à tour de rôle, quel que fût celui qui l'eût attrappé.

Les insectes nous passionnaient encore un peu, mais de loin-en-loin, lorsque pour nous promener, nous nous rendions dans les saulaies. Il y avait toujours au-dessus du comptoir de mes parents les deux magnifiques tableaux de coléoptères que j'avais formés ; n'était-ce pas suffisant pour ma vie entière! La pêche était beaucoup plus pratique, ce qu'on prenait se mangeait avec délices et on voyait les hommes s'adonner à la pêche à la ligne et au filet. Or, nous étions à un âge où nous voulions nous montrer de petits hommes en nous rapprochant de tout ce que faisaient nos papas.

Nous ne pêchions pas seulement dans le Rhône, nous essayions de happer des truites à la ligne volante dans les torrents et de ramasser des écrevisses en soulevant des pierres parce que nous ne possédions pas de balances. La truite ne nous était pas favorable, je dois l'avouer, mais nous étions plus heureux avec le petit poisson rouge marchant à reculons, comme l'écrivit je ne sais plus quel grand savant.

Le jour, nous retroussions notre pantalon et nous glissions nos mains sous les douves afin de saisir l'écrevisse avant qu'elle ne donnât ses coups de queue qui, précisément, la font fuir à reculons avec une grande rapidité, mais, le soir, la pêche devenait beaucoup plus intéressante.

J'avais imaginé de prendre une cloche à melon de moyenne grandeur et
de la suspendre comme un seau à l'aide de deux anses croisées ; je plaçais au
milieu un lampion à pétrole assez puissant que j'allumais et j'immergeais cette
cloche dans les trous du ruisseau où je voulais pêcher des écrevisses. Celles-ci,
éblouies par la lumière, venaient autour de ma
cloche et un de mes ca- marades les ramassait sans
peine aucune. Oh ! les beaux
buissons d'é- crevisses que
cela faisait ! Quand nous
rentrions avec
un   panier

plein de ces gentils crus-
tacés, ma mère prévenait les
Guillard et quelques au-
tres voisins et, à neuf heures, quand on avait fermé la boutique, elle faisait
cuire les écrevisses dans l'eau avec du sel et quelques gousses d'ail, et elle
les retirait quand leur test se voyait d'un rouge écarlate, digne du cardinal
des ruisseaux, puisqu'on a appelé le homard le cardinal des mers !

Nous nous asseyions autour de la table, mon père descendait chercher quelques bonnes bouteilles de vin des côtes du Rhône, et chacun, en nous compli-
mentant sur notre adresse, se mettait, après la soupe, au plat que nous avions
fourni.

L'écrevisse est comme la noix, elle amuse à manger, et tandis qu'on l'éplu-
che, on cause. C'était l'heure à laquelle on racontait des histoires. Bouju, le
perruquier, savait tout. Pas un Viennois qui éternuât sans qu'il en fût informé.

Il connaissait des choses en si grande quantité qu'il racontait des tas d'affaires auxquelles je ne comprenais rien et qui devaient n'avoir queue et tête que pour des gens déjà au courant des événements. Il parlait aussi politique et s'échauffait beaucoup. A partir de onze heures du soir, chacun criait si haut qu'il n'y avait plus moyen de s'entendre et on ne se voyait plus, car, les hommes ayant tiré leur pipe, des nuages de fumée remplissaient notre arrière-boutique avant que de sortir par la fenêtre ouverte. Alors je montais me coucher, en passant par la chambre de ma mère pour souhaiter le bonsoir à ma petite sœur qui dormait la nuit entière sans se réveiller, tellement elle se portait gentiment.

Il faisait, cette année-là, une chaleur torride. Depuis deux mois il n'avait plu et le mistral soufflait fréquemment. Les feuilles étaient desséchées et sur les routes il y avait trois pouces d'une poussière fine qui se soulevait sans cesse et vous couvrait comme si on eût été poudré. A ces grains de poussière je dois à la vérité de dire qu'il se mêlait des petites bêtes brunes qu'il est peut-être bienséant de ne nommer qu'aphaniptères, lesquelles semblaient aussi innombrables qu'au Brésil et se montraient d'une voracité piquante.

Il y avait également des bataillons de moustiques. On aurait été dévoré si on eût oublié de fermer la fenêtre de sa chambre avant que d'y pénétrer avec la lumière. Car notez que le cousin et l'autre petite bête sont des venimeux terribles, et que si vous multipliiez leur grosseur de manière à atteindre simplement le volume de la tête d'une vipère, vous aurez un venin beaucoup plus puissant que celui du plus horrible reptile. Comment, voilà une tête d'épingle qui vous cause une boursouflure d'un pouce et vous procure une démangeaison épouvantable!... Car, quelque convenable que vous soyez, vous n'allez pas me dire que vous ne vous êtes jamais gratté. A Vienne, cette année-là, on ne s'en fit pas faute. On n'avait pas l'habitude de beaucoup se gêner; on n'y aurait pas tenu durant cette longue sécheresse, et on se rendait même le service de se les enlever réciproquement sur le col et le plastron de sa chemise.

Le grand malheur, c'est que les fruits ne grossissaient pas sur les arbres et qu'ils tombaient trop tôt. On les avait pour rien. Comme j'en étais très friand j'en mangeais la journée entière et lorsque je me promenais dans la campagne avec Eusèbe, nous n'avions qu'à donner un sou pour avoir notre plein chapeau d'alberges.

Ah! qu'il fait bon vivre au milieu de ces plantureuses contrées où on a déjà le Midi et où on conserve encore le Nord, où la végétation comprend tout, où la terre admet tout, est bonne mère; cerises, abricots, pêches, poires, pom-

mes, raisins et purée septembrale, le bon vin qui coule des vignes, tout se
cultive, pousse, se mange, se boit. Une corne d'abondance tenue par la Nature
se vide sur les heureux habitants de ces contrées. L'homme n'a pas beaucoup
de peine à se donner. De temps-en-temps, il a quelques jours de labeur, et, le
reste de l'an, il se laisse vivre. Il peut s'asseoir à sa table, tranquillement, en
face du broc de vin qu'il tire d'un vieux fût, il coupe un morceau de pain et sort
l'assiette qui contient le fromage de chèvre, il mange et vide son broc tandis
que ses enfants plongeant leurs mains dans des paniers de fraises pourpres se
barbouillent gloutonnement leur frais visage et font de la confiture entre leurs
doigts!

> Ah! quel bon pays que la France
> Que c'est beau, Vienne en Dauphiné,
> Superbe corne d'abondance,
> C'est le pays où je suis né.

Que j'eusse donc été aise que la nourriture que j'avais chez mes parents me
suivît au Lycée! Avec quel bonheur j'aurais mangé des fruits l'année entière,
du raisin surtout, car j'avais pour le raisin une prédilection marquée et mes
parents le conservaient si bien durant tout l'hiver!... Mais il ne fallait pas compter sur les desserts du Lycée où on vous distribuait largement cinq marrons
exactement comptés ou deux nèfles. Ah! les nèfles du Lycée! Je les vois encore
ces nèfles! Des nèfles!

Bientôt j'allais la ravoir la nourriture du Lycée et son abondance, ô ironie
amère! O robinet d'eau claire à volonté au coin de la cour! Je n'aurais plus le
fruit, ni le bon gibier que la chasse ramenait chez nous. Car mon père et ma
mère aimaient à vivre largement et la Belle-Épicière cuisinait d'une manière
fort convenable, à la mode de son pays, avec quelque peu d'huile et une pointe
d'ail, mais, en ce temps-là, n'ayant goûté que la cuisine du Lycée en dehors
de la nôtre, je n'en imaginais pas de plus logique et de plus raffinée.

Et encore à-présent, je me délecte de certains plats que faisait ma mère.
Elle avait une manière d'arranger les perdreaux! Elle mettait dans l'intérieur trois ou quatre gousses d'ail, pour remplacer ce qu'elle en sortait, et elle
les embrochait devant un clair feu de bois, elle s'asseyait pour ne pas les
quitter de l'œil, et tout le temps, elle les arrosait d'huile embaumant l'olive.
Chaque fois que je mange des perdreaux, je les fais cuire de la même façon.

Et les becfis, si abondants, dans mon enfance, au milieu de ces contrées
du Viennois! Ah! comme ma mère les enveloppait soigneusement dans les

feuilles de vigne, et comme elle les plaçait avec douceur dans une casserole en terre où préalablement elle versait une gouttelette d'huile d'olive. Une seule gousse d'ail, un rien, pour une ou deux douzaines de becfis, suffisait à les parfumer. Ils cuisaient pour ainsi dire dans leur graisse.

— Oh! que c'est succulent! faisait-on en les mangeant, les lèvres suintant le gras de ces petits oiseaux qui ressemblaient à des pelotes blanches.

Une fois au Lycée, c'était fini de ces excellents plats. Hé bien, ce n'est pas tant la cuisine que je regrettais, quoique je fusse assez gourmand, que le grand air et la lumière. Ce n'est pas que Vienne, à l'intérieur de la ville, soit lumineux et agréable, non; c'est une vieille ville sombre; mais je m'y sentais libre. Si on m'eût offert un Lycée éclairé, ensoleillé, gai, avec des cours d'où on vît le ciel bleu, avec des jardins, des arbres, j'y serais revenu avec plaisir; mais ce Lycée de Lyon, cette prison plus laide qu'une prison, cette ancienne institution de jésuites qui respirait la claustration, avec ses grilles, ses corridors que rien n'égayait, un restant de la discipline des bons pères, le peu d'attention apporté à la santé des élèves, le manque absolu de soins de leur personne, une nourriture qui n'était appropriée ni à l'âge ni aux besoins d'enfants qui grandissaient, que de choses à réformer! Ah! je l'avoue, en ce temps-là, je n'en pensais pas si long. Ces réflexions se réduisaient à ceci : Le Lycée était sombre, triste et garni de grilles. Je n'y avais pas faim puisqu'on distribuait le pain à discrétion, je n'y avais pas soif puisque l'eau était à notre disposition, et je ne réfléchissais pas alors que le pain ne nourrissait pas suffisamment l'enfant et que l'eau le rendait débile.

Je retournai au Lycée avec ennui, cependant sans crainte, mais je pleurai de quitter mes parents et en particulier ma petite sœur Clémentine.

— Je l'emporterais bien avec moi, dis-je en riant; elle tiendrait dans ma case et j'en aurais grand soin.

— Il est gentil, té, fit ma mère, notre Benjamin, et bien affectueux.

— Oui, c'est une bonne pâte, dit mon père. Pourvu qu'il ait assez de caractère pour se défendre dans la vie.

— Oh! bien, té, fit ma mère, il vivra tout-de-même, pas vrai?

Je les quittai sur cette bonne parole et allai prendre le train pour Lyon.

Je rencontrai dans mon wagon quelques camarades qui avaient leurs parents sur la ligne, les uns venant de l'Isère, d'autres de la Drôme ou de l'Ardèche, quoique, de ces deux derniers départements, on dirigeât presque toujours les enfants sur le Lycée de Tournon.

— Qu'est-ce que tu as fait pendant tes vacances? demanda l'un.

— Et toi?

— Oh! moi, j'ai eu un permis de chasse.

— Tu as tué du gibier?

— Certes! Un lièvre.

— Un lièvre!

— Tu as dû joliment t'amuser.

Et les conversations allaient ainsi, un peu limitées, gênées, parce que certains de nos camarades étaient accompagnés de leurs parents.

Puis, au-dessus de nous, rendant nos conversations un peu forcées, planait quelque chose de noir qui nous angoissait parce que, au fond, il n'y avait pas un de ces élèves qui rentrât gaiement dans cette prison que l'on dénommait le Lycée, et que nous appelions plus proprement : le bahut.

Ah! nous n'avions pas alors de ces établissements où tout est joie et gaieté, où les salles sont propres, où les mesures d'hygiène frisent presque le confort, où une liberté assez grande laissée aux élèves empêche que leur cœur ne se serre quand on leur parle de l'internat. S'il existait déjà de ces établissements, nous ne les connaissions pas, mais on commençait à parler de la construction d'un petit Lycée, à Saint-Rambert, près de Lyon, où il y aurait de l'air et de la lumière, où les dortoirs seraient chauffés, les corridors également, enfin un paradis terrestre auprès de cette grande baraque des jésuites dans laquelle on nous enfermait dans l'air saturé de toutes les mauvaises odeurs d'une grande ville.

Je devais encore, cette année-là, trouver plus triste le Lycée de Lyon parce qu'on me mit dans la cour des Moyens. La raison de ce changement, que la classe à laquelle j'appartenais ne justifiait en aucune manière, c'est que mon terrible adversaire, Béquillard, était un cancre.

Oui, c'était un cancre, Béquillard, et un paresseux. Moi, j'étais entré au Lycée ne sachant ni lire ni écrire, et un an après, je lisais couramment, j'écrivais lisiblement et j'avais commencé tout ce qu'on doit savoir en huitième. Voilà ce que j'avais fait, moi, avec l'aide d'un maître-répétiteur spécial, c'est vrai, mais il ne faisait aucun doute que, pour en être arrivé là, je m'étais rompu au travail. J'entrais en septième dans les premiers. Or, au moment où je montais d'une classe, le Proviseur décidait de faire redoubler sa huitième à ce cancre de Béquillard.

Or, comme on ne voulait pas qu'il pût me garder rancune, dans la même cour que lui, de ce qu'il descendait tandis que je m'élevais, c'est lui qu'on envoya dans la cour des Petits et c'est moi qui passai dans la cour des Moyens.

Ah! la vilaine, la laide, l'obscure, la lugubre et l'ennuyeuse cour que celle des Moyens! Dans la cour des Petits on apercevait encore un coin du ciel, mais la cour des Moyens était un puits.

Croyez-vous que ces murs, au moins, étaient crépis de couleur claire, que quelque chose en pouvait plaire à l'œil, ressemblât à cette maison blanche à volets verts qui fut dans sa vie entière le rêve de Jean-Jacques Rousseau? Hélas! les murs étaient gris ou jaunes, malpropres, les fenêtres étaient grillagées. Tout était funèbre, depuis la couleur jusqu'à la disposition des murailles.

Le milieu de cette cour était rempli d'un gravier toujours humide autour duquel régnait un dallage assez large. A un bout de la cour s'ouvrait la porte pour aller au parloir, à l'autre bout était une manière de cloître sous lequel aboutissait l'escalier pour monter aux études, tandis qu'à l'opposé était la loge du concierge que nous surnommions « Caracole ».

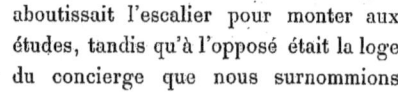

L'histoire de Caracole est assez amusante pour que je la rapporte ici. Elle expliquera, d'ailleurs, le sobriquet dont nous l'avions affublé.

Ce concierge nous vendait du chocolat, du fromage, des fruits, des gâteaux; le tout dans les prix doux, car la « semaine » des lycéens variait de dix à quarante sous. Ceux qui avaient quarante sous pour passer leurs huit jours étaient des millionnaires.

Si on voulait entendre l'histoire de Caracole, c'était on ne peut plus facile, car son bonheur consistait à la narrer.

On allait à sa porte, on choisissait dans le panier un « rhum », et, en lui donnant deux sous, on lui disait :

— Dites donc, Monsieur Caracole, ce n'est pas de la blague? Vous avez réellement fait la guerre en Afrique?

— De la blague! Oui, Monsieur, oui, j'ai été en Afrique, indubitablement. Asseyez-vous, tenez. Je vais vous raconter comment je l'ai faite, moi, la guerre d'Afrique, à moi seul.

On prenait place, et aussitôt, en homme au comble de la joie de raconter ses prouesses guerrières, il parlait ainsi que s'ensuit :

HISTOIRE DE M. CARACOLE

C'était du temps qu'il y avait des Bédouins.

Nous avions là-bas un ambassadeur qui mettait fréquemment en colère le dey d'Alger, lequel était comme qui dirait l'empereur des Bédouins. Un jour ce dernier, avec son caractère rageur, donna un coup d'éventail en plein sur le nez de l'ambassadeur.

Le nez de celui-ci saigna comme un canard. L'ambassadeur tira son mouchoir et baissa le nez, ce qui manquait absolument de dignité. Le dey d'Alger, de le voir, rigola comme une petite baleine.

— Bon, que lui dit notre ambassadeur, c'est pas tout ça. Vous m'avez fait salir mon mouchoir, vous allez m'en donner un propre.

— Par Mohammed! lui répondit le dey, vous êtes encore d'un joli tonneau. Je ne vous changerai pas votre mouchoir par cette raison que je n'en possède pas. Faites comme moi, passez-vous-en. Ce n'est pas pour des prunes qu'Allah nous a fait des doigts.

— Alors, je réclame mes papiers.

— Pour vous moucher?

— Ce n'est pas le moment de rire, je m'en vas de chez vous, dit notre ambassadeur.

On lui remet son papier et il rentre en France.

Il raconte son affaire au Roi qui se redresse et dit : « C'est pas tout ça! » Et il envoie un nouveau, en parlementaire, avec le drapeau blanc quoi. Hé bien, savez-vous ce qu'il fait le dey d'Alger, cette canaille? Il fait tirer tous ses canons sur le parlementaire. Hein, qu'est-ce que vous en pensez?

Alors le Roi dit : « C'est pas tout ça ». Et il envoie, moi, son soldat en Alger.

C'est dans ce moment que je fus satisfait d'être dans la cavalerie et d'avoir un cheval blanc. Je caracole au départ. On me jette des fleurs. Je caracole. On embarque. Ah! par exemple, je ne suis pas fier! Que je suis donc malade! Que je suis donc malade ! Oh! la gredine de mer!

On nous débarque, je caracole. On attaque un tas de Bédouins de toutes les couleurs sur le plateau de Staouéli, je tire mon sabre et je caracole au milieu d'eux en en faisant un vrai carnage. Ah! oui, ils pouvaient me tirer des coups de pistolet et me transpercer de leur yatagan. Mais mon sabre était prompt à la parade et leste à la riposte. Il avait l'air de caracoler comme mon cheval, lui aussi, mon sabre.

Tout-à-coup, je vois au milieu de cavaliers arabes trois queues de cheval au bout d'un bâton.

— Hé! mais, que je me pense en moi-même, c'est un drapeau, cette affaire-là.

Je n'en dis pas plus. J'éperonne mon cheval blanc, je caracole, le sabre haut, j'arrive au milieu des bédouins, je caracole, et vlan! et vlan! les coups de sabre. Je prends leur drapeau, je les laisse s'enfuir, et je caracole pour revenir apporter mon drapeau à mon général qui me dit :

— C'est bien, je te décore.

En attendant, on me fait brigadier.

Mais ce n'est pas fini. On attaque le château de l'Empereur. C'est un fort, mais si bien bâti depuis longtemps, que le canon n'en viendrait que difficilement à bout.

— Hé! mais, que je me pense en moi-même, il y a un moyen.

Je vais trouver mon colonel et je lui dis :

— Mon colonel, confiez-moi simplement un pétard.

— Tiens, que me répond le colonel, voilà un pétard.

Alors, je quitte les rangs. Je caracole à droite, à gauche. Je n'avais pas l'air d'y toucher mais je me rapprochais du château de l'Empereur, du côté où on ne canonnait pas et où personne ne faisait attention à moi, à ce que je me pensais en moi-même. Je caracole en me rapprochant toujours. Tout-à-coup, pan, pan, pan, je reçois une dégelée de pruneaux. Ah! Monsieur, si vous aviez vu ça! On n'en fait pas tant à Agen dans une année.

Vous vous imaginez que je tremblai? Pour mon cheval, peut-être, mais pas pour moi. Je caracole comme devant. Puis tout-à-coup, je fonce sur le château de l'Empereur, je descends de cheval en bas du mur, je me moque comme d'une guigne des coups de fusil que l'on me tire, je cherche un trou dans le mur, je

le trouve, j'y glisse mon pétard, je sors mon briquet, j'y mets le feu, j'allume ma pipe, je remonte à cheval, et je caracole en m'en allant.

Je n'étais pas à cent mètres que j'entends un bruit de tous les diables.

Je me retourne : C'était mon pétard.

En même temps je me vois au milieu d'une grêle de pierres et couvert de poussière.

Je regarde : Une énorme brèche était pratiquée dans la muraille du fort.

PAUL DE SÉMANT

BENJAMIN CANASSON.

9

Je caracole. Je fais signe aux camarades. Ils avaient déjà vu le coup, les lascars !

Nous voilà tous lancés sur le fort, je caracole, et je monte le premier sur la brèche. A cheval, sabre en main, me voilà en haut du mur.

Tout-à-coup, je tombe.

Quand je revins à moi, j'étais dans la ville d'Alger, couché sur un lit, couvert de nobles blessures et je n'avais pas la croix-d'honneur sur ma poitrine parce que mes chefs avaient été décorés à ma place, mais ils me nommèrent sergent.

Comme cela, Caracole avait conquis Alger. Il n'avait aucun doute sur sa valeur et il concluait, en toute humilité :

— Sans moi, ils n'en seraient jamais venu à bout. La France serait encore humiliée.

Aussi le nom de Caracole, loin de lui être désagréable, le flattait. On eût dit que c'était la consécration officielle de sa bravoure. Tout le monde n'en a pas autant.

La preuve que ce sobriquet ne sonnait pas mal à ses oreilles, c'est qu'il n'avait pas perdu l'habitude de se servir du mot. Quand des élèves habitant Lyon le chargeaient d'une commission pour leurs parents, il leur répondait généralement, au lieu de dire : « J'y vais ou j'y vas, » car tous les deux se disent, il leur répondait :

— J'y caracole.

Et de même que les élèves criaient à sa femme pour lui demander un sucre-d'orge : « Madame Caracole, un suçon » ; de même, quand il parlait à sa digne moitié, il lui disait : « Madame Caracole, tu devrais faire ceci ou ça. »

Il faut ajouter que ce brave homme se voyait toujours de bonne humeur. Il était concierge du Lycée, fonctionnaire utile et peu payé, mais il recevait beaucoup de pourboires et gagnait une somme rondelette à nous vendre quelques petites friandises pour rendre notre pain moins sec, jusqu'à de la cassonade que nous étendions sur un papier et dans laquelle nous roulions notre pain avant de le consommer, ce qui faisait dire au Proviseur :

— Les enfants deviennent trop gourmands. Notre époque est funeste. Ils ne sont plus élevés à la dure. Ils ne formeront jamais des hommes.

Le pauvre Proviseur ! Qu'eût-il donc dit maintenant ? puisqu'on commence à comprendre qu'il faut développer la santé de l'enfant et non le rendre malingre et maladif ?

Enfin, s'il ne s'occupait pas de la soupe et la déclarait toujours excellente, ne fût-ce que par sympathie pour M. l'Économe, il apportait la plus grande attention à notre latin. C'était là son affaire. Le grec le passionnait médiocrement, le français encore moins, mais le latin!...

Aussitôt qu'il entrait dans une classe et daignait s'informer d'un élève, il demandait :

— Mord-il au latin ?

Le professeur lui répondait :

— Médiocrement, monsieur le Proviseur !

Alors le Proviseur tournait les talons en murmurant :

— Mauvais élève.

Ah ! que ne nous entendait-il avec notre professeur !

— *Rosa....* disait celui-ci.

— C'est ma bonne, répondait un élève.

— *Niger*, disait le professeur.

— Fleuve d'Afrique, répondait un fort en géographie.

Et jamais aucun de nous ne perdait l'occasion d'une de ces traductions spirituelles et libres. O la liberté, il n'y a que ça !

Liberté ! liberté chérie !

— Messieurs, nous faisait observer gravement notre Professeur qui se nommait Bessières, vous n'êtes pas ici pour dire des bêtises.

Et il s'en trouvait toujours pour rechercher immédiatement l'étymologie du mot bêtise.

Invariablement on trouvait : « bêta », *béta vulgaris.*

— Oh ! que c'est ça ! s'écriait-on.

— Mais alors, tu es bête ! lançait un autre.

— Si tu es bette, tu es légume.

Et ça pouvait continuer longtemps, car dans toutes les classes ce petit jeu se répétait, et comme le disait un grand :

— Il y a bien des choses dans un chosier.

Ce n'était pas nous qui avions inventé cet amusement. Il avait pris naissance chez les rhétoriciens et était descendu jusqu'à la septième. Les élèves de seconde se permettaient d'autres traductions, plus savantes, par exemple : *Formosa superne*, né dans les parties supérieures de l'île Formose, ou *Arcades ambo*, la rue de Rivoli, à Paris.

Nous étions plus humbles, plus simples et quand nous nous livrions à ces écarts, M. Bessières nous répétait :

— Livrez-vous à vos exercices favoris pendant les récréations. Ne soyez pas bêtas.

— Seconde lettre de l'alphabet grec.

Il était encore pas mal jobard, M. Bessières, de nous recommander cet exercice pendant la récréation. Aux heures de classes, pour faire passer la leçon de latin et faire endéver le professeur, à la bonne heure ! Du reste, je me suis toujours figuré que nos professeurs considéraient ce jeu comme fort propre à fixer des définitions dans notre jeune cervelle et à nous servir de moyen mnémotechnique. C'est ce qui les rendait coulants sur notre impertinence.

Pendant les récréations nous avions d'autres occupations.

Ce n'était pas que nous nous amusassions beaucoup. Non. Au Lycée de Lyon, j'ai déjà dit que l'on jouait peu. Dans la cour des Moyens, on se promenait constamment et dans le même sens sur le dallage qui en faisait le tour, et les dalles étaient usées, creusées par les pieds des élèves comme sur une route romaine par la roue des chars.

On se promenait avec ses copains, c'est-à-dire avec ceux qui partagent le même pain, de *cum* et de *panis ;* et les copains formaient votre « bande », c'est-à-dire trois, quatre, six lycéens qui ne se quittaient pas et qui n'avaient pas de secret les uns pour les autres, si tant est que des enfants possèdent des secrets. De qui parlait-on ? De ses parents, de ce qu'on espérait faire le jour de sortie, de l'endroit où on comptait aller en promenade le jeudi ou le dimanche, des « ordres-du-jour » à l'aide desquels on pouvait acheter un congé, le dimanche ; on parlait des pions, des professeurs, des devoirs et des punitions.

Le grand air, la lumière et le jeu nous eussent mieux convenu ; mais il n'y avait, dans ce Lycée, qu'à avoir des conversations, et c'était au détriment des maîtres plutôt qu'à leur profit que nous parlions. Voilà ce que c'est que le Lycée où l'enfant est mis au cloître.

Je puis dire que, si petits que nous étions, dans nos récréations nous nous conduisions ainsi que des hommes graves, et que dès que nous rentrions en étude ou en classe nous redevenions ce qui était de notre âge réellement, de terribles garçonnets.

Le professeur qui s'en apercevait le plus se trouvait être un excellent homme, M. Mulsant, qui nous enseignait l'histoire naturelle. Déjà âgé, de taille moyenne, d'un visage régulier encadré d'un collier de barbe et surmonté de

cheveux en brosse, myope encore derrière ses lunettes d'or, M. Mulsant faisait son cours au milieu de bêtes empaillées qu'il ne reconnaissait pas toujours
pour peu qu'on changeât l'ordre dans lequel il les avait placées. Or, dès qu'il
avait le dos tourné, nous intervertissions ces facteurs. Alors il étendait la
main, prenait un aigle et nous disait :

— Voici un palmipède; vous remarquez que les doigts de ses pattes sont
soudés par une membrane...

Nous éclations de rire. M. Mulsant s'arrêtait, il fixait un moment son aigle,
s'apercevait du tour qu'on lui-avait joué et il remettait ses animaux en place
en soupirant :

— Ces gredins d'enfants !

Le nouveau pion qui nous surveillait, dans la division où on m'avait placé
en me faisant passer dans les Moyens, ne nous plaisait pas et nous n'avions
pas conclu avec lui un pacte de paix comme avec cet excellent Toto. Nous ne
pouvions demander une plume à un voisin sans attraper une retenue, et, dans
le nouveau dortoir où je couchais, il nous punissait si nous mettions notre tunique sur nos pieds pour nous tenir chaud.

Et il faisait un froid à faire sortir les loups du bois!

Ne pouvant garder notre tunique sur nos pieds, nous gardions dans notre lit
nos caleçons et ces fameux bas chinés bleu et blanc qui distinguaient MM. les
lycéens de mon époque. J'avoue qu'il m'arriva même de me relever pour passer
mon pantalon et mon gilet et me glisser ainsi habillé sous les deux minces cou-
verture de laine dont on nous gratifiait. Le Proviseur pouvait être content. Si
aucun de nous ne prenait de rhume ni de fluxion de poitrine, nous étions indubitablement endurcis; mais nous avions beau l'être, il était pénible de nous tirer
de notre lit le matin. Impitoyablement, le pion rejetait nos couvertures et s'il nous
trouvait habillés dans notre lit, il nous plaquait en retenue pour la journée entière.
Il fallait aller se laver, c'est-à-dire casser la glace du lavabo et se promener
un glaçon sur le visage. Ah! c'en était trop! Nous aimions mieux la retenue.
Au moins, dans la classe où on vous collait pendant la récréation pour écrire
sous la dictée d'un pion, il y avait un poêle rouge, cent fois préférable aux
« tas » que l'on faisait au milieu de la cour pour ne pas geler debout.

Notre pion, nous ne pouvions lui faire de farces comme à Toto, car il se
tenait constamment sur ses gardes, et, au surplus, les farces nous laissaient
maintenant sans passion; mais nous l'avions mis en quarantaine. Aucun de
nous ne lui parlait.

— Canasson, disait-il, récitez-moi votre *Epitomæ historiæ sacræ*.

— Sais pas, m'sieu.

— Vous devriez savoir. Voyons, répétez : *Josue igitur magno impetu illos...* Je ne répétais mot.

— Canasson, vous venez de parler à votre voisin.

Même silence de ma part.

— Canasson, apportez-moi vos cahiers.

Je ne bougeais ni ne répondais.

Et tous les camarades agissaient de même. Ah ! il en pleuvait sur nous des retenues et des privations de sortie, sans compter la semonce obligatoire !

Le Proviseur arrivait :

— Vous constituez la plus mauvaise division du Lycée ! s'écriait-il. C'est une honte ! Messieurs, j'écrirai à vos parents que vous êtes des indisciplinés et des paresseux.

Il était cependant faux que nous fussions plus paresseux que dans une autre division. Le pion, qui nous en voulait, nous valait cette triste réputation. Quant à moi, je me souviens que j'apprenais tant que je pouvais, et le Proviseur eût dû me féliciter en particulier car je mordais au latin d'une manière louable. Mais je me suis aperçu que le monde est rempli des injustices les plus flagrantes et il est probable qu'on fait exprès de nous les montrer dès le Lycée afin que nous soyons moins surpris une fois jetés dans la vie.

Il y avait cependant chez nous tous un esprit de justice et de vérité inné qu'on nous gâtait à plaisir. Il serait possible, par l'éducation seule, qu'un enfant ne mentît jamais, seulement, il faudrait énormément la changer.

La preuve que nous étions bons par essence, je m'en vais la fournir immédiatement.

Un jour, on fit circuler de main-en-main et fort secrètement, la pièce suivante :

HISTOIRE DE TOTO

Le Proviseur a fait appeler Toto, notre pion. Il lui a reproché la pauvreté de ses habillements, lui a déclaré qu'il ne pouvait lui permettre d'accompagner les élèves à la promenade avec des vêtements usés et raccommodés, et a conclu en lui disant qu'il eût à se tenir plus convenablement s'il ne voulait le placer lui, proviseur, dans la pénible nécessité de lui faire quitter le Lycée.

En sortant du cabinet du Proviseur, Toto est rentré en l'étude. Il était d'abord assez calme. Nous l'avons vu tremper sa plume dans l'encrier et la passer légèrement sur quelques endroits de sa redingote noire devenus jaunâtres.

Puis, tout-à-coup, il cacha sa tête dans ses mains et nous surprîmes de gros sanglots qu'il essayait d'étouffer.

Comme notre pion est notre ami, que c'est un pion équitable et que nous l'aimons bien, nous avons été émus de le voir pleurer et il nous a répété ce que le Proviseur venait de lui dire, ce que nous relatons plus haut.

— Hé bien, nous sommes-nous écriés, il n'y a point de quoi pleurer. Achetez-vous des habits, et tout sera fini.

— Je n'ai pas le sou pour en acheter, a-t-il répondu.

Et comme nous ne comprenions pas qu'on ne pût s'acheter des vêtements quand on en avait besoin, il nous dit :

« Mes enfants, vous êtes de cette année au Lycée, sauf deux, et on ne vous a pas raconté que je devais soutenir ma mère et ma sœur. Je touche sept cent trente-deux francs par an ; je leur donne cinquante francs par mois, et, au Jour-de-l'an, cent francs, soit six cent cinquante francs. Il me reste donc quatre-vingt-deux francs, sur lesquels j'achète un peu de linge, des souliers, des livres. J'ai fait faire des habits il y a trois ans, je les paie mois par mois, et je n'ai pas fini de les payer. Portant ces vêtements tous les jours, ils ne sont plus neufs, c'est évident, et je devrais m'en faire confectionner d'autres, également à crédit.

« Mais voilà ce qui est terrible, c'est que je me suis déjà endetté, que ce que je consacrais à mon tailleur, je ne l'ai plus.

« Ah ! vous ne savez pas, vous autres, ce que c'est que la misère ! Vous êtes des petits bourgeois auxquels jamais rien n'a manqué, vous êtes ce qu'on nomme des fils de famille, et, n'ayant pas connu la pauvreté chez vous, vous vous trouvez beaucoup trop jeunes pour l'avoir remarquée chez les autres.

« Hé bien, moi aussi, je suis un fils de famille. Mon père était le plus riche négociant du port de Bastia. Mais un jour, il fit de mauvaises affaires. Nous fûmes complètement ruinés. Mon père mourut. Ma mère quitta Bastia avec ma sœur qui avait quatorze ans et moi qui en avais deux et elles vinrent se fixer à Lyon où elles trouvèrent à gagner leur vie avec des travaux de broderie d'ornement.

« Et alors, ces deux femmes, ma sœur toute jeune et ma mère, résolurent de me faire élever aussi bien que si nous étions demeurés riches, et dès les premiers jours, elles se privèrent afin de créer un pécule à l'aide duquel elles me feraient donner une bonne et solide instruction.

» Ne mangeant pas à leur appétit, ne buvant que de l'eau, brodant pendant de longues veillées, ma mère et ma sœur m'envoyèrent dans ce Lycée même. Elles eurent la joie de faire de moi un bachelier, croyant qu'avec ce grade je trouverais nécessairement une position lucrative, que je serais quelqu'un et que, à mon tour, je les aiderais à vivre. Pauvres femmes, tuées par une vie entière de dévouement pour un fils et pour un frère!

» Voyez-vous, mes enfants, là-haut, dans une seule chambre divisée par un paravent, dans un galetas de la rue Luizerne, il y a deux femmes qui habitent depuis des années. L'une a ses cheveux tout blancs, on voit qu'elle a été belle, mais la pauvre femme a perdu complètement la vue depuis quelques jours; l'autre est jeune encore, elle est belle, elle a le plus beau visage du monde quoique ses traits soient amaigris et fixés comme les figures de cire : C'est ma mère et c'est ma sœur.

» Leurs sacrifices pour faire de moi un homme ont abouti à ceci : Que je suis maître-d'étude, que je suis un pion, mot qui ne déshonore pas. Est-ce que je ne vais pas à pied, est-ce que je ne suis pas dénué de tout, est-ce que je ne suis pas placé et mu, ou encore casé comme une pièce d'échiquier, au gré de ceux qui tiennent mon sort dans leur main? Ah! oui, pion est bien notre vrai nom, il ne faut pas en chercher d'autre, ni essayer de masquer notre malheur et le peu de consistance de notre situation sous une dénomination plus pompeuse.

» Voilà où ont abouti vingt-trois ans de privations, de misère de deux femmes : Je suis bachelier, je suis pion, je gagne sept cent trente-deux francs par an, logé, nourri, blanchi, chauffé et éclairé comme vous, et je puis donner à ces deux pauvres femmes qui se sont sacrifiées pour moi cinquante francs par mois pour continuer à traîner leur vie désespérée.

» Et cependant, elles ont eu ce bonheur de ne connaître ni l'une ni l'autre ces graves maladies qui viennent empêcher toute lutte pour l'existence. Non, ni ma mère, ni ma sœur n'ont été malades, jamais. Seule ma mère, à force de fixer ses yeux sur des points fins, a perdu la vue peu-à-peu. Dernièrement, elle a cessé de voir sa fille, de voir son fils.

» Ah! enfants, enfants, quelquefois cruels vis-à-vis de vos pions, vous ne pouvez vous douter qu'ils endurent souvent au fond de leur cœur des peines autrement terribles que celles que vous leur causez et qui rendent vos farces amères!

» Dites-vous que votre mère, que votre maman que vous adorez de tout votre cœur, n'aurait plus d'yeux! Figurez-vous qu'elle ne peut plus vous voir, vous qu'elle aime tant!

» Hé bien, que feriez-vous, si votre maman chérie devenait aveugle? à quoi penseriez-vous?... »

— Moi, Monsieur, je sais, interrompit un élève. Je courrais vite chez un médecin pour lui dire de rendre la vue à maman afin qu'elle me voie de nouveau et que, moi, je puisse embrasser ses yeux sans qu'ils fussent fermés.

» Vous auriez fait cela, a repris Toto. C'est bien ce qu'il y a à faire, en effet, et c'est à quoi j'ai songé tout d'abord. J'ai conduit ma pauvre mère chez un médecin oculiste, parce que ses yeux présentaient l'apparence de la cataracte.

» Vous apprendrez, en histoire naturelle, avec M. Mulsant, que l'œil est doté d'une petite lentille nommée cristallin. Quand ce cristallin durcit ou lorsqu'il se couvre d'une membrane, il empêche la rétine de recevoir le rayon visuel. C'est la cataracte. Si on crève le cristallin ou si on l'extrait de l'œil, le malade est guéri de la cataracte.

» Or, c'était bien ce que ma pauvre mère avait. Le médecin l'a opérée, mais il a manqué l'opération, et ma mère demeurera aveugle. Jamais plus elle ne verra sa fille ni son fils.

» J'avais payé les consultations, j'ai payé l'opération. Je ne pouvais choisir un grand oculiste. J'en ai pris un mauvais. Il est cause que mon argent est dépensé, en pure perte, hélas! mais il est dépensé. Misère engendre misère.

» A l'heure actuelle, je dois cinq cents francs. Je ne puis les payer que mois par mois, par faibles à-comptes. S'il me faut encore acheter des habits, jamais je ne m'en sortirai. Je travaille la journée entière pour essayer de devenir professeur et je risque de perdre le fruit du travail de ma mère et de ma sœur, le fruit de mon propre travail, faute d'un habit. Où vais-je aller, que vais-je devenir si on me chasse? car je puis être chassé comme le dernier des domestiques. Ah! pion, pauvre pion! pauvre pion!

» Misère pour lui! misère pour les siens! Pauvre pion, torturé par ses supérieurs hiérarchiques, et quelquefois par ses élèves à un âge où ils sont sans pitié... »

Camarades, ce récit de Toto nous a fortement secoués. Il pleurait et nous aussi, comme des veaux. Nous avions envie de l'embrasser, de le consoler. Quand nous nous sommes trouvés en récréation, nous avions tous la même idée et nous l'avons immédiatement formulée :

— Il faut sortir Toto d'embarras.

Chacun de nous a mis la main à la poche pour prendre l'argent qui s'y trouvait. Nous avons tout donné. Cela a fait trente-sept francs cinquante centimes. Nous voilà loin de compte. Il faut cependant tirer de peine le pauvre Toto.

Après y avoir réfléchi nous avons résolu de vous demander de nous aider. Il faut que tous les camarades du Lycée nous imitent. C'est pourquoi nous avons rédigé ce récit de sa vie que nous a fait Toto, et nous vous l'envoyons en vous demandant de nous donner tout ce que vous avez dans votre poche. Nous nous passerons de cassonnade et de gâteaux, nous sacrifierons notre semaine jusqu'à ce que Toto soit content et que sa pauvre maman et sa sœur aient la pleine certitude qu'il ne perdra pas sa position.

A la lecture de ce papier, chacun de nous voulut faire le sacrifice de ses sous, et lorsqu'il arriva chez les Grands, qui avaient plus d'argent que les Petits et les Moyens, ceux-là n'hésitèrent pas non plus à vider leur porte-monnaie. Néanmoins, dans ce Lycée où nous étions près de six cents internes, on n'arriva pas à réaliser deux cents francs.

Devant ce maigre résultat, les élèves résolurent de demander de l'argent à leurs parents. Ceux-ci ne le refusèrent pas, mais flairant une carotte et voulant savoir à quoi s'en tenir, ils demandèrent au Proviseur s'il était vrai qu'une souscription fût ouverte en faveur d'un maître-d'étude malheureux.

Ah! si le papier des Petits, si le récit de la vie de Toto avait été tenu secret par tous les élèves!... L'indiscrétion d'un père fit tout perdre!

— Comment! s'écria le Proviseur, il y a un maître qui ose demander de l'argent aux élèves!

Il ouvrit une enquête dont le résultat ne se fit pas attendre. On ne chassa pas Toto, on l'envoya au Lycée de Nantes. Comment le malheureux y alla-t-il? avec quoi? comment paya-t-il son voyage? Que devint sa pauvre mère aveugle, et sa sœur? Purent-elles le suivre? Vécurent-elles? Moururent-elles? Lui-même, le pauvre pion Toto, ne se brûla-t-il pas la cervelle ou n'embrassa-t-il pas n'importe quel métier de chiffonnier qui valait mieux que son état de bachelier? Nous n'eûmes pas de ses nouvelles, nous autres lycéens, au Lycée.

Pauvre pion! Ah! qu'il fallait, après cette aventure et alors que nous étions tous attendris, qu'il fallait que les autres maîtres fussent taquins et mauvais pour nous exciter contre eux!

Mais on voyait bien que tout dépendait de leur propre caractère et qu'il y en avait dont le plaisir était d'agacer et de torturer à leur manière les enfants confiés à leurs soins.

Un peu plus de liberté n'eût assurément rien gâté. Je ne dis pas que l'on eût agi sagement en nous laissant fumer, car si fumer nuit aux grandes personnes, à plus forte raison serait-ce funeste aux enfants, particulièrement à leurs cerveaux trop tendres; mais, vraiment, quand nous allions nous cacher pour fumer des cordons de soulier roulés dans du papier écolier, fallait-il se montrer sévère?

Que de saletés nous allumions sur nos lèvres pour nous donner l'apparence de petits hommes! Nous achetions chez le pharmacien des feuilles de roses ou de datura que nous fumions avec délices et nous comparions l'effet du stramone aux rêves les plus délicieux dont on nous parlait dans les *Mille et une nuits*. Nous coupions sans vergogne une canne de jonc et de nos promenades nous rapportions de la viorne, deux bois qui avaient beaucoup de mal à brûler, qui nous faisaient tirer comme des pompes aspirantes et qui dégageaient une âcre fumée dont nous toussions pendant des heures. Il fallait que fumer eût l'attrait du fruit défendu, sans cela, nous n'y aurions pas songé. Mais c'était une bonne farce que nous faisions puisque nous trompions notre maître.

C'est bien parce que c'était défendu que, dès que nous sortions, ce qui, pour ma part, n'arrivait presque jamais, ou lorsque nous partions en vacances, nous nous précipitions dans un bureau de tabac et nous achetions des pipes, d'énormes pipes! La pipe avait un caractère de révolte plus frappant que le cigare et que la cigarette. Nous la bourrions immédiatement, nous y mettions le feu, mais nous ne la fumions jamais, par cette raison qu'elle nous rendait immédiatement malades.

Ah! que je souffris donc, un Jour-de-l'an, dans le chemin-de-fer qui m'emporta à Vienne.

— Qu'as-tu? s'écria ma mère en me voyant. Tu es vert comme un poireau!

— Qu'il est pâle! fit mon père.

— Donnez-moi vite une cuillerée d'élixir de Chartreuse, murmurai-je.

Lorsque je fus un peu revenu, ma mère me questionna encore :

— Voyons, té, qu'est-ce que tu as?

Alors, pour toute réponse, je tirai de ma poche une longue pipe dont le fourneau contenait quatre sous de tabac et je la montrai piteusement.

— Té! ce petit! le pauvre! s'écria ma mère.

— Donne-moi cela, dit mon père en tendant la main vers l'instrument de mon supplice.

Mais je sauvegardai vivement ma pipe. Je comptais bien la porter avec moi au Lycée et me vanter de l'avoir fumée. Mes parents étaient de Marseille! J'aurais bien donné quelque chose, cependant, pour qu'elle fût culottée et noire comme la Sainte-Vierge de Chartres, et il me tardait d'avoir vaincu mon cœur en le soumettant au régime de la nicotine et autres poisons contenus dans les feuilles d'un des plus beaux revenus de l'État.

J'embrassai mes parents avec plaisir, mais la parente qui chatouillait le plus mon affectuosité, celle dont je demandais des nouvelles dans toutes mes lettres, celle vers laquelle je me précipitai, c'était ma petite sœur.

Je la trouvai barbouillée de raisiné. Cela me fut égal. Je l'enlevai dans mes bras et couvris de mes baisers le raisiné de ses joues. Comme elle ne me reconnut pas, mon emportement lui fit peur, elle se mit à pleurer et chercha à se débarrasser de moi. Croiriez-vous que de la voir me redouter me causa un chagrin extrême? Je ne voulus pas la lâcher jusqu'à ce qu'elle se fût de nouveau habituée à moi, et, pour renouveler plus vite notre connaissance, je lui donnai du contenu de tous les bocaux de sucreries de notre boutique.

> Je lui fourrai dans la gorge
> Les berlins de Carpentras,
> De Vichy le sucre-d'orge
> Et des confits de cédrats;
> Et de pastille en pastille
> Elle devint si gentille
> Qu'elle resta dans mes bras.

Mais la journée entière! J'allai voir mes amis en la portant, et je fus d'autant plus heureux de l'avoir et de lui faire faire risette que je trouvai à mes parents un air préoccupé, soucieux, dont je crus trouver l'explication lorsque, au moment de partir pour retourner au Lycée, mon père me prit à part et me dit :

— Il se pourrait, vois-tu, Gamin, que je ne pusse te laisser au Lycée. Travaille donc beaucoup, travaille le double pendant que tu y es.

— Sans doute, pensai-je, que les affaires ne vont plus si bien et que le sacrifice du Lycée est au-dessus des forces pécuniaires de mon père.

Je me promis de lui obéir et de travailler encore davantage.

Mais de bûcher ferme ne m'empêcha pas, à la première leçon d'histoire naturelle, qu'on recommença à nous donner seulement en mars, à cause d'une maladie de M. Mulsant, de bûcher ne m'empêcha pas, dis-je, de fourrer ma pipe, ma belle pipe, dans la bouche du crocodile, qui eut l'air d'un bien cocasse fumeur! M. Mulsant ne s'apercevait nullement de la mine de son crocodile, mais comme les chaleurs commençaient à revenir, trois

de mes camarades avaient collectionné des mouches et les avaient gratifiées d'une manière de queue sous forme de petite banderole de papier.

Ils lâchèrent ces mouches toutes à la fois et ce fut un plus beau spectacle que celui que j'avais donné le jour où j'interrompis le cours de la justice au tribunal de Vienne avec mes hannetons.

La mouche est indubitablement un animal sans cervelle ou si elle en a une, c'est la cervelle de l'inconscience. Vous la chassez, elle revient; vous lui tendez un piège, elle s'y prend; vous la soumettez à un supplice quelconque, elle n'en a cure et se frotte comme devant pour décoller des parasites infiniment petits qui s'établissent sur son corps, ses ailes et ses pattes. C'est pour s'en débarrasser, à ce que j'ai entendu dire par des savants du plus haut mérite, que la mouche se lave constamment les mains.

Vous lui cassez les ailes, elle marche; vous lui arrachez les pattes, elle vole. Au Lycée de Lyon nous lui infligions le supplice du pal, un pal terminé en queue de cerf-volant. La mouche n'en continuait pas moins ses petites affaires.

Les mouches s'envolèrent dans toutes les directions, remplirent la classe, et M. Mulsant crut être atteint de la berlue parce qu'on ne devait voir, pour peu qu'on eût la vue basse, que les petites banderoles de papier se croisant dans tous les sens. C'était excessivement drôle. Chacune de ces mouches avait une allure plus ou moins lourde selon qu'elle était plus ou moins chargée. Leur vol était plus saccadé et elles éprouvaient bientôt le besoin de se reposer. Elles s'accrochaient au plafond, elles se mettaient à l'aise sur les animaux empaillés qui faisaient l'objet du cours, et l'une d'elles, ô joie!...

L'une de ces mouches alla se poser sur le bout du nez de M. Mulsant.

Les yeux du professeur convergèrent vers cette bête. Il lui fallut une seconde pour reconnaître qu'elle n'était pas d'un nouveau genre échappé à Linné et à Cuvier, puis il la saisit délicatement entre le pouce et l'index.

Les rires étaient partis, et quels rires! des rires fous! M. Mulsant avait le bon goût, ou pour mieux dire l'intelligence de ne jamais s'en fâcher.

Nous montrant l'insecte, il nous dit :

— Le diptère est quelquefois le véhicule de terribles maladies, mais celles qu'il propage ne comptent pas auprès de celles dont il nous préserve.

Et voilà M. Mulsant qui part sur le rôle de la mouche dans la nature et qui nous démontre qu'elle n'est pas du tout la mouche du coche. Il oublie complètement le crocodile que nous laissons fumant philosophiquement sa pipe, la pipe qui m'avait donné une si belle horreur du tabac, horreur momentanée, car je me remis à fumer en cachette et, petit-à-

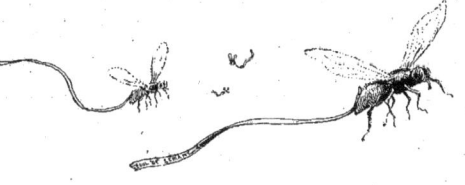

petit, m'aguerris au point que je fumai deux pipes de suite sans me sentir incommodé quand je partis pour mes vacances de Pâques.

J'étais, comme mes camarades, enchanté de quitter le Lycée.

Il me semblait que de sortir pour quelques jours de cette grande baraque si laide, si noire, qui engendrait l'ennui, le spleen, m'enlevait une chape de plomb de mes faibles épaules. Je volai vers Vienne avec un plaisir que je n'avais pas éprouvé jusque-là, et, m'interrogeant sur ce sentiment nouveau qui se manifestait pour la première fois avec autant de violence, je me rendis parfaitement compte qu'il n'y avait pas uniquement la fuite loin du Lycée, mais qu'il existait chez moi pour ma petite sœur un sentiment plus tendre que celui qui me guidait auparavant vers mon père et vers ma mère.

Ah! ma chère Clémentine, que je me sentis heureux de la retrouver! Et pourtant, ce fut une nouvelle connaissance à faire, car la coquinette ne me reconnut pas du tout, et il lui fallut un peu plus de temps pour se réaccoutumer à moi qu'elle en avait mis la première fois.

J'avais cependant économisé depuis deux mois, à cinquante centimes par semaine, en me privant de fromage et en mangeant mon pain sec, une petite somme pour lui acheter avant de quitter Lyon un polichinelle. Ce polichinelle, il lui fallut s'y habituer aussi, mais il obtint bientôt un si vif succès qu'il fut en charpie en un moment.

C'est étonnant, peut-être, mais cette pouponne m'amusait, me prenait ma vie. Je ne pouvais me résoudre à la quitter. Je la mettais sur mon dos et la promenais autour de la chambre. Je la berçais, je la câlinais et je l'emportais dans mes bras dans de longues promenades au bord du Rhône.

Je l'asseyais sous un saule tandis que je me baignais, trouvant délicieux ces plongeons printaniers, et comme elle se traînait partout chez nous, jusque sur le charbon, je la lavais bien proprement.

Elle était gentille à croquer quand on lui enlevait ce qui la barbouillait.

Elle était brune comme trente-six diables, et si joufflue, si ronde, que c'était un bonheur de santé.

Mais un jour, un malheur m'arriva.

J'étais assez éloigné de Vienne, du côté des Roches, quand j'avisai un coin

délicieux. La jeune verdure du Printemps ombrageait un tapis d'herbes vertes et de narcisses. Le Rhône formait une anse sur un gravier fin. La place était tentante. Je pose ma petite Clémentine sous un arbre, je me déshabille et me jette à l'eau. Je grelotte un peu, mais il me semble que je me rends fort. Il y a des instants où l'on croît éprouver la sensation de l'acier, l'eau froide vous trempe. Je reviens en nageant jusqu'au gravier, me mets sur pied, et prenant ma petite sœur dans mes bras, je m'avance pour la laver sans prendre garde à un trou.

Je glisse. Je pousse un cri et je disparais avec ma petite sœur.

Je la serrais bien, heureusement. Je ne la lâche pas et la présence d'esprit ne me fait pas défaut, ce qui s'explique par ce fait que j'étais déjà un excellent nageur. Je regagne la rive, plus bas, mais, en raison du courant du Rhône, j'avais mis au moins cinq minutes pour aborder, sans avoir pu constamment maintenir au-dessus de l'eau la tête de ma petite sœur.

Je la regarde. La bouche est grande ouverte, la tête retombe inerte sur la poitrine, les yeux sont fermés.

Je suis pris d'un effroi épouvantable, et, emportant la pauvre enfant, je m'élance sur la route en criant :

— J'ai tué ma sœur ! Au secours ! Au secours !

J'étais fou de douleur, d'horreur ! Je pleurais, je criais,

je courais.

Une voiture vient de mon côté.

— Qu'y a-t-il ? fait la personne qui la conduit.

— J'ai tué ma sœur ! J'ai tué ma sœur !

La personne arrête son cheval, saute de sa voiture, prend ma petite sœur, la regarde.

— Tu l'as noyée ? fait-elle.

— Oui, oui, je l'ai tuée ! ma sœur, ma petite sœur !

C'était, par providentielle rencontre, un médecin, le bon M. Langlois. Il renverse ma sœur la tête en bas, aspire violemment l'air, le lui souffle dans la bouche, presse sur ses côtes comme sur un soufflet.

— Tape sous ses pieds avec tes mains, me dit-il, et n'aie pas peur de lui faire mal.

Nous étions sur un talus près de la route et des paysans des environs qui m'avaient entendu crier et des voyageurs s'étaient amassés autour de nous, anxieux, n'osant parler, faisant taire ceux qui arrivaient.

Moi, je n'y voyais plus, je grimaçais, et je tapais sur les pauvres petits pieds de ma pouponne qui restaient froids comme de la glace.

Tout-à-coup elle rend de l'eau et la respiration s'établit.

— Elle est sauvée! dit ce bon M. Langlois.

Sauvée! ma sœur, sauvée! sauvée, ma pouponne! Oui! Tenez, je ne sais ce qui se passa en moi, non, je ne sais pas. Je ris, je pleurai. Je ne sais pas, je ne sais pas. Oh! le bon, oh! le brave M. Langlois.

Et lorsque le médeçin la plaça dans mes bras, ses yeux redevenus clairs et son petit corps tout chaud, et me dit :

— Embrasse-la.

Je crus que j'allais la manger, et je sautai au cou de M. Langlois, et j'embrassai tous ceux qui étaient là en murmurant d'une voix encore arrêtée à la gorge :

— J'ai ma sœur! J'ai ma sœur!

— Voyons, me cria M. Langlois, tu ne vas pas rester vêtu comme le père Adam. Va chercher tes vêtements et reviens : Je vais te reconduire à Vienne.

J'allai m'habiller sur le bord où j'avais déposé mes vêtements et je rentrai chez mes parents en leur disant :

— Elle n'est pas morte! Vous savez, elle n'est pas morte!

Comme ils ne connaissaient rien de l'événement, mes paroles les étonnèrent et ils me demandèrent des explications.

J'eus beaucoup de mal à les fournir parce que, en racontant ce qui venait de se passer, je me remettais à sangloter.

— Oh! m'écriai-je, jamais plus, jamais je ne retournerai au Rhône. C'est un traître, ce Rhône, oui, c'est un traître!

Mes parents me firent répéter plusieurs fois de quelle manière j'avais failli me noyer avec Clémentine, et ils redirent mon histoire aux clients. Bouju arriva vitement pour pouvoir la raconter de go aux clients qu'il barbifiait; Guillard, le papetier, et son fils entrèrent chez nous, bientôt les voisins, la rue, la place, le cours Romestang fournirent un contingent de monde qui voulaient voir « la petite noyée » et celui qui, à la fois, l'avait jetée à l'eau et tirée de l'eau.

— Alors, sans le médeçin, la pauvre petite trépassait? demandait-on.

— Oui, répondais-je.

— Hélas! ça petit! Vous pensez s'il en faut peu pour que ça meure.

— Tu as encore eu du sang-froid, Benjamin, en ne la lâchant pas.

— Moi! m'écriais-je, je me serais plutôt noyé avec elle! Ma Clémentine!

— Voyez-vous, il ne faut pas toujours confier des poupons aux garçons. Ils sont trop violents, trop joueurs.

— Oh! vous me laisserez ma Clémentine? fis-je à mes parents.

— Vous devriez aller remercier M. Langlois, observa judicieusement le perruquier Bouju.

— Té! c'est vrai, dit ma mère; je n'y pensais pas. C'est bien le moins.

— Je le crois, observa Bouju, avec un honnête homme comme

M. Langlois qui ne demandera pas seulement un centime pour avoir sauvé votre petite.

— Oh! je sais que c'est un brave homme, dit la Belle-Épicière.

Et la famille Canasson, laissant le commis à la garde de la boutique, se rendit en traversant la ville chez M. le Dr Langlois, lequel trouva leur démarche très aimable et leur déclara qu'il était fort content d'avoir sauvé la pouponne.

— Moi, Docteur, m'écriai-je, jamais je ne saurai vous prouver ma reconnaissance. Aussi, entre-nous, c'est à la vie à la mort.

Le bon docteur sourit, me tapota la joue amicalement.

— Brave enfant! fit-il. Combien d'autres auraient lâché leur sœur au milieu du fleuve.

— Ah! non! m'écriai-je.

Nous prîmes congé du médecin et retournâmes chez nous, arrêtés à tous les pas par des boutiquiers qui voulaient embrasser « la petite noyée ».

> On vit toute la famille
> De l'épicier Canasson,
> On vit sa petite fille
> Avec son plus grand garçon ;
> On vit la Belle-Epicière,
> Entre monsieur son mari
> Et son fils, accorte, fière,
> Superbe, puissante, altière,
> Écrasant son tout petit
> Maigre, nerveux et chétif
> Époux, ainsi que son fils ;
> Car elle était belle, belle,
> Belle, belle, assurément,
> L'épicière, ma maman,
> Et pas une demoiselle
> De Vienne jusqu'à Lyon
> N'avait la noire prunelle
> De madame Canasson.

Je ne voulus plus quitter Clémentine et comme je pensai devoir m'excuser vis-à-vis d'elle de m'être glissé intempestivement dans le lit du Rhône, je la barbouillai de mélasse et de confiture. Quand je pense à tout ce que je lui ai fait manger, quand je pense à tout ce qui entre dans l'estomac encore informé d'un enfant de nos pays, je me dis qu'il faut que les pauvres petits humains soient solidement conformés pour y résister ; mais je n'affirme pas que ce soit nécessaire aux belles races et que la nôtre gagne beaucoup au peu de soins dont notre enfance est généralement entourée.

Je n'ai pas besoin d'écrire que les réflexions qui me viennent à cette heure où je rédige ces *Mémoires* étaient fort loin de mon esprit lorsque je m'extasiais sur la facilité avec laquelle ma petite Clémentine suçait le sucre-d'orge et engouffrait le raisiné.

Je la quittai avec beaucoup de regret pour retourner au Lycée où le hasard fit que je coudoyai Béquillard dans la grande antichambre, ce qui remua la vieille bile que j'avais contre lui.

— Il faut absolument, pensai-je, que je lui administre une râclée avant les grandes vacances, à celui-là.

Je me sentais chaque jour plus fort, j'avais plus de confiance en moi. Cependant, je ne devenais pas plus beau, que dis-je ? j'enlaidissais peut-être, car, à quelques jours de là, à la récréation du matin qui avait lieu à l'étude, nous nous mîmes à parler de ce que nous voulions faire plus tard.

L'un de nous, Charles Reynaud, mon copain, dit :

— Je veux entrer à l'École-Polytechnique et devenir ingénieur.

— Moi, dit l'autre, je veux entrer dans la soierie et je vais commencer à étudier la basse-lisse et la mise-en-cartes.

— Moi aussi, dit un autre

— Moi, je serai commissionnaire en marchandises.

— Et moi, acheteur, comme papa. J'irai chercher les grèges en Chine et au Japon.

— Moi, je veux être avocat.

— Moi, médecin.

— Moi, notaire, parce que je dois succéder à papa.

— Et toi, Canasson ?

— Moi, dis-je avec aplomb, je veux être préfet.

La division tout entière partit d'un éclat de rire formidable tandis que je promenais sur mes camarades un regard interrogateur, ne comprenant pas qu'une énonciation aussi simple pût produire un résultat si considérable.

— Toi, préfet ! s'écria-t-on.

— Tu ne t'es donc jamais regardé dans une glace ?

— Sais-tu que tu as les jambes torses comme un chien basset ?

— Connais-tu ton nez ?

— Une pomme-de-terre !

— Une truffe !

— Une tomate !

— Un panais !

— Une courge !

Ce dernier mot redoubla les rires.

— Mais, mon pauvre Canasson, me dit un camarade, tu ne sais donc pas ce que c'est qu'un préfet ?

— C'est un gros monsieur qui préside nos distributions de prix, fit un autre.

— Qui a un habit en argent !

— Te vois-tu avec cet habit-là, Canasson !

— Oh ! Canasson en uniforme !

— Et ton nom, mon pauvre ami ? Te rends-tu compte que tu signerais des affiches : Canasson.

— Qu'on dirait : le préfet Canasson ? Ce Canasson de préfet ?

— Ah ! mon pauvre Canasson, il te faut changer de métier.

Je sentis, sans approfondir autrement, ce qu'on me disait que mes camarades avaient raison. Je ne demeurai pas sans être attristé de ce que je venais d'entendre, mais cette tristesse me fut profitable en m'incrustant plus profondément dans le cerveau ce que je savais déjà : C'est que j'étais laid et que je devais contenir mes ambitions dans les limites d'une sage modestie.

Je dis adieu d'une façon délibérée aux magnifiques visées, et bien je fis, car je reçus un mois après une lettre de mon père qui m'eût fait tomber de haut si j'avais maintenu mes rêves ambitieux et si ces rêves avaient jamais pris chez moi une consistance trop grande.

Mon père m'adressait une longue épistole dans laquelle il m'annonçait que j'avais une petite sœur de plus, ce qui me combla de joie, car j'aurais voulu être le frère de cinquante Clémentines et je n'en aurais pas eu trop.

Après m'avoir instruit de cette nouvelle augmentation de notre famille, mon père m'énumérait les charges qui, désormais, allaient peser sur lui, il me mettait au courant de sa situation, et concluait en me disant qu'il lui serait désormais impossible d'agir avec moi ainsi qu'il comptait le faire lorsque j'étais fils unique, seul enfant, que je quitterais le Lycée à la fin de l'année scolaire pour n'y pas rentrer et que, probablement, il me placerait de suite pour que je gagnasse ma vie.

Cette lettre ne me désespéra pas. Je me sentis une si belle joie d'avoir une nouvelle sœur, je me complus tant à me rappeler celle que j'avais déjà, qu'il me parut naturel que je me sacrifiasse pour les rendre heureuses.

— Je sais ce que je dois faire, pensai-je. Je me placerai, je tâcherai de subvenir à mes besoins, d'abord, pour ne rien coûter à mes parents, puis je me ferai une position et tout l'argent que j'amasserai sera pour mes petites sœurs.

Je connaissais d'autres élèves qui, sachant qu'ils ne reviendraient pas, n'auraient plus travaillé ; moi, je cachai les résolutions de mon père et je redoublai de zèle. Je voulais savoir lire le grec et fixer quelques bases de latin avant que de quitter le Lycée ; je tenais aussi à ne pas manquer les prix que j'espérais enlever.

Le travail recevant toujours sa récompense, je n'eus pas de déceptions. Le jour de la distribution des prix, je m'habillai ayant ce qu'on appelle un « cœur à l'aise ». J'avais toujours été premier en histoire, en littérature, en latin, en grec et en arithmétique, j'étais certain d'avoir mes nominations.

Afin que nous n'emportassions pas un trop mauvais souvenir du Lycée, une quinzaine de jours avant les grandes vacances, lorsque commençaient les compositions générales, la discipline se relâchait beaucoup et on nous nourrissait un peu mieux. Le jour même de la distribution des prix, on avait du chocolat le matin, et quoique ce ne fût pas un dimanche, on nous donnait du linge blanc, ce qui nous rendait approximativement propres. Nos uniformes étaient brossés avec soin et nous endossions ce que nous avions de plus neuf.

On nous conduisait pompeusement à nos bancs, les parents des élèves et le public envahissaient les places réservées, et au milieu de tout ce monde, les autorités s'avançaient jusqu'à leur estrade

> ... marchant à pas comptés
> Comme un Recteur suivi des quatre Facultés.

Nous vîmes le Général tout en or qui présidait la cérémonie, après lui le Préfet tout en argent, le Recteur tout en jaune, l'Inspecteur-d'Académie tout en violet, le Proviseur en robe rouge, puis des professeurs en différentes couleurs autres encore que celles-là, des officiers, des brodés, des galonnés, une ribambelle de gens pas comme les autres qui excitaient notre admiration.

Une fois sur l'estrade, ces messieurs firent jouer un air par une musique militaire massée dans un coin, et le Général président se leva. Il improvisa un discours qu'il devait avoir appris par cœur, car, trois ou quatre fois, la mémoire lui manqua et il se raccrocha comme il put à des phrases hachées. Son discours, au surplus, fut le plus beau du monde. Il nous appela « l'espoir de la France » et plaça « la patrie dans nos mains ». Il nous parla même de batailles et lâcha trois ou quatre « sacré mâtin! » qui nous comblèrent de joie et lui valurent nos bravos. C'était certainement un honnête homme, car son discours ne fut pas long. On pouvait lui chanter :

> Cadet Rousselle fait des discours
> Qui ne sont longs quand ils sont courts.

— Oh! la la la! oh! la la la! oh! la la la! murmurâmes-nous, après que le Général se fut rassis dans son fauteuil aussi doré que lui.

Le Professeur de rhétorique venait de se lever et il développait un volumineux rouleau de papier.

— Il y en a une rame, murmura-t-on.

C'était le discours latin, une belle chose! que personne ne comprenait, que personne n'écoutait.

De temps-en-temps, lorsque son auteur s'arrêtait, l'estrade applaudissait et nos bancs à la suite; l'estrade avait encore à son adresse de petits « oh! oh! » ou des « très-bien » qui sortaient de la bouche de ceux qui voulaient faire les entendus, mais, à la vérité, ils n'y entendaient pas plus que nous.

Ce discours dura une heure cinq minutes. Aussi, quand le Professeur de rhétorique alla s'asseoir, nous l'applaudîmes avec frénésie, les applaudissements de la fin.

Et on entama la lecture du Palmarès. Nous venions les derniers, presque, nous; mais, ô bonheur! j'enlevai cinq premiers prix et dix nominations. Le Général me couronna, mes camarades m'applaudirent, et j'étageai mes beaux livres et mes couronnes, fort précieusement, sur le banc, à côté de moi.

Tout-à-coup, mes livres dégringolent, mes beaux livres, si brillamment reliés! Je me retourne. Que vois-je? Ce crétin de Béquillard qui les avait poussés méchamment avec sa béquille, lui qui n'avait même pas un accessit! La colère s'empare de moi, ma vieille dent s'agite dans son alvéole. Je tombe sur Béquillard, je le prends à la gorge, je le serre à l'étrangler et je lui mets le nez en capilotade.

Cette bataille n'est pas sans causer un grand tumulte. On nous sépare mais on est obligé d'emporter Béquillard qui saigne comme une brebis. Je ramasse mes livres, mes couronnes, et je sors, fier comme Artaban, aux sons de la marche finale que joue la musique militaire : J'étais vengé! Les couronnes que j'emportais étaient des couronnes de gloire!

IV

E fut seulement lorsque les prix furent distribués que j'annonçai à mes camarades que je ne rentrerais plus.

— Tu en as, de la chance! s'écrièrent-ils en chœur.

— Tu as déjà fini tes études! Hé bien, ma vieille, tu en sais long en peu de temps.

— Mais nous te reverrons ?

— Dans la vie, je l'espère.

— Alors, au revoir, Canasson.

Nous nous serrâmes la main, sans beaucoup d'émotion parce que chacun de nous était dans le délire des vacances, revoyait ses parents ou allait les rejoindre. Moi, je dis adieu au bahut, à la grande baraque de Lyon, plein d'une gaîté non dissimulée de quitter de si vilaines et maussades murailles.

Je ne me joignis pas à mes camarades qui partaient vers Marseille, je les laissai et demeurai seul à Lyon où je voulais tenter la chance, réaliser une idée que je mûrissais depuis quelque temps.

Mon père m'avait exprimé l'intention de me placer; je préférai chercher moi-même un emploi et ne partir de Lyon que par un train du soir.

Oui, depuis le jour où mon père m'avait annoncé que je ne continuerais pas mes études, je réfléchissais beaucoup, et, alors que mes camarades pensaient que j'étais débarrassé du grec et du latin, je songeais sérieusemeut à continuer l'un et l'autre. J'avais des bases, je pouvais achever mes études, car je me rendais parfaitement compte que le travail réside en soi, et que mon application personnelle suppléerait bien des leçons.

Ce qui manquerait à mes études si j'allais habiter Vienne, je le trouverais à Lyon, c'est-à-dire des cours libres, faits généralement le soir, qui remplaceraient mes classes du Lycée. Pour en jouir, il me fallait donc habiter Lyon. Quel que fût le plaisir que j'eusse éprouvé à demeurer avec mes parents et à pouponner mes sœurs, puisque, à-présent, j'en avais deux, je n'hésitai pas à sacrifier les élans de mon affection à la nécessité d'apprendre, et je me rendis chez un pharmacien qui habitait place des Terreaux.

J'entrai chez lui et poliment lui demandai un entretien particulier. Il me fit passer dans un salon établi dans son arrière-boutique et je lui parlai en ces termes :

— Monsieur, je sors aujourd'hui même du Lycée. Je suis le fils de M. Canasson, épicier à Vienne. Je devais passer en sixième à la rentrée. Vous voyez que je ne suis pas très avancé. J'ai pourtant beaucoup bûché, je vous l'assure, mais j'ai commencé tard. Malheureusement, mon père, à cause de ses charges de famille, se voit dans l'impossibilité de me maintenir au Lycée. Je dois chercher à gagner ma vie, et, en même temps, je désire achever mes études en profitant des cours du soir organisés dans cette ville. La pharmacie est un métier qui me plairait. Je viens donc vous demander, monsieur, si vous voulez me prendre comme commis.

Le pharmacien, M. Chomat, homme d'une soixantaine d'années, ayant les cheveux et la barbe blancs comme neige, me regarda avec curiosité. Ce garçon qui venait chez lui en uniforme de lycéen, portant sous son bras les volumes qu'il avait reçus en prix le jour même et dont il ne s'était pas séparé, me parut ne pas lui déplaire.

— Mon petit jeune homme, me dit-il, savez-vous que, dans la pharmacie, nous n'avons pas de commis.

— Ah !

— Nous avons des élèves...

— Alors, Monsieur, prenez-moi comme élève.

— C'est que nos élèves sont des jeunes gens possédant leurs grades et qui entrent chez nous simplement pour se plier au côté commercial de notre métier.

— Ah ! fis-je.

— Je ne puis donc vous prendre comme élève, et je n'ai pas besoin de commis...

J'étais navré et me demandais, la pharmacie m'échappant, vers quelle branche de commerce je me dirigerais, quoique je ne susse pas exactement ce qui m'attirait dans la pharmacie, à moins que les bocaux n'eussent exercé sur moi

une attraction, par similitude avec ceux de la boutique de mon père, à moins
que leurs belles étiquettes en latin ne se trouvassent achever de me subjuguer,
puisque je conservais pour cette belle langue morte une prédilection que ne
justifiait cependant en rien l'*Épitomé* barbare dans lequel on nous faisait
commencer la langue de Cicéron et d'Horace.

Il paraît que je fis une tête lamentable, car M. Chomat reprit :

— Vous voulez absolument gagner votre vie ?

— Il le faut, dis-je avec fermeté.

— Et continuer vos études ?

— Oui.

— Et devenir pharmacien ?

— Oui.

— Hé bien, mon petit jeune homme, voici ce que je puis faire pour vous...

— Ah ! m'écriai-je, vous pouvez quelque chose ?

— Écoutez-moi : J'ai toujours ici un garçonnet de votre âge, et voici quelle
est sa vie : Il doit être levé à cinq heures du matin en été, à six heures en hiver...

— Comme au Lycée.

— Aussitôt qu'il est habillé, il descend dans cette boutique, ouvre les volets,
balaie, époussette, essuie. Il passe ensuite dans mon laboratoire et fait de
même. C'est tout. Après cette tâche qui doit être terminée en une heure, il reste
à ma disposition ou à celle de mes élèves pour nous servir, et il fait les courses
en ville, soit qu'il ait à porter des médicaments, soit que j'aie besoin de certaines drogues que je l'envoie chercher. Vous le voyez, c'est presque un petit
domestique. Cela vous plairait-il ?

— Aurais-je un peu de temps pour travailler dans la journée et pourrais-je
suivre les cours du soir ?

— Certainement.

— Alors, j'accepte.

— Retenez que c'est quelquefois un peu dur, et que votre unique salaire
sera votre nourriture et votre logement.

— J'accepte, Monsieur.

— Alors, dit M. Chomat, voici ce que je ferai pour vous : Au lieu de manger
à la cuisine avec ma domestique, vous mangerez à ma table avec mes élèves.
Pour le reste, il n'y aura rien de changé.

— Je vous remercie, Monsieur, dis-je. Quel jour devrai-je être ici ?

— Demain, si vous voulez.

— C'est, dis-je, qu'il faut je retourne à Vienne où mes parents doivent m'attendre depuis deux heures. Ils ne savent rien de ma démarche...

— Mais alors, vous ignorez s'ils consentent à votre entrée chez moi?

— Je l'ignore.. Mais ils y consentiront.

M. Chomat réfléchit un moment.

— Retournez à Vienne, mon petit garçon, dit-il. Dans huit jours je vais y aller. Je rendrai visite à vos parents et nous nous arrangerons.

— Mais bien sûr vous me prendrez, Monsieur?

— Si vos parents y consentent, c'est conclu.

Je remerciai encore M. Chomat et je volai, léger comme un oiseau, vers le chemin-de-fer. Quand j'arrivai à Vienne, je trouvai mes parents à la gare, dans une mortelle inquiétude de quelque fâcheux événement.

— Les voilà, mes prix! les voilà! m'écriai-je.

— Comment se fait-il que tu arrives si tard, Gamin, me demanda mon père?

Je lui racontai ce que j'avais fait et lui annonçai la visite de M. Chomat.

— Pharmacien! s'écria mon père avec un soupir, ce n'est pas ce que j'avais rêvé! Ce prénom de Benjamin t'a porté la guigne, vois-tu, mon fils.

— Dis donc, papa, lui demandai-je, est-ce qu'il est utile d'être beau pour être pharmacien?

— En aucune façon. Pourquoi m'adresses-tu cette question?

— Parce que je suis laid.

— Laid! mon fils laid! s'écria ma mère qui m'entendit, mais tu es le plus bel enfant du monde! ce n'est pas parce que tu as le nez un peu rond que ta figure n'en vaut pas une autre.

On m'interrogea beaucoup, on feuilleta mes livres de prix, mon père colporta mon palmarès chez nos voisins et on me complimenta de toutes parts.

— Vous avez un digne fils, déclara-t-on à mon père.

— Oui, soupira mon père, c'est dommage que je ne puisse le maintenir au Lycée.

— Ah! oui, dit Bouju, il serait peut-être devenu quelque chose de grand.

— Quelque chose de grand! soupira mon père, oui, oui, je le pensais...

Cependant mes parents étaient occupés de la nouvelle-née, ma seconde sœur, qui devait recevoir le prénom de Fabienne. On avait attendu mon arrivée pour se livrer aux apprêts d'un baptême extraordinaire.

Cette petite Fabienne avait un air mignon, mais, à mon avis, elle était loin d'être aussi jolie que ma Clémentine, qui demeura ma préférée.

Clémentine était brune, très brune, et Fabienne n'était ni blonde ni brune; elle avait la peau d'une couleur indécise, comme ses cheveux, car elle était déjà dotée, cette enfant, de cheveux épais, blonds, plutôt; mais ce blond était-il vraiment blond? ou terreux, un peu, comme la peau? Enfin, sans doute qu'en grandissant elle deviendrait ou blonde ou brune ou châtaine, d'une couleur définie, tranchée; je ne pouvais réellement en trop demander à une enfant qui venait de naître. Je laissai Fabienne pour m'occuper de ma sœur aînée. Ma petite Clémentine était plus ravissante qu'aux vacances de Pâques et il me sembla qu'elle me reconnut dès qu'elle me vit. Je m'abusai, très probablement, mais elle me sourit de suite, et il ne m'en fallait pas davantage pour que mon cœur débordât. Je sentais que j'appartenais tout entier à cette enfant et que je ferais tout pour elle, que ma vie se concentrerait dans mon affection pour ma petite sœur. Cela ne prouve pas que j'étais mauvais, cela ne prouve pas non plus que j'étais d'un caractère à me perdre dans des actions d'éclat, et le nom de Benjamin, quoi que mon père en pensât, me convenait mieux, je pense, que celui de Vercingétorix après lequel il pleurait.

J'étais cependant fort anxieux. Je me demandais si M. Chomat viendrait réellement à Vienne. Peut-être avait-il voulu se débarrasser de moi et ne le reverrais-je jamais? Et qui sait s'il obtiendrait le consentement de mon père?

AR, depuis la première confidence que je lui avais faite en revenant du Lycée dans la naïveté de mon âme, mon père réfléchissait beaucoup à la profession que je voulais embrasser et je l'entendais répéter, tandis qu'il servait la pratique:

— Apothicaire! Apo-thicaire!! A-po-thi-caire!!!

Et comme il vendait de ces énormes instruments dont on se sert pour les chevaux, il en prenait un et me criait:

— Regarde! regarde! Voilà l'insigne de ta profession.

Moi, je riais, et je montais dans la rue Marchande où je m'arrêtais avec un intérêt des plus vifs devant la boutique des différents pharmaciens de cette rue où ils sont nombreux, regardant de tous mes yeux des vipères dans des bouteilles, des boas empaillés et des bocaux superbes, ornés d'inscriptions entre deux serpents.

Oh! les étiquettes des bocaux! Quelle attraction elles exerçaient sur moi! Au premier coup-d'œil se présentaient les deux vases de proportions monumentales qui ornaient la montre de la boutique de chaque côté de l'entrée et sur lesquels on avait peint les bustes d'Hippocrate et de Galien. Ces deux personnages que je n'avais pas l'honneur de connaître excitaient mon admiration. Je me demandais qui ce pouvait être.

— Il est possible, pensais-je, que ce soient les inventeurs de cet ustensile que me montre mon père et qui est d'un si grand secours à la médecine.

Autour de ces vases, je voyais, en outre des crotales, vipères, lézards et autres vilaines bêtes destinées à inspirer aux passants la crainte salutaire de l'officine et à leur rappeler les errements des antiques pharmacopées, des écriteaux où on vantait l'eau de Saint-Fricotin et le corricide du Dr Chausson, du baume sternutatoire pour les rhumes de cerveau, et du réglisse au goudron pour les bronches. Je découvrais aussi de la pâte épilatoire, mais que signifiait épilatoire ? je l'ignorais autant que corricide et sternutatoire, mais je rentrais chez nous pour ouvrir mon dictionnaire et j'y trouvais *épilatoire* : « faire tomber les poils », du latin *pilus* avec un préfixe ; *sternutatoire*, faire éternuer, de *sternutare* ; quant à *corricide*, je ne le trouvais nulle part. Il ne venait sans doute pas du latin. Que c'est donc utile, les étymologies !

— Quelle belle chose que la pharmacie ! m'écriais-je alors. Il n'y a pas meilleur métier pour savoir le latin et plus, et je vois clairement qu'il me suffira d'apprendre ce qui est écrit sur les bocaux pour être bachelier.

Cependant, M. Chomat ne se présentait pas et mes parents étaient tout au

baptême de Fabienne. Les grands-parents de maman arrivèrent de Marseille
pour être parrain et marraine et comme c'était la première fois qu'ils venaient
à Vienne, pour la première fois aussi j'eus le plaisir d'être embrassé par eux.
Ils avaient l'air de braves gens, et mon grand-père m'enleva dans ses bras en
s'écriant :

— Troundelair, il est déjà grandet comme une petite tarasque !

Ma grand'mère admira beaucoup Clémentine, ce qui m'attacha de suite à
elle.

— Hé té ! Hé té ! elle est bienne, elle est bienne, cette gaillarde ! répéta-
t-elle.

Et elle la dévorait en s'écriant avec un accent de Marseille que rien ne cor-
rigeait :

— Hé té ! je l'embrasse à pleine assiettée.   ·

Moi, personnellement, je n'avais pas de faveurs et mon grand-père disait
à ma mère avec un accent non moins marseillais que celui de sa femme :

— Je m'étonne, té, qu'une belle femme comme toi ne possède pas un fils
mieux ficelé que ça.

— Qu'est-ce que tu veux ? faisait ma mère. Est-ce qu'il n'est pas beau,
Benjamin ?

— Ma foi, non.

— Tu ne sais pas le voir !

« Tu ne sais pas le voir ! » ah ! quelle parole de maman ! quelle belle
parole ! quelle noble parole ! Comme je l'ai retenue, cette parole-là, et combien
m'a-t-elle rappelé l'affection de ma mère ! « Tu ne sais pas le voir ! » et elle
me voyait, elle, avec ses yeux maternels, elle me voyait beau.

> ..... Mes petits sont mignons,
> Beaux, jolis et bien faits sur tous leurs compagnons.

Mais, moi, je devais en prendre mon parti : J'étais laid.

Je m'interroge pour savoir si cette constatation me rendit chagrin ? Je ne
le crois pas. J'ai quelquefois un peu de fatigue à faire revivre mes impressions
d'enfance, mais je ne me rappelle en aucune façon d'avoir, à cet âge-là, re-
gretté de n'être pas un bel enfant pour tout le monde comme pour ma bonne
mère. Ma sœur Clémentine était jolie, je ne demandais pas davantage, toute
ma préoccupation était de voir constater qu'elle était, comme disait ma mère-
grand : « L'arc-en-ciel de la famille ». Et pourtant, elle avait été baptisée fort

simplement, tandis que ma petite sœur Fabienne le fut en grand'pompe, à la cathédrale de Saint-Maurice.

A l'heure de midi, un beau dimanche, quatre violoneux portant un gros bouquet à leur flanc gauche et leur chapeau gris enrubanné de toutes les couleurs, s'arrêtèrent devant notre porte, et nos amis et nos voisins, que mon père avait conviés, arrivèrent dans leurs plus belles toilettes. Deux jeunes filles en blanc se firent suivre de deux solides gars qui portaient chacun un grand sac rempli de dragées et derrière eux marcha ma mère, portant son nourrisson dans ses bras. A la suite de ma mère se placèrent mes grands-parents, puis mon père donnant le bras à Mme Bouju et moi qui traînais Clémentine.

Les invités, au nombre de cent, environ, deux par deux se donnaient le bras derrière nous.

Je crois que la population entière de Vienne s'était mise sur deux rangs pour nous voir défiler.

Aussi les violoneux se redressèrent, et tous les quatre, à l'unisson, partant du pied gauche, devant nous râclèrent leurs instruments en s'accompagnant de la voix.

Voici ce qu'ils chantaient, j'en donne les paroles et la musique :

> Place à parrain, marraine,
> Place, bourgeois, manants,
> Place, la châtelaine,
> Place, seigneurs vaillants,
> Place à parrain, marraine,
> Place, petits enfants.

Et lorsque le cortège fut en marche, de leurs voix nasillardes soulignées par leur crin-crin, ils continuèrent :

> Les cloches en branle
> Font leur carillon
>   Dig din don
> Et le cortège s'ébranle,
> On va jeter des bonbons
> Au son des cloches en branle
> Et des joyeux carillons
>   Dig din don.

Place à parrain, marraine,
Place, bourgeois, manants,
Place, la châtelaine,
Place, seigneurs vaillants,
Place à parrain, marraine,
Place, petits enfants.

Arrivez, les braves garçons,
Accourez, gentes villanelles,
Venez écouter nos chansons,
Entendre que vous êtes belles,
Aux sons des joyeux carillons ;
Car c'est aujourd'hui le baptême
D'un très joli petit enfant.
Un jour, vous réjouissant de même,
Un jour vous en ferez autant.
Accourez, gentes villanelles,
Arrivez, les jeunes garçons,
Ouïr rondeaux et pastourelles
Au bruit des joyeux carillons.

Place à parrain, marraine,
Place, bourgeois, manants,
Place, la châtelaine,
Place, seigneurs vaillants,
Place à parrain, marraine,
Place, petits enfants.

Allegretto

Place à parrain, marraine, Place, bourgeois, manants, Place, la châtelaine, Place, seigneurs vaillants, Place à parrain, marraine, Place, petits enfants. Les cloches en branle Font leur carillon:

Ding, din, don; Et le cortège s'ébranle. On va jeter des bonbons Au son des cloches en branle

cloches

Place à parrain, marraine,
Place, bourgeois, manants,
Place, la châtelaine,
Place, seigneurs vaillants,
Place à parrain, marraine,
Place, petits enfants.

bel _ les, Aux sons des joy _ eux ca ril _ lons. Car c'est au _ jour

d'hui le bap _ tê _ me D'un très jo _ li pe _ tit en _ fant. Un jour,

vous ré _ jouis _ sant de mê _ _ me, Un jour vous en fe _ rez au _

_ tant. Accou _ rez, gentes vil _ la _ nel _ les, Ar _ ri _ vez, les

jeu _ nes gar _ çons, Ou _ ïr ron _ deaux et pas _ tou _ rel _ les

Au bruit des joy _ eux ca.ril _ lons. Place à par _ rain, marrai _ ne,

Place, bourgeois, manants, Place, la châtelaine, Place, sei-gneurs vaillants, Place à parrain, marraine, Place, petits enfants.

Quoiqu'il y eût beaucoup de monde, ce n'était rien en comparaison de ce que nous trouvâmes à la sortie de l'église Saint-Maurice. Il y en avait sur la terrasse, il y en avait sur les marches, il y en avait sur la place, il y en avait dans les rues adjacentes, et sur le quai, et sur le pont. Cela provenait de ce que, avant le baptême, on ne jetait pas de dragées, et qu'on les lançait à la volée dès le sortir de l'église.

Aussi les cris : « Parrain ! Marraine ! » éclatèrent-ils de toutes parts aussitôt que se montra le cortège, et ce fut une bousculade d'enfants.

Nos violoneux avaient, comme pour les autres cérémonies, un air approprié à la distribution des bonbons dont les paroles et l'air étaient :

> Voilà les dragées,
> Vite les jetez,
> Vite ramassez,
> Prenez-en, prenez,
> Et puis les croquez
> Les bonnes dragées.

Voilà les dra-gé - es, Vi-te les je-tez, Vi-te ramas-sez, Prenez en, pre-nez. Et puis les cro-quez, Les bonnes dra-gé - es.

Ah! que c'était amusant!

La foule tombait sur les dragées comme si elle eût été composée de bêtes sauvages et affamées.

Les enfants qui se précipitaient sur ces bonbons, pauvres enfants des fabriques, misérables et chétifs, qui n'en avaient peut-être jamais mangé et qui devaient regarder une dragée comme une gâterie extraordinaire, étaient vraiment bien excusables, mais les grandes personnes! Qu'en dire? Elles se montraient aussi enragées que les petits et allaient même jusqu'à arracher aux enfants ce qu'ils avaient péniblement conquis.

Car on les piétinait, on les écrasait, les malheureux!

De cette foule hurlante où dominaient les mots : « Parrain! Marraine! » partirent des cris d'angoisse et des cris de douleur. Impitoyable dans sa lutte à la conquête d'une dragée, le peuple créait des remous. Pour certains, se battre devenait un jeu, écraser un être un amusement.

Hé bien, vous me croirez si vous voulez, mais j'eus à partir de ce jour-là

une idée de la vie, de la bataille qui se livre pour manger. Je vis sortir de cette
église, de sa porte ogivale effritée, notre cortège jetant des appâts à la foule
et une multitude se ruant sur ces appâts, se battant, se tuant presque. Je
me mis à rire, je trouvai drôle les chutes, les écrasements, les cris. Et cependant je tremblai de peur.

Quand notre cortège eut descendu les marches et se trouva sur la place,
nous fûmes nous-mêmes coupés, bousculés.

On s'empara des sacs de dragées, on les vida, on les lacéra. Nous n'eûmes
plus qu'à chercher à nous rallier, et les pauvres filles chargées de jeter les
dragées pleuraient fort parce que leurs jolies toilettes, des toilettes neuves,
avaient été déchirées.

Mon père, mis en colère, répétait :

— Tas de brutes ! tas de brutes !

Et ma mère, avec l'orgueil légitime du lieu de sa naissance, s'écriait :

— On n'eût pas agi ainsi à Marseille, té, bagasse !

— Ah ! fit Bouju, vous savez, la foule se ressemble joliment dans tous les
pays. Moi, j'ai une idée, c'est que l'homme seul est tout ce qu'il y a de mieux,
mais aussitôt qu'il est deux il ne vaut pas le diable.

— Et les femmes donc ? demanda ma mère.

— Oh ! les femmes, dit Bouju, ça vaut toujours le diable.

Nous avions des voitures qui nous attendaient au coin du quai. Nous les
occupâmes sans difficulté parce que, dès qu'il n'y eut plus de dragées, la foule
se dispersa et il ne demeura pas une âme autre que des petits galopins qui
pouvaient espérer qu'on leur distribuerait encore des bonbons. Je fis donc cette
réflexion que personne n'était venu par amitié pour nous, mais simplement
parce que nous donnions des dragées. C'était peut-être parce que mon père
offrait à dîner que nous nous trouvions une centaine au baptême de la petite
Fabienne.

Tous nos invités montèrent dans les chars-à-bancs et les charrettes louées
pour la circonstance, avec lesquelles nous devions aller à Ampuis. Mon père,
afin que la partie fût plus complète, avait résolu de faire le dîner dans une auberge célèbre par sa cuisine qui se trouvait juste en bas de ces deux petites
montagnes dont l'une est nommée « la Brune » et l'autre « la Blonde » et
dont la réunion forme cette fameuse Côte-Rôtie qui donne son nom à un vin
au bouquet de violette qui est un des crus les plus réputés dans tout l'Univers.

Nos voitures s'ébranlèrent donc, à la queue-leu-leu, et traversèrent le pont pour aller à Sainte-Colombe prendre la grand'route qui conduit à Ampuis.

Dans une première charrette se voyaient nos violoneux qui se chargeaient de nous annoncer aux populations et de les ameuter sur notre passage.

> Voilà qu'en allant dans la plaine
> Tonton, tontaine,
> S'éteignent des cloches le son,
> Tontaine, tonton.
> On n'entend plus le carillon
> Tontaine, tonton,
> C'est notre tour, Parrain, Marraine,
> Tonton, tontaine,
> C'est le tour du gai violon,
> Tontaine, tonton.

Comme la noce entière entonnait ainsi qu'un repons : « Tonton, tontaine », et que quelques-uns d'entre nous, notamment le perruquier Bouju, imitaient le cor-de-chasse, nous faisions beaucoup de bruit, et les gens qui nous regardaient voiturer était ravis de la joie que nous semions sur notre passage.

Ma mère de temps-en-temps élevait Fabienne dans ses bras et la montrait aux populations. Alors on entendait :

— Ah! qu'elle est brave!

— Vive la maman!

Les bonnes gens de nos pays sont toujours contents quand ils voient une maman avec son petit enfant.

Nous arrivâmes entre les maisons alignées de chaque côté de la route qui forment, presque à elles seules, avec le château situé au bord du Rhône, le village d'Ampuis.

Au bout opposé du village, notre table était dressée en plein air, en face de l'auberge, sous les arbres de la place, et de suite on s'assit et on se mit à boire, en attendant une soupe solide, faite avec des haricots et des pommes-de-terre, qui fit boire à chacun sa bouteille, carrément.

On ne humait pas à tout coup du Côte-Rôtie, mais c'était toujours de vin d'Ampuis qu'on remplissait son verre, et, en attaquant de gros harengs fumés et des sardines et du petit salé, chaque convive accompagnait volontiers les violoneux qui nous beuglaient de toute la force de leurs poumons :

> Célébrons à jamais la gloire
> Du parrain qui nous fait chanter,
> Du père qui nous paie à boire,
> De l'hôte qui fait le dîner.

Vous n'avez peut-être jamais mangé de dindes bouillies aux poivrons?
Qui sait même si vous connaissez ces sortes de gros piments verts que l'on

mange frais et qu'on met au vinaigre ? Vous ne savez pas ce qui est bon. Il y a dans ces poivrons juste ce qu'il faut de piment pour vous échauffer la langue et le gosier et faire vider les bouteilles, et c'est pour cela que l'on sert le plat où entre ce condiment le deuxième ou le troisième.

Quand un homme a mangé une aile de dindon avec cinq ou six poivrons, il est mis en appétit, et on sert toujours à la suite une bonne rouëlle, cuite au four de boulanger, rissolée comme il faut, baignant dans son jus, avec un plat de cèpes fraîchement ramassés dans les châtaigneraies.

Après le veau, la chasse venant de s'ouvrir, on apporta des civets de lièvre suffisamment relevés de vinaigre, la sauce bien liée avec le sang et le foie de la pauvre bête qui est jolie comme un petit lapin.

Les plats de civets furent remportés nets, car plutôt que de perdre une goutte de sauce, les invités les essuyèrent proprement avec la mie de leur pain.

Le lièvre mangé, il était de principe qu'on servît un gratin de bettes, puis d'énormes rôtis de bœuf, et, le bœuf enlevé, des brochettes de beefis et de cailles cuites dans des feuilles de vigne. Les plats de viande se trouvaient clos par des gélines de Bresse farcies de châtaignes fraîches et servies avec de la salade de laitue à l'huile de noix.

Je vous prie de croire qu'il ne resta rien dans les plats, qu'on fit honneur aux crèmes et aux tartes aux prunes et aux pêches, et que les bouteilles se tassèrent dans un coin de la place publique à faire croire qu'on en voulait faire un coteau si haut que « la Blonde ».

> Et je ne dois pas vous cacher
> Que lorsqu'on se mit à danser
> Quelques-uns allèrent ronfler
> Sous les ombrages ;
> Il ne faut pas leur en vouloir,
> On approchait déjà du soir,
> Ils étaient sages.

En dehors des danses de tout le monde, je veux dire de la polka, de la valse, des quadrilles et autres vilaines affaires en rond avec lesquelles on a remplacé les vieilles et gracieuses danses françaises, comme la courante et le menuet, où on faisait de si belles révérences et où on prenait de si nobles attitudes, nous avions dans le pays des rigodons, des bourrées et des farandoles.

On dansait la bourrée sur une chanson dont je me rappelle quelques paroles :

> Autrefois l'infidèle
> Faisait dire à l'écho
> Que j'étais la plus belle
> Des filles du hameau,
> Que j'étais sa bergère,
> Qu'il était mon berger...

Tandis que les musiciens raclaient leurs violons et chantaient cet air tout ensemble, la population d'Ampuis, amassée pour nous voir et invitée par nous à boire quelques bons coups de vin, se mettait aussi à danser. On se donnait de rudes coups de coude, mais ce n'était qu'un amusement de plus, et on riait à gorge déployée si un couple de danseurs faisait un faux pas et s'étalait sur le dos.

Le rigodon était une manière de ronde et de quadrille mêlés, un peu lourd, un peu pataud, qui se dansait volontiers sur des airs de ronde, comme celui qui finit :

> Et tant a sauté la vieille
> Qu'elle est morte en sautillant.

Quant à notre farandole, elle ne ressemblait point aux longues files folles du Midi conduites par le tambourinaire : Elle se dansait quatre par quatre, en rang, et en tournant longtemps en un grand cercle autour des musiciens. En général, c'est par la farandole que les danses prenaient fin. Pour terminer, les violoneux descendaient de leur estrade et en prenaient la tête, jouant, chantant et dansant, en hommes qui n'ont négligé ni le boire ni le manger. Ils partaient le pied droit en l'air, au refrain :

> Dansons la farandole,
> Vive le son,
> Vive le son,
> Dansons la farandole,
> Vive le son
> Du violon.

> La marraine avait bien promis
> La marraine avait bien promis
> De faire danser ses amis
> De faire danser ses amis,
> Allons les bons lurons
> Trémoussons-nous, sautons !

son, Dan sons la fa _ ran _ do _ le, Vi _ ve le son Du vi _ o _

_ lon. La mar _ raine a _ vait bien pro _ mis, La mar _ raine a _ vait bien pro _

_ mis, De fai _ re dan _ ser ses a _ mis, De fai _ re dan _ ser ses a _

_ mis, Al _ lons les bons lu _ rons, Trémoussons-nous, sau _ tons!

Pour se faire une idée exacte de cette danse, il faut se dire que les violoneux entonnaient, seuls :

> La marraine avait bien promis

et que ce ils faisaient en voix de tête ; mais ce vers était repris en chœur par toute la foule des danseurs en voix profonde :

> La marraine avait bien promis.

En somme, c'est la foule qui faisait le bis et il en était de même pour le second vers :

> De faire danser ses amis

que tous les danseurs reprenaient en basse :

> De faire danser ses amis.

Et quand ce vers s'était éteint dans la file des danseurs continuant toujours à danser quatre par quatre, ils faisaient un changement de pied qui semblait arrêter la théorie entière, la suspendre, pour ainsi dire, tandis que les musiciens chantaient seuls :

> Allons les bons lurons,
> Trémoussons-nous, sautons.

Puis, le refrain s'entonnant, il y avait comme une détente de ressort, les danseurs sautaient, se précipitaient en avant, prenaient l'allure d'un bataillon lancé à l'assaut :

> Dansons la farandole,
> Vive le son,
> Vive le son,
> Dansons la farandole.
> Vive le son
> Du violon.

Pour une pareille danse, la place publique était trop petite. Les violoneux, entraînant à leur suite les gens du baptême, les gens du village, se précipitèrent sur la grand'route, entrèrent dans le parc du château, sous les mûriers, revinrent sur la place, gravirent la colline, la redescendirent, tournèrent en rond autour des arbres, et ils vinrent s'échouer à la fameuse auberge d'Ampuis, aux tables où on avait dîné, épuisés, haletants, ayant soif, toujours soif.

Je suis obligé de déclarer que ce fut une chose bonne et nécessaire que

d'avoir des voitures pour ramener chacun chez soi ; mais ma petite sœur Fabienne,
si elle en avait eu conscience, ce serait certainement déclarée heureuse : Elle
avait un beau baptême ! Les violoneux seuls étaient capables de jouer encore en
rentrant à Vienne, au point du jour :

> Place à parrain, marraine,
> Place, bourgeois, manants,
> Place, la châtelaine,
> Place, seigneurs vaillants,
> Place à parrain, marraine,
> Place, petits enfants.

Ah ! ce n'était pas la place qui manquait et les violoneux auraient pu se
taire. Il n'y avait de réveillé dans Vienne que les gens du baptême, et encore...
Ils ne furent pas longtemps sans se mettre au lit et sans charmer les nymphes et
les naïades des bords du Rhône de ces notes naso-gutturales, qui indiquent
généralement un sommeil plein de béatitude et des consciences qui, si elles ne
sont bourrées de remords, sont bourrées de choses beaucoup plus solides et
plus lourdes à digérer.

Je ne m'inquiétai pas des autres, j'ignore si, à cet âge-là, je fournissais mon
contingent au trombone du bon dormeur, et je dis « à cet âge-là », parce que,
à la date où j'écris ces mémoires, je ronfle comme un chaudron ; mais je puis
affirmer avec certitude que personne ne dormit mieux que moi, jusqu'à midi, et
encore ma mère dut-elle me secouer en me criant :

— Viens manger la soupe.

Je me mis à table encore mal éveillé. Ma petite sœur Fabienne qu'on avait
baptisée la veille et trimballée la nuit entière n'avait pas l'air de s'en porter plus
mal ; ma chère Clémentine mangeait autant que si, la veille, on n'eût voulu qu'elle
goûtât de tous les plats. Ce n'est qu'après le dîner que nous eûmes envie de
nous livrer à une modeste sieste.

Une grande joie m'attendait quand je descendis de ma chambre : M. Chomat, M. Chomat, le pharmacien de Lyon, celui sur lequel je ne comptais plus,
était chez nous.

— Arrive, arrive, me dit mon père, nous parlons de toi.

Je saluai bien poliment le pharmacien et je m'assis à côté de lui.

— Ainsi, me demanda mon père, c'est donc vrai que tu veux devenir pharmacien ?

— Oui, papa.

— Monsieur, dit M. Chomat, votre enfant m'a manifesté l'intention de continuer ses études, et il les continuera. Je lui laisserai pour cela le temps nécessaire.

— Oh! certainement, m'écriai-je, je continuerai mes études.

M. Chomat parla à mon père des conditions dans lesquelles il pouvait me
prendre et ils tombèrent d'accord : Mon père aurait la charge de mon entretien, et M. Chomat me nourrirait, me logerait et me
donnerait cinq francs par mois.

C'est dans ces conditions que je partis pour Lyon
avec M. Chomat.

Le soir même, on me fit dresser mon lit dans
la boutique, lorsque celle-ci fut fermée. J'étais
chargé de la garder en compagnie d'un grand
et magnifique chien du Mont-Saint-Bernard
nommé Azor. Ce brave chien, aussitôt que
je me fus étendu dans le lit, sauta sur moi et
s'enroula sur mes pieds. Je compris que c'é-
tait une habitude qu'il avait contractée avec
mes prédécesseurs, et je ne voulus pas le dé-
ranger, car il avait de bons yeux et m'avait flairé avec quelque tendresse, à
ce qu'il me sembla.

A dater du moment où nous nous vîmes camarades de lit, Azor et moi
nous devînmes une fameuse paire d'amis. Il était d'ailleurs fort sage, rêvait
quelquefois, ne ronflait jamais, de temps-en-temps me léchait le nez. Les bêtes
sentent parfaitement quand on les aime; mais celle-là prenait peut-être mon
nez pour une véritable pomme-de-terre.

Moi, je rêvai cette nuit-là que la pharmacie me faisait une réception glo-
rieuse. Les bocaux, les fameux bocaux aux étiquettes latines, me semblèrent
prendre figure humaine, il leur poussa des jambes et des bras. Les barils, les
balances, enfin tout ce que la boutique contenait, s'anima, marcha vers moi, et
me présenta les armes comme si j'avais été un chef, un général. Oh! ces armes,
je n'en avais certainement jamais tant vu! Mais en me rappelant ce rêve, et en me
souvenant que mon père me menaçait d'un fusil pareil en se moquant de
moi, je me demandai si MM. les Bocaux ne se permettaient point d'imiter mon
papa et de se gausser du pauvre petit apprenti qui ne devait se servir encore
que du balai.

A six heures du matin, je sautai en bas de mon lit et de suite je pliai mes
draps, les mis sur le matelas et fermai mon lit
que je roulai dans un coin obscur où on le
remisait.

Je me saisis ensuite du balai et du plu-
meau et très consciencieusement,
sous l'œil attentif d'Azor qui semblait me surveiller, je nettoyai
la pharmacie; mais
vous ne croirez pas

qu'il m'était impossible de regarder un des bocaux sans éclater de rire, tellement je le voyais comme dans mon rêve! Ils me parlaient ces bocaux, ils

avaient pour moi quelque chose d'humain, probablement à cause des merveilleuses drogues qu'ils contenaient pour le soulagement de l'humanité souffrante, et de la calotte de pharmacien qu'ils portaient quelquefois sur l'oreille à l'imitation du patron.

A sept heures précises, arrivèrent deux messieurs qui mirent aussitôt des tabliers blancs à bavette pareils au mien. L'un et l'autre étaient des élèves de mon patron, le premier, un grand mince, long comme un jour sans pain se nommait Laurent, le second, un petit bonhomme pas plus grand que moi et rond comme une tonne répondait au nom de Jacquin.

— Tu es le nouveau petit trottin? me demanda ce dernier en me tapant sur la joue.

— Oui, Monsieur.

— Tu n'es pas beau, mais tu n'as pas l'air trop bête.

Décidément, je n'étais pas beau, puisque tout le monde me le disait, excepté ma mère et Azor.

— Dis donc, fit Jacquin à Laurent, il te restait une potion calmante à envoyer, quand nous avons fermé boutique, hier soir.

— Je la fabrique, dit Jacquin. Une potion calmante, si ça ne fait pas de bien, ça ne fait pas de mal.

— Le malade est peut-être mort.

— Ah! ma foi...

Je réfléchis que ce n'était pas gentil de la part de ces messieurs de parler ainsi des pauvres malades, mais ils avaient trop l'habitude de s'en occuper, et je devais moi-même m'endurcir fortement et en entendre bien d'autres.

A huit heures, M. Chomat, mon patron, descendit.

Il regarda attentivement la boutique et déclara que je ne l'avais pas mal nettoyée. Cependant, il me fit essuyer les chaises, comme si les gens qui allaient s'asseoir dessus ne les eussent pas bien frottées! Il y a des maisons où on est ainsi tout le temps à balayer, à épousseter, comme si la poussière ne se reformait pas aussitôt! C'est comme ceux qui mettent des pièges à mouches sur leur table et qui enlèvent les toiles d'araignée!

Je déclare cependant que la maison Chomat ne poussait pas si loin la monomanie de la propreté; elle était tenue correctement, mais dans une juste mesure, comme on fait à Lyon. Du reste, M. Laurent disait qu'il n'était pas mauvais qu'il tombât un peu de poussière sur les barils de quinquina, de tilleul ou des quatre-fleurs, parce que ça leur donnait une couleur plus nature.

— Tiens, me dit mon patron, va porter cette lettre à mon frère, le grand fabricant de chemises qui habite à côté de l'Hôtel-de-Ville, et emmène Azor pour lui faire faire sa promenade du matin.

Je m'acquittai vivement de ma commission et revins.

— Tiens, pile ça, petit, me dit M. Laurent.

Et il me montra un mortier dans lequel il y avait une matière brune. Je pris le pilon et commençai à m'acquitter de ce qu'on me commandait.

Quand j'eus réduit fin comme du sable la matière brune, M. Laurent versa un liquide verdâtre dans lequel je délayai ce que j'avais pilé, puis il y ajouta une sorte de farine blanche, puis un ingrédient qui ressemblait à du savon noir, et de tout cela je fis une pâte qui épaissit peu-à-peu. Il paraît que c'était de la pâte d'escargot.

— C'est bon pour les rhumes, me dit M. Laurent, parce qu'on remplace les escargots par de la mélasse.

— De la mélasse, répondis-je fièrement, nous en vendons chez mon père.

A midi, je fis la connaissance de Mme Chomat, ma patronne, puisque les deux élèves, M. Chomat et moi, nous mangions à sa table.

Mme Chomat me tendit la main.

— Il n'a pas l'air méchant, dit-elle en se tournant vers son mari, mais il n'est pas joli joli.

Ah! mais!... je commençais à en avoir assez, de ces réflexions! Je voulais bien convenir que je n'étais pas beau... Seulement c'est ennuyeux de se l'entendre toujours répéter.

On nous fit bien manger. Oh! ce n'était pas du tout comme au Lycée : Nous avions de la soupe et de la viande tant que nous en voulions, et c'est le grand maigre, M. Laurent, qui en dévorait! Je n'ai jamais rencontré dans ma vie un pareil appétit. Il devait coûter cher au patron.

Ma foi! de le voir engouffrer avec tant de volubilité sembla étendre la capacité de mon estomac. Je me mis à manger avec voracité. Mes patrons ne furent pas contrariés de ce que je fisse honneur à leur cuisine. Ils me poussèrent à retourner au plat, du gras-double à la lyonnaise dont les oignons étaient fricassés, un rêve!

Mme Chomat, en particulier, nous répétait :

— Mangez bien, mangez bien.

M. Chomat n'avait pas d'enfant. Il était seul avec sa femme. Sa pharmacie était une des plus achalandées de Lyon. Il gagnait de l'argent gros comme lui et je m'aperçus, à la longue, que les produits pharmaceutiques étaient d'un meilleur rendement que les épices, quoique l'exercice de la pharmacie me rappelât énormément l'épicerie.

Ce qu'il entrait chez nous de braves gens ayant un petit papier à la main, ce n'est pas chose croyable! Chacun de ces petits papiers était une ordonnance de médecin. On l'exécutait dans le plus bref délai, et quand le client ne revenait pas la chercher, c'est moi qui la portais à domicile. Ces courses me promenaient, m'apprenaient à connaître Lyon, et Azor m'accompagnait, ce qui me permettait de causer en route. Je racontais à ce brave chien les histoires qui me passaient par la tête, je lui communiquais mes réflexions, et il comprenait toujours.

A quatre heures, nous goûtions; et le soir, à huit heures, nous soupions. A cette heure-là, les malades étaient pourvus et on fermait la boutique. M. Chomat me prévint cependant que je pouvais être réveillé dans la nuit pour un cas pressant, et que, aussitôt que j'entendrais la sonnette de nuit, je devais monter au premier le réveiller.

La boutique fermée, je développais mon lit et je dormais en société de mon bon ami Azor.

Ce fut mon patron lui-même qui me donna des indications pour que je fréquentasse les cours de la ville, mais déjà je m'étais arrêté devant les bocaux et je m'imprégnais de leurs étiquettes plus ou moins latines.

Ah! ce n'était pas ordinaire
Les noms latins de nos bocaux,
Et, malheur! mon dictionnaire
Ignorait les noms les plus beaux!
Il fallut convenir que Rome
Ne les avait jamais connus,
Qu'en France pour soigner un homme
On latinisait des rébus.
L'eau claire avec un nom barbare
Guérissait tout mal à tout coup,
Mais de l'eau dite : eau, cas fort rare,
Ne guérissait plus rien du tout.

A peine entré dans la pharmacie, et le nez sur des formules plus ou moins abrégées, voyant les deux élèves de mon patron avoir recours à tout propos à une manière de dictionnaire qu'ils nommaient « Codex », je perdais la foi dans le latin de la pharmacie et j'eus l'aplomb de formuler mon opinion un jour, à dîner.

M. Chomat bondit.

— Voyez-vous ce béjaune, ce blanc-bec! s'écria-t-il. Il sort de sa coquille, il entre dans mon officine, et le voilà déjà qui se fait une opinion! Moutard, va! *Ignorantus, ignoranta, ignorantum!* Ah! tu dis que les latins n'ont pas connu notre art! Que nos noms latins sont inventés par nous pour tromper le pauvre monde qui n'y entend goutte! Hé bien, monsieur Benjamin Canasson, fils d'épicier, qu'est-ce que c'est que Cœlius Aurelianus? Ah! ah! Et Andromaque?...

— Ah! cela, interrompis-je, je sais ce que c'est.

— Vraiment, monsieur Benjamin Canasson!

— C'est une tragédie de Racine. Au Lycée, en retenue, j'en ai copié des morceaux.

— Andromaque, dit M. Chomat, était le médecin de l'empereur Néron, et ce fut lui qui inventa la thériaque, dont tu vois le nom écrit sur ce grand vase, entre les deux bocaux qui, le soir, illuminent de feux rouges la largeur de la place.

— C'est un bon remède, patron?

— Pas du tout. Ce remède était empirique, on ne s'en sert plus.

— Alors, patron, pourquoi en garder le nom?

— Justement pour prouver, ô ignorant, que les latins connaissaient la pharmacie.

— Ah! bon.

— Et Galien ? Connais-tu Galien ?

— Celui dont vous avez le portrait sur votre comptoir, patron ?

— Oui, celui dont le buste orne ma caisse, ma caisse, monsieur Benjamin Canasson, épicier ! Sais-tu que Galien fut le médecin de Marc-Aurèle et de Septime-Sévère ? Sais-tu qu'il a écrit *De simplicium medicamentorum faculta-tibus* et qu'il est le père de la pharmacie ? Le sais-tu ?

— Non, patron, mais je veux bien le croire.

— Il employait des mots latins, sans doute ?

— Je n'en doute pas, puisque c'était sa langue, le latin.

— C'est heureux.

— Alors tous les noms dont on se sert en pharmacie viennent de Galien ?

— Oh ! pas du tout, car il n'entendait rien à notre art.

— Et il en est le père, à ce que vous dites, patron ?

— Oui, dit M. Chomat, à cause de notre penchant tout français pour les étymologies, mais, à l'exception de quelques simples, comme il n'y a de certain que la pharmacie chimique, nos vrais pères sont les Arabes car les Arabes ont inventé la chimie.....

— Les Arabes ?

— Oui, petit, les Arabes, les Arabes qui ont conservé les manuscrits antiques, auxquels nous devons la Grèce et Rome même ; qui nous ont appris la morale et la tolérance ; les Arabes qui ont connu les mathématiques et les lois physiques de la Nature. Moussah-Dschasar-al-Soli, le fameux Geber, le père de la chimie, le père de la pharmacie était arabe. C'est les Arabes, qui, il y a dix siècles, nous ont donné l'alcool, le julep, le camphre, le sirop, le looch. C'est de l'Orient qu'est venu Averrhoès. Notre civilisation, petit, nous ne la devons ni aux Grecs ni aux Latins, nous la devons aux Arabes. La civilisation vient de l'Orient. Seulement, depuis des siècles, on a latinisé nos produits et nous leur conservons leurs noms, même ceux qui viennent en droite ligne de Galien. N'en médis jamais, petit, ou tu ne seras jamais pharmacien.

Au fond, je sentis que mon patron et moi nous ne différions pas essentiel-lement d'opinion, et je m'inclinai devant le latin qu'il me recommandait de respecter. Simplement fâché de ne pas le retrouver dans mon dictionnaire latin-français, je le travaillai dans le Codex, et ce n'est que plus tard que je pus rire à mon aise de ce latin de cuisine.

Dans un cours auquel j'assistais le soir, on nous apprenait cependant les langues mortes par un admirable procédé. Ah ! je ne regrettais pas le Lycée et je sentais que je saurais plus de latin en un an, avec la méthode qu'on employait, que je ne l'aurais su en cinq ans dans les classes du vieux bâtiment des jésuites. On me mit à traduire Cicéron et Virgile et ce n'est pas en les étudiant que je me sentis porté à respecter les pharmacopées dans leurs termes bizarres. A côté de mon cours de latin, j'avais un cours de grec, un cours de mathématiques, un de français et je commençai la tenue des livres. J'étais pris cinq fois par semaine de huit heures à dix heures, et, quand je rentrais, la pharmacie étant toujours bien chauffée, je m'asseyais au bureau du patron et je travaillais jusqu'à minuit sous l'œil bienveillant de mon ami Azor qui devait trouver que je me couchais fort tard, mais qui ne se serait pas permis de se mettre au lit avant moi.

Les soirs où les cours ne me prenaient pas mon temps, les élèves de M. Chomat m'invitèrent quelquefois à aller avec eux. Ils me menaient à la Brasserie-Georges où ils buvaient des bocks et culottaient des pipes. Je ne puis dire que je m'amusais beaucoup dans cette immense brasserie qui était située auprès de la gare de Perrache et où il arrivait qu'on ne pouvait trouver une table. Les élèves m'offrirent cependant de m'apprendre à fumer, mais je me montrai plus raisonnable qu'ils n'étaient et refusai en disant que j'avais bien le temps, et que, au surplus, je m'étais déjà essayé au Lycée.

Ils me causaient un plaisir de beaucoup préférable quand ils me conduisaient au Guignol lyonnais, que l'on appelait Guignol du Caveau parce qu'il était installé dans une cave en face du théâtre des Célestins. Le principal héros de ce petit théâtre n'était pas Guignol, comme à Paris, mais Gnafron. Le nom de ce héros décélait son origine, un gnafre est un savetier et Gnafron un fils de savetier. Il était donc désigné pour parler le patois lyonnais, pour se servir tout-à-fait du langage des rues et causer la joie des « gones » de Lyon, et à Lyon on appelle « gones » ceux qu'à Paris on appelle « gosses ». Gnafron d'ailleurs se conduisait comme Guignol. Il était voleur, menteur, pendard, avait force démêlés avec la Justice et rossait à tour-de-bras les agents de la police et la gendarmerie.

Ce Gnafron parodiait volontiers aussi des pièces de théâtre qui nous venaient de Paris, mais il aimait particulièrement raconter ce qui se passait dans la ville de Lyon. Il avait l'oreille ouverte aux cancans, il n'en manquait pas un, et le public, qui paraissait fort au courant, éprouvait des joies qui m'étonnaient, car je ne comprenais pas comme eux.

Il y avait cependant une petite pièce qui faisait mon bonheur, que j'ai entendue plusieurs fois et que je vais rapporter ici.

L'ARBRE, L'ÉCORCE ET LE DOIGT

COMÉDIE DE CHEZ GUIGNOL, AU CAVEAU

PERSONNAGES
M. BONVOISIN, marchand de pruneaux et de marrons.
Mme BONVOISIN, sa femme.
Auguste BONVOISIN, leur fils.
Un sergent-de-ville.
Un gendarme.
GNAFRON.

La scène se passe à Lyon, rue de la Guillotière. On voit la boutique de M. Bonvoisin avec une superbe enseigne sur laquelle on lit : « Pruneaux et marrons ».

Mme BONVOISIN (*mettant une bouteille dans les mains d'Auguste*)
Tiens, va me chercher un litre de vin.
(*Auguste prend la bouteille et sort en tirant la langue vilainement*)

AUGUSTE
Tiens...

Mme BONVOISIN (*criant*)
Ne casse rien.

M. BONVOISIN (*passànt la tête par la fenêtre*)
Qu'est-ce tu dis, madame Bonvoisin ?

Mme BONVOISIN
Je dis à Auguste de ne rien casser, tiens ! (*elle tire la langue*)

M. BONVOISIN
Il peut donc casser quelque chose, madame Bonvoisin ?

Mme BONVOISIN
Puisqu'il va chercher un litre de vin.

M. BONVOISIN
Tu aurais mieux fait d'y aller toi-même, va, madame Bonvoisin. Auguste est si bête !

Mme BONVOISIN
C'est ton fils.

M. BONVOISIN
Tu vas voir qu'il va casser la bouteille, madame Bonvoisin.

AUGUSTE (*rentrant en pleurant*)
Oh ! là ! Oh ! là ! Oh ! là, là !

M. BONVOISIN

Qu'est-ce qu'il y a, madame Bonvoisin?

Mme BONVOISIN

Auguste, pourquoi est-ce que tu piailles encore?

AUGUSTE (*toujours le même jeu*)

Oh! là! Oh! là! Oh! là, là!

Mme BONVOISIN (*le tâtant*)

As-tu du bobo quelque part?

AUGUSTE

Oh! là! Oh! là! Oh! là, là!

M. BONVOISIN (*toujours à la fenêtre*)

Demande-lui donc ce qu'il a fait de la bouteille, madame Bonvoisin.

Mme BONVOISIN (*à Auguste*)

Qu'as-tu fait de la bouteille?

AUGUSTE

Oh! là! Oh! là! Oh! là, là!

Mme BONVOISIN.

Tu l'as cassée?

AUGUSTE (*criant plus fort*)

Oh! là! Oh! là! Oh! là, là!

M. BONVOISIN

Je te l'avais dit qu'il la casserait. Quand les femmes ne font pas elles-mêmes leurs commissions, il arrive toujours de ces malheurs-là, entends-tu, madame Bonvoisin.

Mme BONVOISIN (*empoignant Auguste*)

Ah! tu as cassé la bouteille!... (*elle tape dessus*).

AUGUSTE

Oh! là! Oh! là! Oh! là, là!

Mme BONVOISIN (*continuant la correction*)

L'as-tu cassée quand elle était vide?

AUGUSTE

Oh! là! Oh! là! Oh! là, là!

Mme BONVOISIN

Ou quand elle était pleine?

AUGUSTE

Oh! là! Oh! là! Oh! là, là!

M. BONVOISIN (*à sa femme*)

Attends, je vais t'aider à le faire parler, madame Bonvoisin.

(*Il descend et ils tapent tous deux sur Auguste*)

AUGUSTE

Oh ! là ! Oh ! là ! Oh ! là , là !

GNAFRON (*entrant*)

Hé quoi ! hé quoi ! Que faites-vous ? Voilà que vous vous mettez deux grands carcans pour taper sur un pauvre gone !

Mme BONVOISIN (*tapant plus fort*)

De quoi se mêle celui-là !

AUGUSTE

Oh ! là ! Oh ! là ! Oh ! là , là !

GNAFRON (*se jetant entre Auguste et les Bonvoisin*)

Arrêtez ! Pourquoi battez-vous ce petit gone ?

Mme BONVOISIN

Ça ne vous regarde pas.

AUGUSTE

Oh! là! Oh! là! Oh! là, là!

GNAFRON (*à Auguste*)

Là! la! la! Il paraît que tu n'as que cette note-là dans ton corgnolon, mon chéri. (*Aux Bonvoisin*) Mais vous, pour le battre, avez-vous des droits?...

Mme BONVOISIN

Je n'ai besoin que de mes mains.

GNAFRON

Êtes-vous ses parents.

M. BONVOISIN

Je suis son père.

GNAFRON

Un père roquet.

Mme BONVOISIN

Je suis sa mère.

GNAFRON

Une mère luche.

M. BONVOISIN et Mme BONVOISIN (*tombant sur Gnafron*)

Ah! tu nous agonises! (*ils le battent*)

GNAFRON (*se défendant*)

J'agonise parce que je suis un gone.

AUGUSTE (*imitant ses parents, joyeusement*)

Oh! là! Oh! là! Oh! là, là!

GNAFRON

Je vais chercher le commissaire. (*Il s'échappe*)

M. BONVOISIN

Comment! Il va chercher le commissaire! Rentrons vite et barricadons-nous. (*Ils rentrent tous trois. Gnafron arrive avec le sergent-de-ville et le gendarme.*)

GNAFRON

Ils ne sont plus là!

LE SERGENT-DE-VILLE

Vous avez voulu vous moquer de nous!

LE GENDARME

Subrepticement.

GNAFRON

Moi, Messieurs, me moquer de la gendarmerie! Un corps dans lequel on s'amuse tant!

LE GENDARME

Que nous nous amusons, dans la gendarmerie, nonobstant?

GNAFRON

Puisqu'on dit toujours : la gendarme rie.

LE GENDARME

Que superlativement je te fais rire, alors?

GNAFRON

Moi! Jamais.

LE SERGENT-DE-VILLE

Empoignons-le.

LE GENDARME.

Sustanpiffement.

GNAFRON.

Attendez. Le gendarme rit dans la gendarmerie, c'est entendu, et c'est pour cela que le sergent veut me mettre en pogne, car n'est-ce pas vouloir faire de moi une pogne aux œufs, comme au temps de Pâques, que de dire : empoignons-le?

LE SERGENT-DE-VILLE

As-tu fini de jaboter? (*Aidé du gendarme il le prend et ils vont l'emmener quand la fenêtre s'ouvre et la famille Bonvoisin paraît*).

M. BONVOISIN

C'est bien fait.

GNAFRON

Ah! voilà les gens que je cherchais.

LE GENDARME

C'est bien ceux-là?

GNAFRON

Superlativement. Voyez leur enseigne. Ils vendent des marrons pour ceux qui ont trop mangé de pruneaux et des pruneaux pour ceux qui ont trop mangé de marrons.

LE SERGENT-DE-VILLE.

Donc, que c'est eux?

GNAFRON

Ensemble et individuellement. Il faut leur faire avaler une arête... Je veux dire les arêter.

LE SERGENT-DE-VILLE

Ce sont les voleurs?

LE SERGENT-DE-VILLE (*aux Bonvoisin*)

Descendez médiatement tout-de-suite que je vous mène en prison.

AUGUSTE (*faisant un pied de nez au gendarme*)

Oh! là! Oh! là! Oh! là, là!

LE SERGENT-DE-VILLE

Ils nous insultent et se rebellionnent. Attendez, je vais chercher une échelle.

GNAFRON (*à part*)

C'est ça! Je me serai moqué de la gendarmerie et j'aurai fait monter la police à l'échelle. (*Le sergent-de-ville et le gendarme sortent*)

M. BONVOISIN

C'est vrai qu'ils veulent nous mener en prison?

GNAFRON

Vous allez voir ça.

M. BONVOISIN

Pourquoi nous fais-tu arrêter, toi?

GNAFRON

Parce que vous tapez à tour-de-bras sur un moins fort que vous et que ce n'est pas juste.

M. BONVOISIN

Qu'est-ce que ça peut te fricasser? C'est pas ton frère.

GNAFRON

Je protège tous les enfants, je suis leur frère et leur ami.

M. BONVOISIN

Alors, c'est toi qui es Gnafron?

GNAFRON

Oui.

M. BONVOISIN

Il fallait le dire. Ah! si c'est toi qui est Gnafron!...

Mme BONVOISIN.

Gnafron, c'est un ami. Nous avons eu tort de le battre. Il faut nous pardonner, Gnafron, nous ne te connaissions pas de vue, mais nous savons que tu es le bon ami de tous les Lyonnais et en particulier de tous les braves gones.

M. BONVOISIN

Tu parles d'or, madame Bonvoisin. Hé bien, ami Gnafron, si tu veux, au lieu de nous faire arrêter, nous jouerons un tour aux gendarmes.

GNAFRON

Et vous recommenceriez à battre le petit gone ?

M. BONVOISIN

Je te jure que non.

GNAFRON

C'est juré ?

M. ET Mme BONVOISIN (*en même temps*)

Juré ! (*Ils lèvent la main et crachent en l'air*) C'est sacré, tu vois.

GNAFRON (*essuyant ce qui est retombé sur lui*)

Hé ! là-haut, faites donc attention ! (*Rentrent le gendarme et le sergent-de-ville apportant l'échelle.*) Les voilà.

LE SERGENT-DE-VILLE

Nous allons les arquepincer.

LE GENDARME

Superlativement, nonobstant.

GNAFRON

Je vais vous aider.

(*Ils placent l'échelle sous la fenêtre où sont les Bonvoisin et montent. Alors commence un jeu de scène qui consiste en ce que les Bonvoisin descendent par leur escalier intérieur pendant que les autres montent à leur échelle, et tandis que les poursuivants, le sergent-de-ville, le gendarme et Gnafron descendent à leur tour l'escalier, les Bonvoisin montent l'échelle, cela établit une sorte de circuit qui cause la grande joie du public.*)

LE GENDARME (*s'arrêtant au pied de l'échelle et retenant le sergent-de-ville*)

Que congratulement je vous communique une idée que je me superpose.

LE SERGENT-DE-VILLE

Tu en as donc une, d'idée ?

LE GENDARME

Il faut nous diviser. Que subrepticement tu monteras à l'échelle et que moi je resterai pour les empoigner.

LE SERGENT-DE-VILLE

C'est tout-de-même une idée.

LE GENDARME

Chut !

(*Il va se placer à la porte. Le sergent-de-ville met les mains sur l'échelle,*

*mais celle-ci est tenue à l'autre bout par Gnafron et les Bonvoisin qui la font
basculer et balancent le sergent-de-ville jusqu'à ce que celui-ci retombe.)*

LE SERGENT-DE-VILLE

Ah! les gredins!

LE GENDARME (secouant la porte)

Ils ont clôturé la porte.

LE SERGENT-DE-VILLE

Je n'en puis plus, ils m'ont rompu les os.

*(La porte s'ouvre tout d'un coup et M. Bonvoisin, Mme Bonvoisin, Au-
guste et Gnafron, chacun armé d'un gourdin tombent sur le gendarme et
sur le sergent-de-ville et les chassent.)*

LE SERGENT-DE-VILLE ET LE GENDARME (s'enfuyant)

Aïe! aille! ouille! ouille!

GNAFRON

Nous les avons bien rossés. Cela fait toujours plaisir de battre l'autorité.

M. Bonvoisin

Si nous avions du vin, il serait temps de boire un coup, car nous avons fortement travaillé.

Mme Bonvoisin

Malheureusement, Auguste a cassé la bouteille.

Gnafron

Ce sera pour une autre fois (*à Auguste*.) Mais, toi, comment as-tu fait de casser la bouteille?

Auguste (*se remettant à pleurer*)

Oh! là! Oh! là! Oh! là, là!

Gnafron

Voyons, on ne te battra plus, mon petit gone. Réponds. As-tu cassé la bouteille vide?

Auguste

Oui, vide.

Gnafron

Ah! bon! Tu n'avais pas encore acheté le vin, la bouteille n'était pas pleine.

Auguste

Si, pleine.

Gnafron

Voyons était-elle pleine ou vide?

Auguste

Vide et pleine.

Gnafron

Tu avais donc mis du vin dedans?

Auguste

Oui, plein.

Gnafron

Elle était donc pleine quand tu l'as cassée?

Auguste

Non, vide.

Gnafron

Vide... Pleine... Pleine... Vide... Comment arranges-tu cela, petit gone?

Auguste

Vide et pleine, pleine et vide.

Gnafron

Alors, le vin?

AUGUSTE (*se remettant à pleurer*)

Je l'ai bu avant et j'ai cassé la bouteille après! Oh! là! Oh! là! Oh! là! là!
(*M. et Mme Bonvoisin lèvent en même temps la main sur leur fils, Gna-*
fron les arrête et la toile tombe.)

———

Cette saynète qui n'était pas bien méchante avait le don de dérider les
grands et les petits enfants, je pourrais dire les grands plus encore que les
petits, car tout le monde est enfant; il faut dire qu'elle était récitée non pas
en français, mais en patois lyonnais avec les intonations du faubourg de la
Guillotière, ce qui en augmentait prodigieusement l'effet local.

Les soirées du Guignol du Caveau se terminaient de bonne heure; et les
deux élèves me ramenaient toujours à la boutique où je trouvais ce brave Azor
qui m'attendait et qui était très content de me revoir pour se coucher.

Mais il advint que je rentrai plus tard parce que les élèves m'emmenèrent
au Grand-Théâtre et au théâtre des Célestins. Ah! que c'était beau! Je ne
croyais pas, avant de l'avoir vu, qu'il put exister de si magnifiques spectacles.
Pour sûr le paradis n'offrait rien de si beau! Je rêvai chacune des nuits qui
suivirent des choses les plus merveilleuses du monde et il n'y eut pas jusqu'à
Azor qui, costumé en ballerine, ne me semblât danser exprès pour moi.

Ces jours où les deux élèves m'emmenaient comptaient nécessairement
parmi mes jours fastes, et ils étaient assez rares, parce qu'ils n'osaient pas
boire autant devant moi qu'alors qu'ils ne m'avaient pas auprès d'eux. Ils me
l'avouaient, et pourtant, quelle pile de choppes entassait le petit gros, celui
que son collègue appelait Gros-Potard tandis que Gros-Potard dénommait
M. Laurent : Long-Potard. Ce dernier se contentait d'une choppe tandis que
Gros-Potard en ingurgitait deux douzaines.

— Bois donc, s'écriait Gros-Potard, ou tu n'engraisseras jamais. Voyons,
c'est moi qui régale.

— Je n'ai pas envie d'engraisser, répondait Long-Potard. Il ne faut pas
que je sois gros, car j'ai besoin de travailler.

Ils racontaient quelquefois leur histoire et la différence était grande entre
l'un et l'autre.

HISTOIRE DE GROS-POTARD

Moi, disait Gros-Potard, je suis comme les peuples heureux : Je n'ai pas d'histoire. Né d'un père pharmacien à Roanne, qui a reçu par héritage une très importante fortune et fils unique, j'ai eu tout ce qu'il m'a fallu, tout ce que j'ai souhaité depuis ma naissance. J'ai fait mes études au Lycée. J'ai eu de l'argent tant que j'en ai voulu. J'ai fini mes études en pharmacie et je succéderai à mon père. J'épouserai une femme dont la fortune augmentera la mienne. Et je passerai mon existence entre un pot d'onguent et un pot de bière en fumant tranquillement une vieille bouffarde. Un jour on trouvera cette dernière tombée par terre et on dira : « Tiens! Il a cassé sa pipe! » Fin.

M. Laurent, d'un tout autre ton, narrait ce qui suit :

HISTOIRE DE LONG-POTARD

Mon père est un humble cultivateur. Il laboure son champ et ma mère ramasse elle-même ses pommes-de-terre. Ils ont une nombreuse famille car je suis l'aîné de onze enfants, tous bien portants, comme dans la *Chanson du Vigneron*, vous savez :

> Je suis le plus gros vigneron
> De la haute et basse Bourgogne,
> Comme un gros fût mon ventre est rond,
> Ma femme est la mère Gigogne,
> Nous sommes à nos douze enfants,
> Tous gras, joufflus, tous bien portants,
> Aussi nous chantons, tous à l'unisson :
>   *Bonum Vinum*
>   *Lætificat cor hominum!*
>   C'est la chanson
>   Du vigneron
>   Au glou glou glou du flacon
>   C'est la chanson du vigneron,
>   C'est la chanson du vigneron.

Hélas! mon pauvre père n'a guère chanté, ma mère non plus. Ils ne cultivaient pas la vigne et ne buvaient pas de ce bon vin qui fait éclater la gaieté dès qu'apparaît la bouteille. Pauvres serfs toujours attachés à la glèbe par la nécessité de gagner du pain, mes parents travaillaient sans cesse et moi-même, dès que je fus en âge d'aller aux champs, on me donna les dindes à garder et, quand je devins plus grand, les caillons.

Comment l'institu-
teur de notre village,
brave et excellent homme,
en vint-il à s'occuper de moi?
Voici comme : J'avais trouvé, à
l'âge de sept ans, un journal. Je
gardai précieusement ce journal en ma possession, car je n'en avais pas vu encore, mais je savais
qu'il s'y trouvait imprimé des tas de belles et instructives choses. Je le tournai, le retournai et me cassai la tête pour savoir ce que signifiaient ces caractères noirs sur ce papier blanc. L'instituteur, en se promenant, me surprit dans l'absorption de ce journal que je tenais à l'envers.

— Sais-tu lire, petit? me demanda-t-il.

— Moi, point, répondis-je.

— Ah!..... Pourquoi donc tiens-tu ce journal?

— Je voudrais savoir ce qu'il y a dessus.

— Tu désires lire?

— Oh! oui, monsieur l'instituteur.

— Hé bien, il faut venir à l'école. Je t'apprendrai à lire, à écrire et à calculer.

L'instituteur alla trouver mes parents. Ceux-ci n'avaient aucune envie de me tenir à l'école.

— Je n'ai jamais connu une seule lettre de l'alphabet, dit mon père, et ma pauvre femme non plus. Nous n'en travaillons pas moins.

L'instituteur arriva à vaincre leur résistance et je pus apprendre à lire. Je montrai même de si heureuses dispositions pour l'étude qu'il me prit à part, m'enseigna, le brave homme, tout ce qu'il savait et me fit obtenir une bourse. Lorsque je fus boursier, mes parents commencèrent à être fiers de moi et à croire que je deviendrais un homme important.

— Tâche de gagner beaucoup d'argent, me dit mon père ; quand tu seras grand, tu prendras avec toi de tes frères et de tes sœurs et nous serons déchargés d'autant.

Le langage de mon père était peut-être un peu égoïste, mais il faut le lui pardonner parce qu'il avait beaucoup de mal à élever toute cette marmaille qui grouillait dans notre chaumière en compagnie des bêtes.

Je sentis que je pourrais être utile à mes frères et à mes sœurs et je travaillai sans relâche. Un de mes camarades, qui était aussi fort studieux, m'apprit que dans la droguerie on gagnait beaucoup d'argent. Cela détermina ma vocation. Je continuai à travailler pour entrer à l'école de pharmacie ; j'y ai conquis mes grades.

J'achève d'apprendre le métier chez M. Chomat et bientôt j'entrerai dans la droguerie.

En somme, jusqu'à aujourd'hui, je n'ai connu aucun plaisir, je n'ai pas su ce que c'était que le bonheur et il passera encore beaucoup d'eau sous le pont avant que je le connaisse. Je vais, en effet, entrer chez un droguiste, mais je ne serai qu'un employé. Il me faudra, à force de travail, me faire une position dans la maison. Comme je n'ai pas un sou pour m'établir, je ne sais si je trouverai un commanditaire ou si je pourrai économiser assez pour commencer petitement. En tout cas, il est encore dans les brumes de l'avenir le jour où je pourrai venir en aide à mes parents et tirer mes frères et mes sœurs des sillons où ils sèment le grain.

Or, un jour que Long-Potard avait raconté son histoire devant moi, Gros-Potard lui dit :

— Tu es un maigre, tu dois arriver. Vois-tu, mon ami, les gras sont fai-

néants. Ils se remuent malaisément, ils aiment la bonne chère, le vin et la
bière, un fauteuil excellent et une pipe artistiquement culottée. Ils n'ont pas
faim, les gras. Les maigres, au contraire, ont toujours les dents longues.
Rien ne les gêne, ils sont actifs, ils doivent parvenir. Qu'est-ce qui te manque ?
De l'argent ? Hé bien, nous avons été potards ensemble, à l'école, potards
ensemble nous voilà, toujours potards nous devons rester. Tu n'as point d'argent ? Moi, j'en ai. Deviens droguiste, je te commandite.

— Tu pourrais faire cela ? Je te devrais la fortune !

— Tu ne me devras rien du tout, dit Gros-Potard, puisque je toucherai des
dividendes ; de plus, c'est ta droguerie, notre droguerie qui fournira ma pharmacie et je ne me volerai pas moi-même. Tu vois que je n'oublie pas mes
petits bénéfices.

— Mais si c'est ainsi, s'écria Long-Potard.....

Tout-à-coup, il s'arrêta et ajouta :

— Tu parles sans savoir si tes parents consentiraient à entrer dans tes
vues.

— Mais c'est une excellente affaire que je fais avec toi ! s'écria Gros-Potard.
Je te réponds de mon père, va. Il n'est pas homme à laisser échapper une occasion de faire fructifier son argent.

— Quel bonheur, si cela devenait la réalité ! s'écria Long-Potard.

— Va toujours chez ton droguiste, et tu verras, dit Gros-Potard.

Long-Potard, aiguillonné sans doute par ce que Gros-Potard lui avait promis, ne tarda pas à quitter M. Chomat. Il n'abandonnait pas Lyon pour cela et
les deux amis se retrouvaient presque tous les soirs, mais il fut remplacé par
un autre élève nommé Groult qui me traita fort mal et m'envoya souvent à
la cuisine sous prétexte que j'encombrais inutilement la pharmacie.

A la cuisine, je trouvais la cuisinière, une grosse fille, qui était bien aise
de m'avoir pour me faire éplucher ses légumes, ce qui fit que je devenais petit
marmiton en même temps que petit commis, que petit potard, que petit écolier.

Ce fut mon malheur d'entrer dans la cuisine, car n'étant point débarrassé
de mon vieil esprit farceur, il germa à l'intérieur de mon crâne de jouer un bon
tour à mon patron, à ma patronne, à Gros-Potard, à Groult et à la cuisinière, tour que je croyais bien innocent et dont tout le monde, à mon avis,
devait finir par rire après m'avoir maudit d'abord.

Un beau jour, je lançai dans la marmite, tandis que la cuisinière avait le
dos tourné, une forte poignée d'ipéca.

L'heure du dîner arrive, chacun se met à table et avale avec empressement, selon l'habitude, sa première cuillerée de soupe. Puis tout le monde s'arrête.

— Qu'est-ce que c'est que ça? s'écrie mon patron.

Naturellement, on en reprend une petite cuillerée, pour goûter, et le patron appelle la bonne tandis que nous faisons tous une forte grimace, car j'ai été obligé de goûter aussi à mon abominable préparation pour ne point donner l'éveil sur mon compte.

— Qu'est-ce que vous avez fourré dans la soupe? demande M. Chomat à la cuisinière.

— Monsieur, répond cette dernière, c'est une soupe aux poireaux, comme à l'ordinaire.

— Mais il est tombé quelque chose dedans?

— Oh! non, Monsieur!

— Alors, votre marmite était malpropre.

— Non, Monsieur.

Mais la cuisinière n'avait pas eu le temps de protester de la pureté de son potage que nous étions tous pris de nausées et de vomissements, moi peu et les autres beaucoup.

— Nous sommes empoisonnés! s'écrie Gros-Potard.

— Courez acheter du lait, commande le patron à la cuisinière.

Tandis que la cuisinière allait chercher le contre-poison le plus facile à employer et le plus général, il n'y avait que moi de rasséréné. Tous les autres rendaient vilainement leur gorge, pour me servir de l'expression de cet excellent Rabelais, et criaient à l'empoisonnement. Enfin, avec du lait pour remplacer le vide de leur estomac, ils commencèrent à se remettre, à souffler, à se croire sauvés; mais je fis la réflexion que pour des gens habitués à manier des poisons et des antidotes, mes patrons en étaient réduits à envoyer quérir du lait et à se croire morts au premier mal de cœur. Après tout, c'est peut-être parce qu'ils connaissaient très-bien les poisons.

Ils ne se trouvèrent pas à l'aise que l'homme disparut chez eux et qu'il ne resta que le potard, c'est-à-dire un être ferré sur l'analyse et sachant découvrir les combinaisons chimiques les plus parfaites!

M. Chomat se saisit de la soupe et de la marmite. On commence par examiner cette dernière dans laquelle rien n'est découvert qui fournisse une explication plausible des phénomènes qui venaient de se produire. Alors, on examine le potage.

Oh! ce n'est pas long!

— Tu vas être pincé, Benjamin Canasson, pensai-je.

M. Chomat et ses élèves reconnurent immédiatement la présence d'une rubiacée et déterminèrent l'ipécacuana. Ils prirent le bocal, constatèrent un trou dans le milieu.

Aussitôt, tous les regards convergèrent vers moi. La cuisinière ne fut pas soupçonnée un instant! moi, je le fus de suite.

— Je préfère tout vous avouer, dis-je, et ne pas dissimuler plus longtemps...

— Tu préfères! s'écria mon patron, parce que tu es découvert, parce que tu ne peux plus rien cacher; tant que nous n'étions pas fixés, tu n'as rien dit, tu n'as pas songé un instant, en nous voyant fortement indisposés, à nous déclarer de quelle nature était le mal dont nous souffrions, tu nous as laissé croire que nous pouvions être empoisonnés, tu ne t'es pas dévoilé tant que l'expertise n'a pas été faite. A présent, tu montres une belle franchise parce que nous savons que tu as été prendre une poignée d'ipéca dans le bocal qui en contient et que tu l'as jeté dans la soupe. Je ne te sais aucun gré de ton aveu. Mais dans quel but?...

— C'était pour faire une bonne farce, dis-je.

— Ah! c'était pour faire une bonne farce! Hé bien, mon petit garçon, je ne t'ai pas pris chez moi pour nous faire de bonnes farces. Tu vas mettre tes habits dans ta malle et tu regagneras ta ville de Vienne.

— Oh! vous n'allez pas me mettre à la porte, dis-je.

Et les pleurs coulant sur mes joues, j'invoquai le pardon du pharmacien et je me précipitai aux genoux de ma patronne qui était encore cramoisie et avait des spasmes, tant elle venait d'être secouée.

— Et si vous m'aviez donné une attaque, vilain polisson, dit-elle.

— Tu n'es pas fait pour la pharmacie, dit sévèrement mon patron.

Et, inflexible, il me fit boucler ma malle, appela un commissionnaire, la lui fit charger sur son dos, et, me plaçant cent sous dans la main :

— Retourne, me dit-il, dans l'épicerie de ton père et deviens épicier, si tu peux. Je vais lui écrire et le renseigner sur ton compte. Au revoir.

J'étais bien peiné, surtout de quitter Azor que j'embrassai tendrement à plusieurs reprises. Enfin, je laissai, le cœur gros, la boutique du pharmacien, après avoir encore demandé pardon à tout le monde et avoir renouvelé mes adieux, et, marchant à côté du commissionnaire, je m'acheminai vers la gare de Perrache.

V

RRIVÉ à Perrache, le commissionnaire, qui était payé, laissa là mon colis et me souhaita le bonjour. J'avais deux heures à attendre : Je m'assis sur ma malle, tranquillement.

Mais je réfléchis pendant cette attente.

— Alors, me dis-je, le voilà envolé ce rêve que j'avais fait de devenir pharmacien! Après tout, ce n'est pas un métier si extraordinaire que celui où l'homme qui l'exerce a pour devise et pour symbole cet instrument dont mon père me menaçait et que M. de Pourceaugnac craignait si fort qu'il ne se sauvait qu'en emportant son fauteuil.

Et j'ajoutai péremptoirement.

— Les bocaux ne m'ont pas appris le latin.

Sur cette réflexion, je me mis à mépriser la pharmacie et m'estimai heureux d'en être sorti. Au fond, la pharmacie était une épicerie pour les malades, rien de plus. Il me fallait quelque métier plus relevé.

En attendant, j'allais retourner chez mon père qui ne serait peut-être pas fort satisfait. Il me questionnerait et il recevrait une lettre de M. Chomat qui ne pou-

vait que l'indisposer contre moi ; j'allais avoir le plaisir d'embrasser ma petite
sœur Clémentine, mais j'aurais le déplaisir de me faire gronder par mes
parents et moquer par les Viennois parce que je n'aurais pas su rester en place.

Certainement, on ne me laisserait pas revenir à Lyon et c'en était fait des
études que j'avais consciencieusement poursuivies et dans lesquelles je faisais
des progrès. Que deviendrais-je donc ! Je serais à la charge de mes parents qui
pourraient me garder, mais auxquels il était loisible de m'envoyer dans une
maison de commerce loin d'eux, à Marseille, par exemple, ville dans laquelle
mes grands parents me surveilleraient.

A force de réfléchir, je résolus de ne pas quitter Lyon.

Je consignai ma malle à la gare et cherchai un hôtel dont l'apparence modeste me tranquillisât. En cheminant le nez en l'air, je me souvins en avoir vu
un dans la rue Sainte-Catherine, voie étroite et sombre située derrière les Terreaux, hôtel sur le seuil duquel j'avais remarqué une vieille grosse maman aux
yeux bons comme tout. J'y allai, et, m'adressant à cette dame qui siégeait derrière son comptoir :

— Madame, lui dis-je, je suis un pauvre orphelin arrivé à Lyon pour
tâcher d'y gagner sa vie. Pour toute fortune, j'ai une malle avec mes effets et
cent sous dans ma poche. Voudriez-vous me laisser coucher dans un coin de
mansarde, ou par terre, dans votre salle-à-manger, ou sur le banc de votre
comptoir, et me donner un peu de pain tandis que je chercherai une place ?

— De quel pays viens-tu, mon petit ? me demanda la dame.

— De Valence, répondis-je avec aplomb.

— Tu n'as plus ni père, ni mère, ni parents, ni amis, à Valence ?

— Je n'y connais plus personne et c'est pour cela que j'ai quitté la ville.

— Et quel est ton nom ?

— Benjamin Canasson.

— Oh! oh! le drôle de nom, fit la dame en riant.

Et elle appela.

— César! César !

Je pensai qu'elle en voulait à son chien, mais cette fois, comme au temps de
la conquête de la Gaule, César était un nom d'homme.

— Que veux-tu, femme ? demanda le patron qui entra costumé en chef de
cuisine, tout en blanc, mais pas très propre.

Mme César répéta mot pour mot à son mari ce que je venais de lui dire.

M. César m'examina longuement.

— Il n'est pas beau, le garçon, fit-il.

Oh! cela, je le savais. Vraiment, on ne me l'envoyait pas dire!

— C'est dommage, dit M. César, que je n'aie en ce moment besoin de personne... Est-ce que tu as du goût pour la cuisine, mon garçon?

Je me souvins bien à propos de ce qui venait de m'arriver.

— Oh! Monsieur, m'écriai-je, j'ai un talent particulier pour la soupe! Vous ne pouvez pas soupçonner, vous ne pouvez vous douter de la manière dont je confectionne un potage.

M. César, qui ne pouvait entendre malice à mon affirmation si simple, esquissa un sourire.

— A l'enthousiasme de ta réponse, dit-il, j'augure, mon garçon, que tu dois avoir un penchant pour la cuisine. Malheureusement, je n'ai besoin de personne à cette heure... mais cela ne fait rien, je ne veux pas laisser sur le pavé un brave petit qui demande à travailler. Je vais te faire dresser un lit dans la chambre où couchent mes deux marmitons et tu mangeras avec eux; si tu gagnes de l'argent, tu me paieras vingt sous par jour; si tu ne parviens pas à gagner ta vie, ma foi, tant pis, tu ne me donneras rien et je ne m'en porterai pas plus mal. Où est ton bagage?

— Il est en dépôt, au chemin-de-fer, dis-je. Je vais le chercher.

Quelques heures après, j'étais installé à l'Hôtel-des-Quatre-Nations, et je dois dire que pour vingt sous par jour j'étais comme un prince. Les petits marmitons et moi nous avions le droit de finir tous les restes et de saucer tous les plats.

Il me restait à gagner les vingt sous par jour et je m'aperçus que ce n'est pas si facile que la chose peut en avoir l'air à première vue.

Je me proposai comme apprenti dans plusieurs magasins où je fus rebuté, mais le chef de l'un d'eux, un honnête mercier, me conseilla de m'adresser au bureau de placement plutôt que d'aller de porte en porte demander de l'ouvrage. C'est ce que je fis.

Le bureau de placement qu'on m'indiqua était situé rue Saint-Nizier, au fond d'une cour où le jour pénétrait encore moins que dans le préau du Lycée. J'entrai dans une pièce où il y avait plusieurs bancs et sur ces bancs des personnes qui attendaient comme moi, presque toutes des servantes, à ce que je crus. Elles entrèrent à tour de rôle dans une seconde pièce où je pénétrai à mon rang d'arrivée.

Dans cette pièce se trouvait un vieux monsieur coiffé d'un fez, enveloppé

dans une robe-de-chambre bleue, assis à une table éclairée par une lampe.

— Qu'est-ce que tu veux, petit? me demanda-t-il.

— Une place, répondis-je.

— As-tu trois francs?

— Oui, Monsieur.

— Il faut me les consigner, dit le vieux en tendant sa main.

J'avais dépensé vingt sous pour faire reporter ma malle de la gare à l'Hôtel-des-Quatre-Nations, il me restait quatre francs. Je pris trois francs et les lui remis.

— Bon, fit-il, c'est pour les frais... Mais je n'ai aucune place pour un petit gone comme toi. Reviens après-demain.

J'allais docilement obéir et déjà passais la porte quand il me rappela.

— Que je suis bête! fit-il, j'oubliais!... Est-ce que tu voudrais vendre des journaux?

— Comment cela? demandai-je.

— On te donnerait un paquet de journaux que tu crierais dans les rues.

— Est-ce qu'on gagne sa vie à ce métier-là?

— Oui, quand on vend beaucoup de numéros.

— Je veux bien crier les journaux.

Le vieux me demanda mon nom et mon adresse.

— Peste! fit-il, tu loges dans un hôtel où on fait, peut-être, après le restaurant Neyret, la meilleure cuisine de Lyon. Tu as donc de l'argent, petit?

J'expliquai à ce vieux que j'étais dans cette hôtellerie presque par charité.

— Bon, bon, fit-il, sans s'arrêter davantage. Voici ma carte avec un mot. Allez avec cela au *Gnafron*.

Le *Gnafron!* Tous mes souvenirs de Guignol me conduisirent avec joie vers le coin de Lyon où étaient installés les bureaux de ce journal. Le *Gnafron* était une feuille satirique très répandue à Lyon et qui y avait beaucoup de succès. Ses bureaux se trouvaient rue de Bourbon.

Je pénétrai dans le local du *Gnafron* où me parut régner une animation considérable et demandai à parler à l'administrateur du journal pour lequel était la carte que le vieux m'avait remise. J'attendis plus de deux heures sans le voir. Il me fit dire de repasser le lendemain et je rentrai à l'hôtel bien après l'heure du dîner.

— D'où viens-tu? me demanda Mme César.

Je mis cette dame au courant de ce que je venais d'essayer.

— Va vite manger, me dit-elle, car il est tard. Tu iras ensuite te coucher.

— Il faut rentrer à l'heure pour souper, me dit M. César quand il me vit.

Je dévorai à la hâte et montai au dortoir avec les marmitons, après que je les eus aidés à éplucher des légumes pour le lendemain.

Les marmitons s'endormaient avec une promptitude digne de leur jeune âge. Ils ne se couchaient guère avant onze heures du soir et il fallait qu'ils fussent debout le lendemain à quatre heures du matin, car, à quatre heures et demie ils accompagnaient M. César au marché et l'aidaient à rapporter ses provisions.

Je me levai en même temps qu'eux et sortis avec M. César pour me rendre au *Gnafron*.

— Ce n'est pas un excellent métier que tu choisis-là, me dit M. César. Tu vas te trouver en compagnie de crieurs de journaux qui ne valent pas cher. Enfin, fais toujours cela, en attendant mieux.

Quand j'arrivai devant le *Gnafron*, je trouvai la porte close. Les journaux ne se réveillent pas de bonne heure, ce n'est pas comme les cuisiniers.

Je me promenai dans les rues en attendant l'ouverture des bureaux qui eut lieu à dix heures. A peine s'ils étaient ouverts qu'une quantité de garçonnets comme moi arrivèrent. On leur remit un certain nombre d'exemplaires de journaux qu'ils emportèrent en courant ; des femmes se chargèrent aussi de paquets et ce ne fut qu'au moment où tout ce monde eut disparu qu'on me fit entrer dans le bureau de l'Administrateur auquel je remis la carte du vieux.

— Ah! me dit l'Administrateur du *Gnafron*, mon ami, va voir le Chef-de-départ.

Je demandai ce nouveau personnage auquel j'exposai mon désir de vendre des journaux. Ce ne fut pas long à conclure, entre nous.

— Combien en voulez-vous? me demanda-t-il après avoir pris mon nom et mon adresse.

— Ce que vous voudrez, répondis-je.

— Oh! ce n'est pas ça, dit-il. Le *Gnafron* se crie dix centimes, moi, je vous le vends sept centimes, soit trois centimes pour vous par exemplaire. Si vous en vendez dix, vous gagnez trente centimes, si vous en vendez cinquante, vous gagnez trente sous, et si vous en vendez cent, il vous reste trois francs.

— Je vais tâcher d'en vendre cent, répondis-je.

— Bien, fit le Chef-de-départ, en comptant les exemplaires, donnez-moi sept francs.

— Vous donner sept francs ?

— Sans doute. Je vous vends cent exemplaires à sept centimes, cela fait sept francs.

— Mais je n'ai pas d'argent, dis-je.

— Alors, revenez quand vous aurez de l'argent. Vous arrivez au journal, n'est-ce pas ? vous m'achetez tant de numéros que je vous vends naturellement au comptant, puisque je ne vous connais pas, et une fois que vous avez vos nu-méros, c'est à vous de vous dépêtrer et de vous en débarrasser.

— Je comprends, dis-je. J'achète votre journal à mes risques et périls. C'est à moi de le revendre. Hé bien, donnez m'en pour vingt sous, car je ne pos-sède qu'un franc pour toute fortune.

— Voici quatorze numéros, dit le Chef-de-départ ; cela fait quatre-vingt-dix-huit centimes ; voilà deux centimes qui vous reviennent.

— Merci, Monsieur.

— Pour votre gouverne, me dit le Chef-de-départ, il faut venir chercher le journal à six heures au plus tard. Tous les vendeurs que vous avez vus tout-à-l'heure s'étaient déjà débarrassés de leur première pacotille et venaient se réap-provisionner. A six heures du matin, notre bureau se ferme complètement et ne rouvre qu'à dix.

Je partis avec mes quatorze numéros sous le bras et me mis à crier comme je l'avais entendu faire à d'autres :

— Le *Gnafron !* demandez le *Gnafron !* qui veut le *Gnafron !* dix centimes le *Gnafron !*

Je ne tardai pas à n'avoir plus de numéros. J'avais donc gagné dans ma première journée quarante-deux centimes. C'était le premier argent dû à mon industrie.

Je rentrai à midi, pour le dîner, et j'annonçai ce résultat à Mme César que cela mit en gaieté.

— Te voilà riche ! s'écria-t-elle.

Le lendemain j'étais au journal à cinq heures du matin et je pouvais acheter vingt numéros. Je gagnai ce jour-là soixante centimes.

— Pourvu que je vende, me dis-je, la progression ira croissant.

Mais il fallait passer au public les numéros jusqu'au dernier et je parcourais bien des rues avant de les avoir vendus, sans compter les rues où je rencon-trais un concurrent qui menaçait de me rosser parce que je chassais sur ses terres.

J'aurais eu de la peine à dépasser cinquante numéros si l'idée ne m'était venue de me planter à la porte du Lycée à l'heure de la sortie des externes. Je savais quel succès le *Gnafron* obtenait parmi les lycéens, je le leur cornai aux oreilles.

Ils me reconnurent.

— Comment! tu es camelot? me demanda l'un.

— Tu vends des journaux? fit l'autre.

— De quelle manière tes affaires ont-elles donc tourné que te voilà crieur de journaux?

— Hélas! dis-je, je suis réduit à la misère et je vends des journaux pour gagner honnêtement mon pain.

— Oh! nous n'achèterons plus qu'à toi le *Gnafron*, me promirent-ils.

Et, régulièrement, je me mis à vendre une centaine de numéros parmi les lycéens et je gagnai entre quatre francs et cent sous par jour.

Je pus alors payer les vingt sous que me demandait M. César pour me nourrir, et je mis de l'argent de côté. Il me sembla que je devenais un matador. C'est drôle, quoique ce soit, au fond, un sentiment bien naturel, cet orgueil qui s'empare de l'enfant qui gagne sa vie, qui manie son premier argent, qui ne dépend que de lui!

Malheureusement, je fis, dans ce métier de vendeur de journaux, de fort mauvaises connaissances. Une fois, plusieurs des jeunes gens qui criaient comme moi le *Gnafron*, m'invitèrent à faire avec eux une partie de bloquette. C'était un jeu simple. On creusait un trou au pied d'un arbre ou contre un mur, on remplissait sa main de gobilles et on les jetait dans le trou en criant : « pair » ou « impair ». Si le chiffre était pair quand on avait dit : « pair », on touchait des autres autant de sous qu'il y avait de gobilles dans le trou; si, au contraire, on s'était trompé, si on avait dit : « pair » et que ce fût impair, il fallait donner soi-même autant de sous que de gobilles.

Je commençai par gagner vingt-deux sous, et, alléché, je continuai à jouer. C'est toujours la même chose pour les novices comme pour les joueurs endurcis : je perdis, je voulus me rattraper, je continuai à jouer et à perdre. Quinze francs en un quart-d'heure passèrent de ma poche dans celle de mes partenaires, et c'était pour moi une grosse somme que quinze francs. Je les avais pris sur moi pour m'acheter une paire de souliers, je rentrai désolé de les avoir vu filer d'une manière aussi absurde.

Je n'osai rien en dire à Mme César qui me montrait pourtant une tendresse

quasi maternelle, mais faisant un retour sur moi-même et songeant que je n'é-
tais pas aussi seul sur la Terre que je le lui avais dit, je convins que mes parents
devaient être désolés de ne pas savoir ce que j'étais devenu depuis mon départ de la pharmacie Chomat, et je leur écrivis une lettre destinée à les rassurer
mais dans laquelle je ne donnai pas mon adresse. Ma déveine m'avait conduit à
penser au chagrin que pouvaient éprouver les autres, je les consolais en leur
disant que j'espérais me créer une position.

Je me promis bien de ne plus jouer, et je pus tenir d'autant mieux ma pro-
messe que je soupçonnai mes partenaires de se moquer de moi après avoir
triché à mon détriment.

— As-tu encore de l'argent ? me demanda l'un d'eux.

— Hélas ! répondis-je, j'ai perdu tout ce que j'avais et je marche avec des
souliers crevés.

— Tant pis ! car c'est assez rémunérateur de jouer avec un niais de ton
espèce.

Niais ! Voilà que j'étais un niais, à-présent ! Hé bien, non, je ne me sentais
pas niais. Que je fusse laid, peut-être plus encore que lorsque j'étais enfant, je n'y contredisais, mais je ne me sentais pas plus idiot qu'un autre, et,
d'ailleurs, j'en avais la preuve par la rapidité avec laquelle j'apprenais, puisque
je continuais à suivre les cours du soir et que Mme César m'avait permis de
garder une lampe pour travailler dans ma chambre, où mes cahiers s'ac-
cumulant sur mes cahiers, j'étais certain d'avoir dans mon cerveau au moins
ce que j'écrivais.

Je rendais cependant à M. César tous les services qu'il m'était possible de
lui rendre, aidant sa dame à établir ses notes et ses marmitons à préparer
ce dont il avait besoin pour cuisiner à son aise. J'appris à connaître les champignons dans leurs espèces comestibles les plus répandues, et je devins d'une
certaine force pour piquer de lardons un filet de bœuf. On ne saurait, dans la vie
de ce monde, négliger aucune science.

— Il me semble que cet enfant a le don de la cuisine, répétait M. César.

Peut-être eût-il fait de moi un cuisinier si j'étais resté chez lui, mais je continuai à vendre des journaux et je me liai avec trois vendeurs qui étaient
plus grands que moi et qui m'emmenèrent souvent au poulailler du théâtre des
Célestins où je vis de belles pièces, notamment le Secret de miss Aurore dans
laquelle des spectres apparaissaient qui m'effrayèrent beaucoup.

Or, il advint qu'un jour ces trois vendeurs me confièrent qu'ils voulaient jouer une bonne farce à la tante de l'un d'eux et ils m'invitèrent à les accompagner.

— Une farce! m'écriai-je, c'est bien mon affaire! J'adore les farces, moi!

— Tu comprends, me dit le plus grand, qui portait le nom de Pigny, nous causerons une peur bleue à ma tante, mais il pour- rait se produire que mon oncle arrivât tandis que nous serons chez elle rait peût-être pas de son goût et il est capable de maîtresse râclée. Tu feras le guet d'un côté tandis lera de l'autre et que nous entrerons Tu veux bien, n'est-ce pas? La plaisanterie ne se- nous administrer une que l'un de nous veil- dans la maison.

— Oh! je veux bien, répondis-je.

— Alors, demain soir, mercredi, vers dix heures, nous marcherons.

— C'est entendu.

Ils me donnèrent rendez-vous « *Au Moss* », une petite brasserie où ils m'avaient conduit deux fois déjà. Je remarquai, en les y rejoignant, qu'ils buvaient plus que de coutume et qu'au

lieu de se faire servir de la bière ils vidaient des bouteilles de vin et des petits verres de cognac.

Ils me parurent très surexcités quand enfin, à onze heures et demie, ils quittèrent la brasserie pour se diriger vers une ruelle ascendante qui donnait Montée-des-Chartreux.

Ils me placèrent à l'entrée de cette ruelle en me recommandant de faire sentinelle et de vite les avertir si une personne quelconque se présentait pour

entrer dans cette ruelle. L'un d'eux
resta devant une maison dont les deux
autres demeurèrent assez longtemps
pour ouvrir la porte et je ne les vis
plus. A un moment, celui qui était
posté devant la maison y entra à son
tour.

Je demeurai en faction certainement plus d'une heure et j'allais m'en
aller, car il était déjà tard pour rentrer à l'hôtel où inévitablement M. César me gronderait, lorsque Pigny et
ses deux amis qui étaient entrés dans
la maison ressortirent avec des paquets sur le dos.

— Sauvons-nous, sauvons-nous!
crièrent-ils en courant.

Je les perdis bientôt de vue et retournai à l'hôtel où le garçon qui ouvrait la porte me dit :

— Il est une heure du matin.

Vous rentrez trop tard, Canasson; Monsieur ne sera pas satisfait.

— Oh! ne lui dites rien, demandai-je.

— Cela ne vous servirait pas : Il va vous entendre monter chez vous.

Le lendemain matin, en effet, M. César se montra sévère et me signifia que je ne sortirais plus le soir qu'avec Mme César ou avec lui, parce qu'il avait peur que je n'eusse, avec le métier de vendeur de journaux que j'exerçais, de fâcheuses fréquentations.

Je lui jurai qu'il ne m'arriverait plus de sortir le soir sans lui et, je ne savais alors pourquoi, il me passa une sorte de frisson quand il parla de « fâcheuses fréquentations ». J'étais cependant bien loin de me douter de l'affreux malheur qui planait sur ma tête.

Je rentrais fort tranquillement à l'Hôtel-des-Quatre-Nations, trois jours après, quand un Commissaire-de-police accompagné de deux agents se présenta et demanda à parler à M. César.

— Monsieur, lui dit-il, vous avez ici un jeune garçon nommé Benjamin Canasson ?

— Oui, Monsieur, répondit M. César :

— C'est un voleur, dit le Commissaire.

— Lui! Oh! non, Monsieur; sûrement c'est un honnête garçon.

— Faites-le venir, mais ne lui dites pas que je suis le Commissaire; et vous, agents, retirez-vous dans la pièce à côté.

M. César m'appela.

J'arrivai immédiatement, le regard clair, comme il convient à un innocent.

— Voyez-vous comme il a un œil effronté, observa le Commissaire.

Il me considéra longuement et murmura à l'oreille de M. César :

— Il a une tête de criminel.

— Lui! s'écria M. César, allons donc!...

— Je m'y connais, affirma le Commissaire avec l'autorité qui lui appartenait.

Et se plaçant bien en face de moi :

— Tu es crieur du journal le *Gnafron?* me demanda-t-il.

— Oui, Monsieur.

— Tu connais un nommé Pigny ?

— Parfaitement, Monsieur.

— Tu es de sa bande, avec deux autres crieurs de journaux ?

— Nous ne formons pas une bande.

— Vous êtes allés ensemble boire au Moss ?

— Trois fois, en effet, ils m'ont emmené dans cette brasserie.

— Vous y étiez encore mercredi dernier?

— Oui, Monsieur.

— Vers dix heures du soir?

— Jusqu'à onze heures et demie, oui, Monsieur.

— Ah! jusqu'à onze heures et demie... Et vous avez beaucoup bu?

— Oui, Monsieur; ils ont beaucoup bu, particulièrement du vin. Moi, je n'ai presque rien bu.

— Tu n'as pas bu, toi... Naturellement, les autres ont tout fait... Et où êtes-vous allés, tous, en sortant du Moss?

— Nous sommes allés Montée-des-Chartreux.

— Quoi faire?

— Parce que Pigny voulait jouer un bon tour à sa tante.

— A sa tante?

— Oui, Monsieur. Il me l'a dit.

— Alors?

— Alors il m'a placé au coin de la Montée et de la ruelle et m'a recommandé de faire le guet et de les avertir s'il venait quelqu'un.

— Et après?

— Après, ils sont entrés dans une maison, ils y sont restés assez longtemps et en sont sortis avec des paquets. Ils se mirent alors à courir en criant : « Sauvons-nous ».

— Et vous vous êtes tous sauvés?

— Oui, Monsieur; mais je les ai perdus de vue et je suis rentré ici.

— Tu mens, me dit le Commissaire.

— Il n'en a pas l'air, dit M. César.

— Tu mens, répéta le Commissaire.

— Non, Monsieur, dis-je avec fermeté.

— Tu mens. Je suis Commissaire-de-police, et je t'arrête, car tu es un voleur.

Je ne sais ce qui se passa en moi. Le Commissaire sortit son écharpe, les deux agents entrèrent et se placèrent de chaque côté de moi. Je tremblai de tous mes membres. Moi qui, depuis mon enfance, éprouvais de l'émotion à la vue d'un gendarme, j'avais deux sergents-de-ville!

— Voyez comme il se trouble, dit le Commissaire.

— On se troublerait à moins, dit M. César qui ne me lâchait pas moralement.

— Je vais dire ce que tu as fait, s'écria le Commissaire.

— Je vous l'ai dit, monsieur le Commissaire, murmurai-je.

— Oui, tu me contes des menteries...

— Oh! non, protestai-je.

— Je vais dire, moi, la vérité, dit le Commissaire, et tu vas voir que j'en sais long. Avec Pigny, les deux autres et toi, vous formez une bande de petits voleurs...

— Ce n'est pas vrai !

— Mercredi dernier, vous vous êtes rendus, tous, chez une vieille femme qui habite seule. Vous êtes entrés dans la maison...

— Pas moi...

— Vous êtes tous entrés dans la maison, toi aussi.

— Ce n'est pas vrai !

— La vieille femme qui était couchée s'est réveillée au bruit que vous faisiez. Vous vous êtes jetés sur elle et vous l'avez bâillonnée et liée à son lit.

— Oh! non! m'écriai-je.

— Quand elle a été mise par vous dans l'impossibilité de remuer et d'appeler à l'aide, vous vous êtes précipités sur les tiroirs. Vous avez trouvé trois cents francs dont vous vous êtes emparés ainsi que de quelques bijoux, entr'autres une montre en or et du linge.

— Je n'ai rien pris, ni rien vu de tout cela, moi! m'écriai-je.

— Ensuite vous vous êtes sauvés. Le matin, les voisins ont remarqué la porte fracturée. Ils ont pénétré dans la maison. La vieille que vous aviez attachée a été délivrée et aussitôt soignée. Elle a pu raconter qu'on l'avait volée. J'ai recherché les voleurs. Pigny a voulu vendre la montre à un horloger qui l'a fait arrêter. J'ai trouvé ses deux complices à l'endroit où ils l'attendaient. Une fois en prison, tous, d'un commun accord, et sans s'être concertés, t'ont accusé d'avoir indiqué, toi, le coup à faire chez la vieille femme...

— Moi! m'écriai-je en me mettant à pleurer, mais je ne l'ai jamais vue, seulement!

— Voyez comme il est coupable, s'écria le Commissaire en se tournant vers M. César : Il pleure.

— Ce n'est pas une raison, dit M. César.

Mme César entra en ce moment. Elle fut bien étonnée de me voir entre deux sergents-de-ville, et son mari lui expliqua ce qui se passait.

— Quoi? ce pauvre enfant coupable de vol! s'écria-t-elle. C'est une plaisanterie!

Ce mot eut l'air de choquer fortement M. le Commissaire. Il se leva.

— Il expliquera tout cela en prison, fit-il, devant le juge-d'instruction.

— En prison! m'écriai-je. Je ne veux pas y aller! Mme César, ne me laissez pas emmener.

— Nous voulons garder cet enfant, monsieur le Commissaire, dit Mme César. Il n'est certainement pas coupable.

— Qu'en savez-vous? demanda le Commissaire. Savez-vous seulement qui il est?

— Oui, dit Mme César : C'est un pauvre orphelin.

Dans des circonstances aussi graves, je crus devoir me protéger de ma famille et révéler ce que M. et Mme César ne savaient pas encore.

— Non, dis-je, je ne suis pas orphelin, c'est une histoire que j'ai racontée.

— Comment, tu nous as menti! s'écria Mme César.

— Ah! vous voyez, dit le Commissaire... Quel est ton nom?

— Benjamin Canasson.

— Tu es le fils de l'épicier de Vienne? demanda le Commissaire.

— Oui, Monsieur.

— Hé bien! il y a longtemps que je te cherche et que tes parents ont écrit à la police de te renvoyer chez eux. Ils vont être contents, tes parents, quand ils vont savoir ce que tu as fait.

— Vraiment, il a été capable de nous tromper, dit Mme César, nous qui étions si bons pour lui...

— Oh! je vous aime bien! m'écriai-je.

— Un enfant qui ment est capable de tout, dit Mme César.

— Oust, en prison! conclut le Commissaire.

On m'enleva, littéralement, sans que M. et Mme César me défendissent davantage, parce que je leur avais menti, et on me conduisit au poste de la rue Luizerne, où je fus enfermé dans un cachot bien noir, qui me vit pleurer toutes

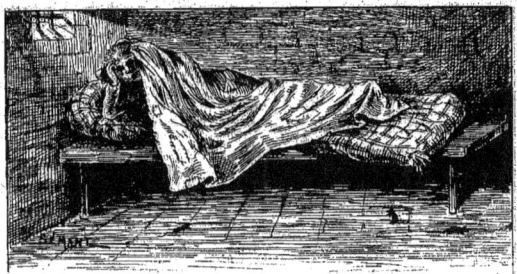

les larmes de mon corps. On ne m'y laissa pas longtemps, heureusement, et, dans la nuit, on me transféra à la prison Saint-Paul. Là, je trouvai une cellule dans laquelle on me boucla avec un grand tapage de verrous qui retentit en moi comme le bruit des chaînes et des serrures de l'antique Bastille devait sonner à l'oreille des victimes des lettres-de-cachet.

Le gardien de la prison me montra la planchette rabattue sur laquelle je pouvais coucher. Je m'allongeai sur le matelas, mais je ne songeai pas à dormir. Je me trouvais, moi, pauvre innocent, compromis dans une affaire de vol. Était-ce possible? un vol! Ah! que je regrettai amèrement d'avoir suivi des misérables capables de m'entraîner dans un aussi terrible piège! C'était donc là cette bonne farce qu'ils voulaient faire à leur tante! Dans la nuit, nuit noire, je peuplai ma prison d'épouvantables fantômes et me mis à trembler de peur. Cachant ma tête sous les couvertures, je poussai des cris d'effroi et fus entendu d'un gardien qui accourut voir ce que j'avais.

— J'ai peur ! lui criai-je.

— Oh ! vous n'avez pas à avoir peur, dit le gardien, vous n'avez jamais été mieux gardé.

Là-dessus, il fit jouer les grosses clefs de la porte dont les grincements augmentèrent encore ma terreur. Je me mis derechef à pleurer et n'osai regarder autour de moi qu'à l'heure où la lumière filtra à travers les barreaux de fer de la petite fenêtre par laquelle ma cellule recevait l'air et le jour.

On ne tarda pas à m'apporter de la soupe dans une écuelle en terre, soupe que je dus manger avec une cuillère en bois assez mal commode, mais il est clair qu'on ne boucle pas les gens dans une prison pour leur donner leurs aises. A midi, on me servit une manière de bouillie aux haricots qui sentait la graisse rance.

Je profitai de la présence du gardien pour demander si on allait bientôt me faire sortir de mon cachot.

— Oh ! vous êtes joliment pressé, me répondit-il ; vous ne faites que d'arriver.

J'avais le temps de renouveler ma question, d'avoir peur, de pleurer. Je demeurai six jours sans voir âme qui vive autre que mon gardien, et je me désespérais de plus-en-plus quand enfin on m'appela.

J'espérai que j'allais être délivré et je suivis gaiement le gardien, mais il ne s'agissait pas du tout, hélas ! de me relaxer.

On m'introduisit dans une pièce nue au milieu de laquelle se trouvait une table chargée de papiers. Derrière cette table un monsieur à favoris et à lorgnon était assis. Au bout de la table, je vis un autre monsieur plus jeune. En face de la table et du monsieur à lorgnon était un escabeau sur lequel on me dit de m'asseoir, et le gardien s'installa sur une chaise, près de la porte. Le monsieur jeune me regarda fréquemment, mais n'ouvrit pas la bouche ; le gardien ne grouilla non plus qu'un terme ; le monsieur à lorgnon parla tout le temps.

— Comment vous nommez-vous ? me demanda-t-il.

— Benjamin Canasson, Monsieur.

— Inutile de m'appeler « monsieur ». Quel âge avez-vous ?

— Treize ans.

— Où êtes-vous né ?

— A Vienne, en Dauphiné.

— Où logiez-vous quand on vous a arrêté ? Ne répondez pas. Je le sais. On

vous avait recueilli à l'Hôtel-des-Quatre-Nations, rue Sainte-Catherine. Vous
exerciez la profession de vendeur de journaux. Les renseignements recueillis
sur votre compte sont déplorables.

— Sur moi, Monsieur?

— Mais ne m'appelez donc pas toujours « monsieur ». Je vous dis que je
suis un juge. Voyons. Je connais votre existence, n'essayez pas de me mentir.
Tenez, je vais vous la raconter votre existence, et elle n'est pas belle.

— Pas belle! fis-je, atterré, me demandant si, par hasard, sans m'en douter, je n'avais pas mis l'église de Fourvières dans ma poche.

— Vous êtes l'aîné des enfants d'un petit épicier de Vienne, dit le Juge.
Votre père porte le nom grotesque de Napoléon Canasson. Qu'est-ce que ça
peut-être qu'un père comme ça? Qui a osé donner à un Canasson le prénom
auguste de Napoléon? Enfin, votre père n'est que dans une certaine limite res-
ponsable de vos crimes...

— De mes crimes, Monsieur?

— Ne m'appelez pas « monsieur », je vous le répète. Voyons donc votre
vie. A peine êtes-vous né que vous dévoilez vos instincts sanguinaires en donnant un coup de sabre à un de vos petits camarades. Votre naturel est ba-
tailleur. Un jour, vous vous êtes rendu coupable d'un épouvantable attentat
contre l'armée. Vous avez placé une machine infernale sous la guérite d'un
soldat et ce n'est pas votre faute si le soldat n'a pas éclaté en même temps
que sa guérite. Il a été reconnu que vous n'éprouviez aucun sentiment de respect pour le culte divin et que vous causiez des désordres pendant les offices
religieux. Bien plus, il paraîtrait que vous lâchiez des hannetons dans le sanctuaire de la Justice.

— Comment peut-il savoir tout cela? me demandai-je.

— Mis à l'école des Frères, ces excellents éducateurs de la jeunesse, vous
avez brisé une bonbonnière dans leurs mains et commis un attentat contre la
robe de l'un d'eux. Est-ce vrai?

— Oui, Monsieur, c'est vrai.

— Vous tenez à m'appeler « monsieur », décidément. Alors vous fûtes
chassé ignominieusement de chez les bons Frères et votre père vous plaça au
Lycée de Lyon. Quelle conduite est la vôtre? Moins tenu, sans doute, par des
éducateurs qui ont le tort grave de ne pas porter la soutane, vous vous attaquez
à un malheureux estropié...

— Mais c'est lui qui m'a battu.

— C'est vous qui avez aggravé son état.

— Mais non !

— Taisez-vous ou je vous fais reconduire en prison. Vous vous sentez tellement coupable et d'une basse nature que vous tentez de vous pendre...

— Mais non ! mais non...

— On avait été obligé de vous mettre en prison, déjà ! et vous alliez vous
suicider pour causer des désagréments à vos maîtres...

— Non, Monsieur, je vous jure.

— Vos instincts sont alors à ce point pervers que vous essayez de faire
piquer votre maître-d'étude par des serpents venimeux...

— Oh ! Monsieur, des couleuvres que je prenais dans ma main !

— Vous révolutionniez le Lycée. Vous changiez en farce les psaumes qui s'a-
dressent à l'Être-Suprême. Enfin, un jour, vous avez voulu noyer votre petite
sœur.

J'étais accablé, moi, pauvre petit de treize ans, devant cette accumulation
de mes méchantes actions qu'on replaçait devant moi. Je n'avais donc rien
fait dans ma vie qu'on ne pût me reprocher et m'imputer à crime ? Je me
disais que la moindre chose prenait, devant la Justice, une extraordinaire importance et qu'un juge, homme fort sérieux, donnait à mes espiègleries la gravité qui, probablement, leur était propre. Agrandissant moi-même mes forfaits,
je voyais tout ce qui m'était reproché revêtir une importance extrême et je
me trouvais coupable au-delà de toute expression, quand l'accusation d'avoir
voulu attenter aux jours de ma petite sœur me cingla comme un coup de fouet.

Quoi ! j'aurais voulu noyer ma Clémentine, ma petite Clémentine à moi ! celle
que j'aimais le plus au monde ! ma petite sœur, mon ange, mon adoration ! Je
me levai comme si une détente eût été placée sous mon siège et, plein d'une
énergie qui contrastait avec l'attitude écrasée que j'avais auparavant et que le
juge ne devait pas soupçonner, je lui criai en tapant des poings sur sa table :

— Vous en avez menti !

Il se redressa lui aussi.

— Vous dites ? demanda-t-il.

Mais, moi, je ne me sentais pas de nature à permettre qu'on me reprochât
d'avoir jamais fait le moindre mal à ma petite sœur et je répétai plus fermement :

— Vous en avez menti !

— C'est bien, fit le juge en se pinçant les lèvres. Nous verrons. Introduisez
les autres.

Et je vis entrer Pigny et ses deux acolytes.

Ils ne furent pas dans la pièce où se tenait le juge qu'ils me désignèrent du doigt en s'écriant :

— Le voilà! c'est lui.

— Oui, moi, dis-je avec fermeté. Et après?

— C'est lui le voleur, Monsieur, ce n'est pas moi! s'écria Pigny.

— Ni moi, dit l'autre.

— Ni moi, dit le troisième.

— Ce n'est pas moi, c'est lui.

— Oui, tu es le voleur, me dit Pigny, en me regardant.

— J'ai volé quelque chose, moi! m'écriai-je, vous êtes des menteurs! C'est vous qui avez volé.

— Ah! assez! fit le Juge.

Il ordonna de m'emmener et resta avec les trois autres.

On me conduisit dans ma cellule, mais je n'y rentrai pas comme j'en étais sorti. Décidément, on m'avait froissé en m'accusant d'avoir fait du mal à ma Clémentine et je devenais comme un petit homme. Je fis les cinq pas que je pouvais faire en long dans ma prison en répétant :

— Ils verront bien! ils verront bien! S'ils croient me faire peur, Pigny et les autres, et le juge!... Je suis innocent, donc je ne crains rien.

Et fier de cette affirmation qui émanait d'une conscience parfaitement tranquille, je mangeai tout mon pain et, la nuit, dormis à poings fermés.

Le lendemain, on vint de nouveau me chercher, et, en me conduisant, le gardien me dit que mon père était venu me réclamer. De savoir que mon père s'occupait de moi me donna encore plus d'aplomb.

Cependant on ne me mena pas dans le cabinet où M. le Juge-d'instruction était venu la veille, m'interroger. On me fit monter dans une grande voiture divisée en deux par un couloir sur lequel s'ouvraient de chaque côté six petites armoires.

On m'ouvrit gracieusement une de ces armoires dans laquelle il y avait un banc pour s'asseoir, on me le désigna du geste et on referma la porte.

— Le logement n'est pas immense, murmurai-je.

On emboîta d'autres prisonniers à côté de moi et le véhicule s'ébranla pour ne s'arrêter que dans une cour où on nous fit descendre. Je compris que nous devions nous trouver dans un lieu autre que la prison.

La voiture cellulaire avait amené, en même temps que moi, Pigny et les

deux autres, mais on nous sépara immédiatement et bientôt je me retrouvai
en face du juge qui m'avait déjà interrogé.

— Ce vilain homme, murmurai-je, qui m'accuse d'avoir fait du mal à ma
sœur, d'avoir voulu sa mort !

Je me sentais de véritables mouvements de colère contre lui et, pour mes
treize ans, j'ai souvenir que je sus me défendre. C'est à ma petite sœur que je
le dus, et je le lui racontai souvent plus tard.

Dès que j'entrai dans son cabinet, le Juge-d'instruction m'accabla.

— Ah! ah! me dit-il, chaque jour me révèle de nouveaux faits qui dé-
notent de vos pernicieux instincts. Vous étiez chez un pharmacien, M. Chomat,
et vous avez essayé de l'empoisonner, lui et sa famille, et même ses commis.

— De l'empoisonner?

— Si bien qu'il vous a jeté à la porte.

— Ce n'est pas plus vrai que tout ce que vous avancez, cela.

— Il faut être poli, vous savez. Vous ne payez déjà pas de mine. Vous
avez tout-à-fait la bosse des grands criminels en même temps que leurs
fâcheux antécédents.

— Ah! ma foi, m'écriai-je, j'en ai assez, de vos accusations. Vous
changez mes farces en crimes. Voilà que pour avoir mis de l'ipéca dans la
soupe de M. Chomat vous m'accusez de l'empoisonner. Vous ne dites rien
qui soit vrai.

— Vous vous sentiez si coupable que vous vous êtes caché chez M. César,
que vous avez dissimulé votre véritable nom, que vous n'avez pas osé donner
de vos nouvelles à vos parents.

— Si, j'en ai donné.

— Sans leur dire où vous étiez parce que non-seulement vous trembliez pour
vos forfaits passés, mais vous deviez vous dissimuler en vue des délits que
vous vous apprêtiez à commettre. Vous n'avez raconté à personne votre affaire
de la Montée-des-Chartreux : Donc vous étiez coupable. Vous vous êtes sauvé
à toutes jambes après avoir volé : Donc vous étiez coupable. Pendant la première nuit que vous passâtes en prison, vous poussâtes des cris d'effroi, les cris
du remords : Donc vous étiez coupable. Aujourd'hui, quoique tout vous accuse,
vous vous efforcez de nier : Donc vous êtes coupable.

Il me semblait que de gros pavés tombaient successivement sur ma tête et
m'écrasaient.

Ah! que depuis je remerciai ce juge de m'avoir révolté par la plus étonnante des accusations, celle qui avait trait à ma petite sœur ; sans cela, je crois qu'il eût fini par me persuader à moi-même que j'étais coupable de tous les crimes dont il m'accusait.

— Voulez-vous avouer que vous avez volé ? me demanda le Juge.

— Jamais ! puisque ce n'est pas vrai.

— Vos complices vous accusent.

— Ils mentent.

— A votre dire, c'est donc eux qui ont fait le coup ?

— C'est eux.

— Mais ils sont trois à dire le contraire, et vous êtes tout seul.

— Je dis cependant la vérité.

— Hé bien, nous allons le savoir, car la femme qui a été volée est ici, et vous allez être confronté avec elle.

Il fit introduire une femme d'environ soixante ans, simplement vêtue, à laquelle il me montra.

— Vous le reconnaissez ? lui demanda-t-il.

La femme me regarda en secouant la tête.

— Ce n'est pas celui-là, dit-elle.

— Vous ne le reconnaissez pas ?

— Je ne l'ai jamais vu.

— En êtes-vous sûre ?

— Oh ! très sûre. J'ai de bons yeux. Ce n'est ni l'un des deux brigands qui se sont jetés sur moi, ni le troisième qui est arrivé à leur aide. J'ai eu le temps de les voir, de les reconnaître. Ce petit ne m'a rien pris ; il n'est pas entré chez moi.

— Voyons, examinez-le encore.

Décidément, ce juge tenait à ce que je fusse coupable. La brave femme m'examina, me dévisagea, comme il le lui commandait.

— Mais non, mais non, ce n'est pas celui-ci. Je ne connais pas ce garçon.

— Faites entrer Pigny et les deux autres, commanda le Juge.

Les gendarmes les introduisirent.

A peine étaient-ils entrés que la brave dame s'écria :

— Les voici ! Je les reconnais ! C'est bien eux ! Les voici tous les trois ! Ah ! misérables, n'avez-vous pas de honte de vous être jetés sur une vieille femme, de l'avoir ficelée et bâillonnée, de lui avoir emporté ses pauvres frusques et son pauvre argent avec lequel elle devait vivre toute l'année ! Ah ! gredins...

— Monsieur le Juge, cette femme est folle, dit Pigny ; vous devriez la faire enfermer.

— Je ne suis pas folle du tout, et je vous reconnais parfaitement. C'est vous qui m'avez volée, c'est vous qui êtes des voleurs, vous trois...

— Vous les reconnaissez sans craindre de vous tromper ? demanda le Juge.

— Oh ! je les reconnais, allez ! fit la brave femme, et je ne me trompe pas.

— C'est bien, remmenez ces hommes, dit le Juge.

Et se tournant vers la brave femme il ajouta :

— Vous pouvez vous retirer, Madame, je vous ferai convoquer un de ces jours.

La brave femme partit et il ne resta plus que moi.

— Je dois vous dire, fit le Juge, que votre père vous réclame à cor et à cri. Vous devez sentir aujourd'hui combien il est désastreux d'avoir une jeunesse dissipée et comme il faut peu de chose pour que les plaisanteries les plus innocentes puissent être interprétées contre vous. Je vais vous rendre à votre père...

— Oh ! Monsieur !... fis-je, prêt à sauter au cou de celui que je maudissais une minute auparavant.

— Seulement, vous allez me promettre de quitter Lyon et d'apporter désormais beaucoup de prudence dans les relations que vous contracterez dans la vie. Gardez-vous toujours des malsaines fréquentations. Vous voyez où elles conduisent.

Le juge signa une ordonnance de non-lieu et fit prévenir mon père à l'Hôtel-de-Malte où il était descendu. Celui-ci accourut me chercher.

— Ah ! te voilà, Gamin ! s'écria-t-il. Tu peux dire que tu nous causes du tourment et que ta pauvre mère verse des larmes sur toi !...

Je me jetai dans ses bras en pleurant, heureux d'être délivré, car seulement alors je compris à quel danger je venais d'échapper et jusqu'où auraient pu me conduire de pernicieuses camaraderies. Il eût suffi que la brave femme volée par Pigny et les deux autres ne les reconnût pas, ou qu'elle eût la vue basse, ou simplement qu'elle se trompât pour que ma parfaite innocence ne comptât pour rien et que je fusse frappé d'une condamnation, puisqu'on enferme très-bien les enfants dans une maison de correction.

— Malheureux, tu as été mis en prison ! me dit mon père.

La prison ? Elle m'apparaissait épouvantable depuis que j'en étais sorti.

Quand je m'y trouvais, elle ne me changeait pas tant du Lycée, du lugubre Lycée de Lyon, pour que je ne me créasse pas une sorte d'habitat pour ainsi dire familier; mais une fois sorti!... Tenez, il faut centupler la sensation de l'interne lorsqu'il franchit la porte du Lycée, un jour de sortie, pour se donner une idée de la joie qui m'inonda. Vus du dehors, la prison me parut plus noire, mon cachot plus ténébreux. Le bruit des verroux et des grilles me poursuivit. Je frémis à la vue du moindre képi, d'un chapeau posé en bataille; et j'exprimai le désir de fuir au plus vite de la ville de Lyon.

— Attends un petit peu, me dit mon père. Tu dois avoir faim. Je vais te mener dîner chez mon ami Morateur. Pendant le dîner, tu me raconteras point par point tout ce que tu as fait.

Mon père me paya un bon dîner arrosé d'une bouteille d'Ermitage-paille qui eût délié la langue d'un mort; mais je n'avais rien à cacher et je racontai à mon père tout ce qui m'était survenu depuis la fameuse soupe à l'ipéca, avec laquelle, selon le juge-d'instruction, j'avais voulu empoisonner une famille entière et même ses commis!

— Tout cela n'est rien, dit mon père, et, malheureusement, c'est beaucoup.

— Comment? demandai-je, en garçon qui ne comprend pas une phrase.

— Figure-toi, me dit mon père, que les journaux ont divulgué ton arrestation.

— Les journaux se sont occupés de moi?

— De toi, oui, à propos de l'affaire dans laquelle tu étais impliqué. Ils ont imprimé que tu avais été arrêté avec une bande de voleurs et ils ont ajouté que tu étais convaincu d'avoir participé au vol de la Montée-des-Chartreux. Tu peux te rendre compte, car te voilà grandet, du tapage que cette nouvelle a causé dans Vienne et elle n'a pas été sans me nuire dans ma clientèle.

— Alors, je ne vais plus pouvoir rentrer chez nous?

— Au contraire! Tu vas revenir à Vienne et tout un chacun constatera, en te voyant, que tu n'étais pas coupable. Mais, vois-tu, Gamin, il ne faut jamais rien faire sans en parler à ses parents, ne jamais délaisser sa famille; tu le constates, cela porte malheur.

— Je ne le ferai plus jamais; je te le jure, papa.

— J'y compte bien.

— Mais avant que de quitter Lyon, je voudrais revoir M. et Mme César qui ont été si bons pour moi.

— Nous les verrons cette relevée même, car il faut que je prenne le train de minuit, afin d'être demain au magasin.

Nous nous rendîmes, en quittant le restaurant Morateur, à l'Hôtel-des-Quatre-Nations.

— Ah! je savais bien que tu n'étais pas coupable et qu'on ne te garderait pas, dit Mme César en me voyant.

— Non, je n'étais pas coupable, assurément, dis-je, et je viens avec mon père vous en assurer, mais je veux particulièrement vous demander pardon de ne pas vous avoir dit la vérité en ce qui me concernait, car, excellents comme vous l'étiez avec moi, j'agissais fort mal.

Mme César m'embrassa.

— Te voilà pardonné, fit-elle.

Nous passâmes à l'Hôtel-des-Quatre-Nations le reste de la soirée et nous rentrâmes à Vienne pour nous coucher. Très anxieuse, ma mère nous attendait. Elle avait bien envie de me tancer d'importance, mais elle ne sut que pleurer en m'embrassant.

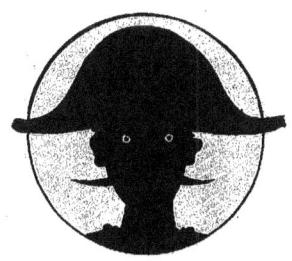

VI

CE QUI M'ADVINT A MARSEILLE,
A MARIGNANE
ET A VITROLLES

A nouvelle de ma mise en liberté se répandit dans Vienne avec rapidité et produisit le meilleur effet.

Mon innocence fut, par le seul fait de ma vue, étalée aux yeux de tous et on félicita mon père de mon retour dans ma famille.

Ma mère se montra tellement

contente de la tournure que les événements avaient prise qu'elle voulut me
faire manger d'une brandade d'honneur.

Il y avait longtemps que je n'avais régalé mon palais de la délicieuse morue
préparée par la main maternelle et je m'en pourléchai les babines avec satisfaction.

— Vois-tu, dit mon père parlant à ma mère, quand un enfant aime, comme
notre Gamin, tellement la bouillabaisse et la brandade, c'est qu'il est destiné à
aller à Marseille.

Mes parents ne désiraient pas que je restasse à Vienne où il n'y avait aucun
avenir pour moi, à moins que je ne continuasse l'épicerie, ce qui ne me souriait
guère et ne convenait pas à mon père. Ils avaient arrêté de m'envoyer à
Marseille où mes grands parents me surveilleraient. Leur résolution n'était d'ailleurs pas nouvelle, elle s'était éveillée et avait germé dans leur cerveau, et,
après l'aventure terrible de Lyon, ils n'auraient pas souffert que je retour-
nasse dans une ville où personne n'eût contrôlé mes actions.

Je passai un mois à Vienne, à revoir mes anciens camarades et à pouponner ma petite Clémentine qui devenait de plus-en-plus jolie.

Puis je partis pour Marseille.

Ma famille entière m'attendait dans cette ville : grands parents, oncles,
tantes, cousins, les Canasson, les Bécopoulos, au total cent trente-sept personnes s'écrièrent en même temps, en agitant chapeaux et mouchoirs, lorsque
le train entra en gare :

— Le voilà! le voilà le petit!

Je reconnus les grands parents et courus les embrasser. On me passa de
main en main. Tout le monde voulut me baiser sur chaque joue. Je crus en
avoir la face usée. Elle en fut au moins reluisante.

Mais je m'aperçus de suite que je causais une désillusion. Je n'étais pas
joli! Ah! que c'est donc triste de n'être pas beau et combien quelqu'un de
bien fait doit être heureux! Comme me l'avait encore répété le juge-d'instruction : Je ne payais pas de mine. Si j'eusse été joli toute ma famille m'eût dor-
loté!

Hélas! la chaleur que l'on avait d'abord développée s'abaissa très rapidement, et quand j'arrivai Boulevard-des-Dames où habitaient mes grands parents, il ne restait plus qu'eux.

J'étais destiné à entrer dans une fabrique d'orfèvrerie que dirigeait M. Morlot. Mes parents avaient trouvé que l'industrie était mon affaire et cette industrie-

là leur plaisait. Elle tirait quelque noblesse de l'or et de l'argent qu'elle employait. M. Morlot ne fabriquait pas seulement des couverts de ruolz, il faisait aussi le surtout de table et les pièces d'orfèvrerie présentaient un caractère artistique qui ravissait ma famille. Les Bécopoulos étaient d'origine grecque, ils avaient le côté art très développé.

— Tu comprends, me disait ma grand'mère, on fait chez M. Morlot des petites affaires qui ont des petites choses et c'est très gentil, mais on fait aussi des grandes choses qui ont des petites affaires.....

— Et même de grandes affaires, té! ajoutait M. Bécopoulos.

— Oui; et c'est très-bien.

— Très-bien. Tu peux faire ton avenir là dedans cette maison, Benjamin, et devenir quelqu'un de riche.

— Bien, dis-je. Je ne demande pas mieux.

J'entrai, en effet, chez M. Morlot, mais au lieu d'être à la fabrique, il m'employa aux écritures. On me plaçait chez lui pour devenir industriel, il faisait de moi un comptable. Or, je n'avais aucun penchant pour la comptabilité, mais aucun! Je le dis à M. Morlot. Alors il m'employa à faire des courses.

Je m'informai, en les faisant, de ce qu'était l'orfèvrerie et je ne tardai pas à connaître que pour monter une maison pareille, il fallait de très gros capitaux. Comme je ne les posséderais jamais, je ne deviendrais donc jamais patron.

Il y avait chez moi, comme chez toute personne, je pense, une forte tendance à être mon maître. Je ne me voyais pas demeurant commis ma vie entière, entre les mains de patrons m'utilisant à leur gré ou me brisant, et la vue de la mer n'était pas pour m'inspirer le goût de la claustration.

Je ne sais pas s'il me sera possible d'exprimer les sensations que me donna la mer quand je l'aperçus, non pas dans le port, mais d'une hauteur, au-dessus du chemin de la corniche, d'où je découvris le large. Pour la première fois, peut-être, j'eus le sentiment de la liberté. Y eut-il un effet physique de l'air de la mer sur mes poumons? C'est probable, car je respirai plus profondément, plus largement. De la hauteur sur laquelle je m'étais assis, l'horizon pouvait avoir douze à quinze lieues d'étendue, mais il me parut infini, et j'eus comme un prurit de m'élancer dans le vide, de franchir l'inconnu. Un instant, un éclair, sous le vent qui soufflait, je crus que j'avais des ailes, que je m'envolais, que je traversais l'espace, qu'entre le ciel bleu et le flot bleu je n'avais plus de lien me rattachant à la terre.

De cette sensation à désirer m'embarquer il n'y avait pas loin, mais j'avais payé trop cher mes premières velléités d'indépendance pour m'engager sur un bâtiment sans en parler à mes parents. Je leur fis donc part de mon ambition. Dès la première ouverture, les Bécopoulos me rembarrèrent.

— Nous ne sommes pas une famille de marins, dirent-ils : Nous n'allons pas à la mer.

Ils me firent cette réponse du même ton qu'une porcelaine aurait pu me dire, si les assiettes parlaient : Je ne vais pas au feu.

Ils n'allaient pas 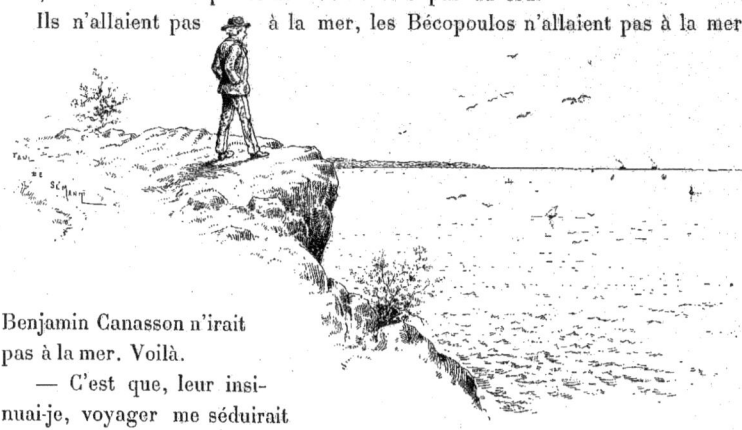 à la mer, les Bécopoulos n'allaient pas à la mer,

Benjamin Canasson n'irait
pas à la mer. Voilà.

— C'est que, leur insi-
nuai-je, voyager me séduirait
beaucoup.

— Té! dit ma grand'mère, on pourrait te confier à ton oncle qui va de Marseille à Draguignan.

— Benjamin est confié aux Bécopoulos, et non aux Canasson.

— C'est vrai.

— Pierre qui roule n'amasse pas mousse, sentencia mon grand-père.

Je le connaissais, ce proverbe-là, mais il ne m'empêchait pas d'avoir bien envie de rouler.

— C'est que, ajoutai-je, je ne me plais pas du tout où je suis.

— C'est cependant une bonne maison, me dit mon grand-père; mais ceci est autre chose. Si tu ne te plais pas dans ce métier, il faut en prendre un autre; je ne m'y oppose pas, pourvu que tu demeures tranquillement sur le plancher des vaches. Il ne s'agit pas pour toi de risquer un naufrage et de montrer le plus pernicieux exemple de fainéantise en débarquant, car les matelots sont à ce point paresseux que, dès qu'ils touchent la terre, on ne les voit plus rien faire de leurs mains.

Mon grand-père en disait assez long pour que je visse clairement qu'il n'aimait pas la marine. Je jugeai donc inutile de poursuivre des idées d'embarquement qui ne seraient pas approuvées et je lui demandai de changer de genre d'industrie.

— Trouve autre chose, Benjamin, me dit mon grand-père, et quand tu auras en vue une place à ta fantaisie, tu m'en parleras, et je verrai. Jusque-là, tu resteras chez M. Morlot.

Il y avait chez mes grands parents une netteté qui m'imposait. Je me pliai donc à leur volonté et cherchai de quelle manière je pourrais exercer un métier à ma convenance qui ne me fît pas quitter la glaise dont on nous forma.

J'en examinai plusieurs. Je pouvais être garçon de café, ou groom dans un des hôtels de Marseille, mais cela ne me plaisait pas. Je pouvais entrer petit commis dans un magasin de nouveautés, mais ce magasin ou un autre, c'était toujours continuer une situation qui me déplaisait chez M. Morlot. Comment donc faire pour être mon maître?

J'aurais voulu en parler avec de jeunes camarades, mais je n'en avais aucun. Après ma mésaventure de Lyon, je m'éloignais instinctivement des enfants de mon âge. Je me répétais que je ne criais plus le *Gnafron* dans les rues et que les camarades que je rencontrais n'étaient pas des camelots, mais je ne pouvais réprimer un léger frisson en pensant à un être quelconque que je ne connaissais pas et qui ne me présenterait pas la garantie de sa famille.

Je voyais bien, de temps-en-temps, un cousin qui me plaisait énormément, mais il habitait une campagne sur l'étang de Berre.

Je me trouvais donc absolument isolé et livré à mes seules réflexions... mais... Vous allez vous écrier que l'on a parfois du génie.

Un jour que je montais pour me promener à Notre-Dame-de la-Garde, je remarquai que les étrangers qui faisaient comme moi ahannaient et s'épongeaient sous le grand soleil. Les Anglais en particulier me parurent beaucoup souffrir.

— Comment se fait-il, pensai-je, que personne n'ait eu l'idée de créer un moyen de monter là-haut? On a une si belle vue, sur cette montagne qui domine Marseille, que personne ne passe dans ce port de mer sans la gravir. Il faut éviter la fatigue de cette ascension. Mais comment? L'accès des voitures est difficile.

Je me frappai le front, ce qui est la manière adoptée par le pauvre monde qui ne peut se payer le luxe de se faire ouvrir le crâne pour que Minerve en jaillisse.

— Celui qui aurait un ou deux ânons pour monter à Notre-Dame-de-la-Garde réaliserait chaque jour de jolis bénéfices, me dis-je.

Je rentrai chez mes grands parents.

— Je veux deux ânes! m'écriai-je.

Cette demande les surprit.

— Pourquoi, deux ânes? me demanda l'aïeul des Bécopoulos.

Je leur expliquai la manière dont je comptais gagner beaucoup d'argent avec ces deux ânes.

Mon grand-père secoua la tête.

— Ce n'est pas un métier, fit-il.

— Écoute donc, té, fit ma grand'mère, il est possible que cet enfant il ait ces ânes dans le sang.

— Qu'il ait ces ânes dans le sang? interrogea mon grand-père.

— Oui, té.

— Deviens-tu folle, ma pauvre femme?

— Non; tu sais que les Canasson sont des loueurs de chevaux. C'est même bien sûr parce qu'ils conduisaient des diligences qu'on leur a donné leur nom. Hé bien, est-ce que tu crois, toi, Bécopoulos, qui as beaucoup de jugement, est-ce que tu crois que c'est pour rien que le grand-père, le père et tous les Canasson auront été dans les chevaux? Tu penses bien que Benjamin a de qui tenir et que c'est naturel qu'il se sente porté vers les ânes.

— Tu raisonnes toi-même comme un livre.

— Qui te dit qu'il ne gagnerait pas d'argent? C'est vrai que c'est pénible de monter à Notre-Dame-de-la-Garde. Moi-même, je n'y vais plus parce que cela m'échine trop, et pourtant, quand la Sainte-Vierge m'a envoyé ce médecin qui m'a guéri du mal d'oreille que j'avais, je lui ai suspendu à son mur une belle oreille en argent, comme je le lui avais promis.

— Une oreille qui me coûta quatre-vingts francs!

— Seulement, comme je le lui ai dit, té : « Bonne Sainte-Vierge, quand vous voudrez me revoir, il faudra descendre ».

— Alors, tu crois vraiment, femme, qu'il y aurait du commerce à faire avec deux ânes?

— Sans doute. Le petit, il n'a pas tort.

— C'est que deux ânes, cela coûte de l'argent.

— Oh! pas une ruine. Qu'est-ce que coûtent deux ânons d'Algérie? Vingt-cinq à trente francs l'un.

— Deux ânes font déjà soixante francs, et il faut des brides, des selles.

— Mettons cent francs, dit ma grand'mère. Nous pouvons faire cette dépense pour Benjamin. Il aura vite regagné ces cent francs.

— Tu crois? réellement?

— Sur ma vie éternelle, j'en réponds.

Cette péremptoire affirmation décida mon grand-père. Il fut entendu que je prendrais congé de M. Morlot et que j'essaierais de réaliser ce que j'avais si bien conçu.

Huit jours après, je sortais avec deux petits ânons. Je nommai l'un Martin et l'autre Anatole.

> Ah! mais de beaux petits ânons,
> Tout petits, tout gris, tout mignons,
> Qui marchaient en petits sabots
> Et la croix noire sur le dos.

Ils étaient joliment harnachés avec de nombreux pompons rouges, l'un ayant une selle pour homme et l'autre un bât pour femme, et quand je traversai Marseille entre mes deux bourricots, les habitants s'écrièrent :

— Oh! les amours!

— Oh! les astres!

— Oh! té, veux-tu que je les embrasse, petit?

Moi, je laissais embrasser mes ânes et mes ânes se laissaient embrasser. Et on m'interrogea.

— A qui ces ânes?

— A moi.

— Qu'en veux-tu faire?

— Les louer.

— Pour aller où?

— Pour monter à Notre-Dame-de-la-Garde.

— Cette idée!

A partir de la rue Sylvabelle, une troupe de galopins m'entoura. L'un piquait mon âne qui ruait, l'autre lui tirait la queue, tel lui mettait de la poussière dans les oreilles, la plupart s'élançaient pour monter dessus.

J'essayais bien de les défendre avec mon fouet, mais les gamins étaient trop, et un de ces méchants polissons que j'avais cinglé un peu fort me donna un croc-en-jambes, si bien que je fus obligé de lâcher un de mes ânes. Un autre en profita pour se jeter dessus et galoper au loin. Si je n'avais rencontré un agent-de-police qui me secourut, je n'aurais pas ressaisi mon âne. Cela me fit penser que, à Vienne et à Lyon, avant d'être corrigé de mes farces, je me fusse volontiers conduit comme ces

galopins. J'é-
tais puni par où
j'avais péché.

Enfin, j'arrivai
en bas de la montée
de la colline de la
Garde et dès que j'a-
perçus des Anglais, je me mis à crier :

— Qui veut des ânes pour monter?

Ils comprirent tout-de-suite.

— Combien, les petites ânes? me demanda un mylord qui était avec son mylady.

— Cent sous par âne, pour monter, dis-je.

— Aôh! ce n'être pas cher. Vôlez-vô monter, Mylady?

— Yes.

Milady monta sur un âne et Mylord y monta aussi.

Milady était très gentille et figurait fort bien sur mon âne ; quant à Mylord qui était long comme un jour sans pain, il aidait mon autre à marcher.

Quand ils eurent visité Notre-Dame-de-la-Garde et particulièrement quand ils eurent joui de l'admirable panorama que l'on a de là-haut, je les redescendis sur mes petits ânes qui marchaient fort allégrement. Il y avait déjà d'autres Anglais qui m'attendaient ! Parole-d'honneur ! Enfin, grâce à moi, on n'était plus obligé de monter à pied jusqu'au clocher qui domine le vieux Marseille !

Savez-vous ce que je gagnai dans ma journée ? Vous ne le devineriez certainement jamais ? Soixante francs ! Oui, soixante francs ! Le lendemain, j'en gagnai autant, toujours avec des Anglais. Et ne croyez pas que je me vante parce que je me trouve à Marseille. Non, c'est la pure vérité. Aussi, je voulus rapporter chez mes grands parents cette somme gagnée par mon industrie et dont j'étais plus fier que de mes premiers sous, et je la rapportai en pièces d'or que je jetai sur la table d'un air dégagé en leur disant :

— Voyez !

Ils ouvrirent de grands yeux.

— Tu as tant d'argent ! s'écria mon grand-père.

— Tout ce gain, té, petit ? demanda ma grand'mère.

— Tu as monté tant de voyageurs !

— Oh ! pas beaucoup : Une douzaine, répondis-je, par jour.

— En un jour ?

— Oui, hier, aujourd'hui. A cent sous pièce.

— Et voilà déjà remboursé l'argent que nous avions sorti pour les ânes !

— C'est vrai. Il s'entend aux affaires, ce petit, s'exclama ma grand'mère.

Je ne m'y entendais peut-être pas tant que mes grands parents le pouvaient espérer, mais l'idée que j'avais eue était certainement heureuse. Je me faisais cinquante francs par jour à ce métier-là.

— Il va devenir riche avant d'avoir grandi, observa ma grand'mère. Ce petit, vraiment, il va faire honneur aux Bécopoulos.

Je leur faisais déjà beaucoup d'honneur. On ne parlait que de moi dans Marseille, malheureusement pour mon entreprise.

— Vous savez, mon bon, dit un premier Marseillais à un autre, qu'il y a des ânes pour monter à Notre-Dame-de-la-Garde.

— Des ânes pour monter à Notre-Dame-de-la-Garde ? Mais il y en a toujours eu, mon cher, il n'y a même que cela.

— Oui, je comprends, tu veux parler des ânes à deux pattes; mais des ânes à quatre pattes, té, qu'en dis-tu, mon bon!

— Oh! je suis convaincu qu'il y a déjà eu beaucoup d'ânes à quatre pattes qui ont gravi la colline.

— Oui; mais il y a des ânes qui se louent à ceux qui montent.

— Ah! des ânes qui se louent?

— Oui, mon bon.

— Ils ne sont pas bêtes, ces ânes-là.

— Depuis quelques jours, il est paru un jeune garçon qui s'est installé avec deux ânes et qui transporte les curieux jusqu'en haut de la montagne, comprends-tu?

— Un jeune garçon avec deux ânes qui transporte les curieux.

— Té, pas le jeune garçon, les ânes.

— J'entends bien.

De l'un à l'autre, les Marseillais se transmirent la nouvelle.

— Vous savez qu'il y a des ânes qui montent les voyageurs à Notre-Dame-de-la-Garde.

— Des ânes!...

Les Marseillais allèrent voir les ânes, les Marseillais les trouvèrent jolis, les Marseillais demandèrent le nom de leur jeune conducteur.

— Je suis Benjamin Canasson, petit-fils des Bécopoulos et des Canasson, ceux de la diligence de Marseille à Draguignan, répondit le nouvel ânier que j'étais.

Et aussitôt les Marseillais de crier en se répandant dans les cafés :

— Je le connais.

— Qui donc?

— Canasson.

— Té! tu le connais, Canasson?

— Je le connais si bien que je serais Dieu le père que je ne le connaîtrais pas mieux.

— Oh!

— Et qui est-ce, Canasson.

— Un Bécopoulos qui a inventé les ânes pour monter à Notre-Dame-de-la-Garde.

— Un fils de Canasson, Canasson qui va à Draguignan.

— Un fameux!

Mais voyez ce que c'est que la gloire, comme dit l'illustre Pandore :

> .... Une couronne,
> Faite de rose et de laurier !

ma gloire suscita l'envie.

Il y avait une quinzaine de jours que j'exerçais l'honorable industrie d'â-
nier lorsque je vis apparaître un jeune concurrent avec un âne également concurrent. Il était seul, son âne aussi, et il me montra immédiatement ce que
peut faire la concurrence, ce qu'on a nommé « l'âme du Commerce ».

Il monta les voyageurs pour trois francs, et moi qui prenais cent sous, pour
avoir du monde, je dus abaisser mes prix à trois francs. J'étais fort en colère
contre cet imitateur, un Marseillais pur-sang, mais je ne tardai pas à en être
vengé. Quatre jours après lui, il arriva trois petits loueurs d'ânons qui mirent
d'un commun accord la montée à quarante sous... Et ce n'était pas fini.

On en avait tant parlé, de nos ânes, qu'il arriva encore des ânes, je crois,
tous les ânes du pays, et que la montée descendit ! Oui, elle descendit, la montée. Le prix fut abaissé à vingt sous. Vingt sous ! je sentis bien que cette industrie créée par moi était ruinée et je fis des réflexions amères sur la concurrence qui permet une surproduction et qui éteint le produit. Il y avait plus
d'ânes que de voyageurs. C'était pitié de voir ces ânes en ligne avec leurs petits
âniers se disputant les clients, les appelant, les tirant par leurs habits, les
enlevant presque pour les asseoir sur leurs ânes. Quand j'étais seul, les clients
venaient à moi, maintenant il fallait aller à eux. Est-ce que c'est cela qu'on appelle « l'âme du Commerce » ?

Il n'y eut plus moyen de vivre pour personne. Si nos grands parents
eussent été subtils, le moment de déclarer que l'atavisme pouvait tromper était
arrivé. Alors je résolus de nuire à ceux qui étaient venus sur mes brisées de
façon à ce qu'ils ne s'en relevassent pas. Ils s'entendaient pour mettre la montée à vingt sous, je la taxai un beau matin à dix sous et les obligeai à abaisser leur tarif; puis, quand ce fut bien établi, je frappai un dernier coup :
J'offris de monter les voyageurs pour deux sous.

Ah! je les fis entrer dans une belle fureur, mes concurrents, les jeunes
âniers. Ce qu'ils m'adressèrent de sottises, ce qu'ils me menacèrent, mes concurrents! Mais je leur tins tête bravement.

Je m'étais montré énergique devant un juge, ce n'était pas pour baisser
le front devant des âniers. Au surplus, tous ces Marseillais-là, quand ils virent

que j'avais saisi le manche de mon fouet et
que je me disposais à me défendre, ils me
tournèrent le dos en s'écriant :

— Té, après tout, il n'en vaut
pas la peine !

Moi, je rentrai chez mes
grands parents avec mes ânes.
Mon entreprise était terminée.
J'avais gagné un millier de
francs que mes aïeux avaient
pieusement rangés à la Caisse-
d'Épargne, mais il leur était plus
difficile de placer des ânes qui ne
servaient plus à rien. Ils arrêtèrent
donc que je les conduirais chez mon mien
cousin qui habitait sur l'étang de Berre, précisément chez le père de ce
jeune garçon qui me plaisait tant.

Comme je menais des ânes, il fut entendu qu'on me laisserait voyager
avec eux. Je monterais tantôt sur l'un, tantôt sur l'autre, et

j'arriverais ainsi à Vitrolles, d'où je gagnerais la maison du cousin Bécopoulos qui se trouvait dans les vignes un peu au-delà. Tout se régla vite pour ce petit voyage à l'étang de Berre d'où je devais revenir au bout de huit à dix jours.

> Je partis donc un beau matin
> A califourchon sur Martin
> Et tenant en longe Anatole.
> Martin se montrait fort content,
> Anatole allait gambadant,
> Semblait trouver le pays drôle
> Et de sa langue ramassait
> De bons chardons dans le fossé.

J'avais dépassé les Aygalades, saluant les gens qui voyageaient sur la même route que moi, lorsque je rencontrai une belle jeune fille qui revenait de Marseille avec une manne vide posée élégamment sur ses cheveux noirs.

— Bonjour, pays, me dit-elle.

Moi, je lui répondis :

— Bonjour, payse.

Entre Français on est toujours pays et nous n'avions besoin d'être de Marseille ni l'un ni l'autre.

— Allez-vous loin ? me demanda-t-elle.

— Par delà Vitrolles, répondis-je.

— Bon, dit-elle ; moi, je vais à Marignane, et si vous vouliez, je poserais ma manne sur votre âne qui ne fait rien.

— Faites mieux, Mademoiselle, lui dis-je : Montez vous-même sur mon âne ? Il a une selle exprès pour vous.

Elle ne se le fit pas dire deux fois et sauta sur Anatole.

— Ma foi, dit-elle, grand bien me fait de m'asseoir et de ne pas retourner à pied. La course est longue, et je suis fatiguée.

— Hé bien, Mademoiselle, dis-je, je ne suis pas pressé, que j'arrive à Vitrolles demain ou après-demain, cela m'est indifférent : Si vous voulez me le permettre, je vous conduirai jusqu'à Marignane.

— Si je vous le permets ! s'écria la jeune fille. Oh ! je le crois, et comme nous n'y arriverons que tard, vu que vos ânons ne vont pas comme le chemin-de-fer qui vient de Paris, vous souperez chez nous et y passerez la nuit. Demain, vous repartirez pour Vitrolles. Ce ne sera plus si loin.

— Je veux bien, dis-je, si vos parents sont de votre avis.

— Mes parents ! s'écria la jeune fille, ils font ce que je veux, ils n'ont que moi.

— Qui sont-ils, vos parents, Mademoiselle ?

— Mon père, un agriculteur. Vous ne connaissez pas Marignane ?

— Non, Mademoiselle.

— C'est très joli. Marignane a un beau château.

Et elle se mit à chanter :

Ah ! mon beau château
Ma tante tire lire,
Ah ! mon beau château,
Ma tante tire lire leau.

— Vous connaissez des rondes ?

— Mon père a été soldat ; il a rapporté celle-là de Paris.

— Vous n'y avez jamais été, à Paris, vous, Mademoiselle ?

— Non, mais je connais Marseille.

— C'est tout ce qu'il faut.

— A Paris, il n'y a pas la mer, n'est-ce pas ? Alors...

— Alors... Et qu'étiez-vous allée porter à Marseille.

— Du miel de la saison dernière, parce que nous avons du miel qui est bien blanc dont les Marseillais sont friands.

— Ils ont raison. C'est exquis, le miel.

— Je vous en servirai ce soir !

— Et comment vous nomme-t-on, Mademoiselle ?

— Miette.

— Oh ! le joli nom !

— Et le vôtre ?

— Benjamin.

— Ah !

Je m'aperçus que Benjamin ne sonnait pas harmonieusement à son oreille. Que c'est triste de n'avoir pas au moins un nom pour racheter sa figure quand on en a besoin ! Combien les parents devraient apporter d'attention au nom qu'ils vous infligent pour votre existence entière.

— Benjamin, dit la jeune fille, c'est un nom de la Bible, je crois.

— Oui, Mademoiselle. Vous ne connaissez pas la Bible ?

— Pourquoi faire ? Je n'aime pas les livres et je sais lire à peine, mais j'ai mon jardin plein de roses, les collines qui appartiennent à mon père sont couvertes de vignes et sur ces vignes penchent les pêchers et les amandiers. Certaines de mes compagnes se rendent à l'église et, moi-même, j'y vais quand il fait mauvais temps, mais aussitôt que le Soleil brille, pourquoi aller se renfermer dans des chambres de pierres où on voit à peine le jour. Les Dieux sont dans les champs et jouent dans les ramures. Je sais où on les voit, où on les entend, où on les implore : dans le creux des vieux oliviers, sur l'arbre où chante la cigale, dans le champ d'où se répand dans l'air le parfum de nos fleurs. Je fais des couronnes de rose et de verveine et je les suspends au vieux tilleul qui ombrage notre jardin pour que les Dieux nous soient propices, pour qu'ils éloignent la grêle de nos moissons et la gelée tardive de nos vignes, et les Dieux qui logent dans les feuillages sont les bons, car depuis longtemps notre grain de froment a été gros, dur et abondant, notre vin a rempli nos tonneaux et notre miel est blanc. C'est que nos abeilles viennent se charger du suc des roses que j'ai suspendues au tilleul antique sous lequel me sert de banc une pierre qui porte encore une inscription romaine. Pourquoi lire, puisque j'ai la mer. Je n'ai que quelques pas à faire et je la vois. Sous mes yeux, j'ai l'étang de Berre avec son cirque de collines grises d'oliviers, vertes de pampres; et dans les bois de chênes je vais cueillir le gui mystérieux que je suspens à ma porte et qui me garantit le bonheur.

— Que vous parlez donc bien, Miette! m'écriai-je.

— C'est, dit Miette, sans le savoir.

— Je suis persuadé, Miette, que vous devez connaître de jolies chansons.

— J'en sais plusieurs.

— Il faut m'en chanter une, Miette, car votre voix est douce et vous avez la langue des oiseaux.

— Je chanterais comme eux, si j'avais des ailes, dit Miette en soupirant. Car je rêve de m'élancer dans les grands espaces, de me laisser emporter par le vent qui passe, d'être bercée sur le nuage.

— Et votre chanson, Miette?

— C'est précisément *la Chanson des oiseaux*, me dit Miette.

Et d'une voix qui perlait des notes argentines, elle chanta :

Le chardonneret se presse
De commencer ses amours.
Voici le Printemps, jeunesse
Ne perdez pas vos beaux jours

Près des nids les tourterelles
Se gorgent de leurs glouglous.
Gardez-vous, les villanelles,
De l'abord des loups-garous.

La saison nouvelle est pleine de joies,
Chantez gais oiseaux, dansez villageois.

Les moineaux qui se béquètent
Font un vrai charivari.
Les belles filles coquettent
Avec leur futur mari.

Chez les mignonnes mésanges
La mère couve ses œufs.
Que ton mari dans ses granges
Ait plusieurs couples de bœufs.

Le rossignol du bocage
A dans son nid cinq petits.
Quand elles sont en ménage
Les fillettes ont des fils.

La saison nouvelle est pleine de joies,
Chantez gais oiseaux, dansez villageois.

Andantino

CHANT

PIANO

mf

Même mouv!

dolce

Le char-don-ne-ret se pres - se　　De commencer ses a -

_ mours. _　　　　　　　　Voi-ci le printemps, jeu _

_ nes _ se,　　　Ne per - dez pas vos beaux jours.

La saison nou_velle est plei_ne de joi_es, Chan_tez gais oi__seaux, dan_sez vil_la_geois.

— Oh! que c'est joli! que c'est joli! m'écriai-je. Votre voix est comme un léger ruisseau dont l'onde cristalline coule en musique divine.

Miette me regarda. Il est probable que ce que je lui disais ne lui déplut pas, car elle piqua son âne en criant :

— Vous avez des expressions qui ne sont pas communes et vous ne possédez pas notre accent. D'où êtes-vous ?

— Je suis, dis-je, de Vienne en Dauphiné.

— Oh! c'est loin, du côté de Paris. Alors, que faites-vous sur nos routes avec vos deux ânes ?

— J'habite Marseille, en ce moment, et je vais chez mes cousins.

— Comment se nomment vos cousins ?

— Les Bécopoulos.

— Oh! quel nom! ce n'est pas un nom de la Provence.

— Ils sont cependant depuis longtemps Provençaux, dis-je ; mais leur origine est grecque.

— Ah!... Ils trottent vos petits ânes.

— Oui ; je les aime bien et c'est pour cela qu'on ne les a pas vendus et que, ne pouvant les garder à ne rien faire dans Marseille, je les conduis à Vi-trolles où mon cousin les emploiera.

— Ils seront chez nous très à l'aise, dit Miette, car mon père possède deux mulets, deux vaches et vingt moutons. Moi, j'ai des poules en grand nombre et cinquante ruches qui sont pleines d'abeilles et fournissent un miel délicieux. C'est un excellent produit.

— Comme ce doit être joli de vous voir au milieu des abeilles. Elles doivent vous prendre pour une sœur.

— Une sœur qui ne fait pas de mal, dit Miette, tandis qu'elles, il leur arrive quelquefois d'être méchantes, quoiqu'elles aient l'habitude de me voir.

— Vous connaissent-elles ?

— Certainement.

Nous cheminâmes quelques instants sans nous rien dire, puis tout-à-coup :

— Vous devez avoir faim ? demanda Miette.

— Vous m'y faites penser, dis-je.

Alors Miette sortit d'une poche de son devantier une croûte de pain.

— Nous allons la partager, fit-elle.

— Nous déjeûnerons de pain sec, dis-je ; cela me rappellera le Lycée.

— Du pain sec ! s'écria Miette, oh ! que non !

Et elle tira encore de sa poche une tête d'ail.

— Nous allons en frotter notre pain, me dit-elle.

Et elle-même, elle me prépara une belle croûte dorée que le jus de l'ail fai-sait miroiter au soleil comme un vernis.

Nous mangeâmes gaiement tous deux.

— Seulement, dis-je, nous allons avoir soif.

— Ne vous occupez pas de cette soif, dit Miette. Nous rencontrerons une fontaine dont l'eau est fraîche et fait bon quand on la boit.

Effectivement, nous trouvâmes une fontaine ombragée par un groupe de vieux oliviers dont les troncs étaient creux et dont les racines avaient soulevé l'auge dans laquelle l'eau tombait en murmurant.

Miette s'appuya sur le conduit et allongeant son corps tendit ses lèvres.

La position dans laquelle je la vis me frappa, tellement je la trouvai gracieuse.

— Que vous êtes belle ! m'écriai-je.

Elle se redressa en riant, et me dit :

— Oh ! oh !... Quel âge avez-vous ?

— J'aurai bientôt quatorze ans, répondis-je.

Elle rit un peu plus fort.

— Vous pouvez me dire tout ce qu'il vous plaira, me dit-elle.

— Je vois, dis-je, que vous me traitez en enfant; mais ne puis-je vous admirer ainsi qu'une grande personne ?

— Si..., si... me dit-elle, et votre compliment ne m'est pas indifférent. Ce n'est pas, évidemment, que vous soyez de mon âge, ni que je vous trouve beau. Non, vous n'êtes pas beau, mais quand on vous regarde bien, il y a dans vos yeux une telle expression de bonté, de dévouement, quelque chose de tellement sympathique que vous en êtes transfiguré et qu'on a envie de vous aimer. Vous seriez mon petit frère que vous m'aimeriez, j'en suis certaine, de tout votre cœur, et je vous le rendrais bien.

— Oui, dis-je, vous pouvez en être persuadée, je vous aimerais.

Et je songeai à ma petite Clémentine en me répétant les paroles de Miette qui, physiquement, me relevaient vis-à-vis de moi-même et me faisaient espérer qu'on me trouverait peut-être moins laid que je ne l'étais.

Sur la tombée du jour, nous arrivâmes à Marignane et nous enfilâmes un chemin qui tournait le village et montait le coteau.

— Voici notre maison, dit Miette, en la montrant du doigt.

Au milieu d'oliviers, de mûriers, d'abricotiers et de pêchers, s'élevait une bâtisse carrée, assez grande, percée de trois fenêtres sur sa façade.

et dont le rez-de-chaussée était ombragé par une treille qui de la maison courait jusqu'à un mur à hauteur d'appui. Une fontaine laissait couler sous ces pampres son mince filet d'argent. La maison était proprement blanchie à la chaux et avait un toit de tuiles romaines, d'un beau rouge, comme les maisons du pays, un toit plat qui convient à ces contrées heureuses où on ne connaît pas la neige. A quelque distance de la maison, on voyait des granges et des écuries ainsi qu'un grand jardin potager. Derrière la maison jusqu'à la cime du coteau s'étendait une vigne. De gris oliviers, des cerisiers, des pêchers, des amandiers, des mûriers boisaient la campagne.

— Vous êtes bien ici, dis-je.

— On respire du soleil, me répondit-elle.

Nous continuâmes à gravir le coteau.

— C'est mon père qui va être étonné de me voir arriver en votre compagnie, dit Miette.

— Et en compagnie de Martin et d'Anatole.

— Qui Martin? qui Anatole? demanda-t-elle. Vos ânes?

— Oui, Mademoiselle : Martin sur lequel je suis et Anatole qui a l'honneur de vous porter.

— Oh! l'honneur de porter Miette, fit-elle, une grande fille de dix-huit ans, qui pèse son poids! Voilà un honneur dont il se passerait, Anatole.

— Je suis certain que vous vous trompez. Il n'a porté que des Anglaises et il doit éprouver un véritable plaisir à sentir sur son dos une jolie Française.

En ce moment, Anatole se mit à braire.

— Il dit oui! m'écrai-je.

— Et il sent qu'une écurie avec du bon foin n'est pas éloignée de lui, ajouta Miette en riant.

D'entendre braire Anatole engagea à braire Martin, et cette symphonie fit sortir de la maison un homme robuste et jeune encore qui se campa sur sa porte, les yeux écarquillés pour constater que c'était bien sa fille qui revenait de compagnie.

— C'est mon père, dit Miette.

L'homme s'avança. Miette sauta par terre.

— Mon père, dit-elle en riant, voici M. Anatole, M. Martin, et leur ami Benjamin.

Et elle expliqua à son père de quelle façon elle m'avait rencontré avec mes deux montures.

Alors le père leva son chapeau, me tendit la main et me dit avec simplicité :

— Sois le bienvenu dans ma demeure.

Je vis immédiatement que Miette était souveraine au logis et que son père, demeuré veuf, professait pour elle une affection sans bornes qui lui laissait plus de liberté que les femmes et les jeunes filles n'en ont quelquefois dans le midi de la France.

Je pénétrai dans la cuisine qui servait d'entrée à la maison et au fond de laquelle était une haute cheminée où brillait un feu clair. L'escalier à rampe de bois qui montait à l'étage commençait dans cette cuisine où un vieux buffet de noyer à colonnes torses et à panneaux sculptés faisait pendant à une armoire à grosses moulures. Une table épaisse soutenue par des pieds massifs occupait le centre de cette pièce et de chaque côté des bancs semblaient attendre les convives.

Le père de Miette devait jouir d'une fortune assez rondelette pour le pays, car il avait une servante et un domestique.

Miette envoya ce domestique choisir un poulet et la servante alla chercher des œufs frais sur les nids tandis que Miette taillait dans une soupière le pain blanc et savoureux que ses belles mains avaient pétri.

Miette avait relevé ses manches et jetant un paquet de sarments pour activer le feu :

— Il fera bon souper, dit-elle.

— Mais oui, répondis-je.

— Vous avez déjeuné en route ? demanda le père.

— Un déjeuner vraiment frugal, répondit Miette.

— Chez Signol, en passant ?

— Ma foi, non, dit Miette. Quand nous sommes passés devant le débit des Signol, il n'y avait personne sur le pas de la porte et je ne songeai pas à m'arrêter. Nous venions de manger le pain blanc que j'avais emporté.

— Frotté d'une gousse d'ail, ajoutai-je.

— Il n'y a rien de meilleur pour la santé, dit le père, mais il faut que ce soit arrosé d'un verre de vin blanc.

— Nous avons bu à la fontaine, dit Miette.

— Je vais, moi, chercher à la cave, dit le père, du plus vieux vin de mes vignes, et tu jugeras, petit, de la vertu que lui donnent les années, quoique tu sois un peu jeune pour déguster la pourpre septembrale.

— Je l'aime bien tout-de même, dis-je.

Bientôt, nous nous mîmes à table, autour de la soupière fumante. Miette s'assit au haut bout avec son père, elle me plaça à ses côtés et le domestique et la servante s'assirent plus bas que nous.

— Je sens, en mangeant ma soupe, dis-je, que j'avais faim.

— Il faut boire plusieurs coups de vin quand on mange sa soupe, dit le père en remplissant mon verre. Mon bisaïeul mourut centenaire en vidant son dixième litre de vin blanc quotidien; mon grand-père mourut à quatre-vingt-onze ans comme il finissait ses trois bouteilles de vin en mangeant sa soupe, mon père boit six bouteilles de son vin à chaque repas, et moi, je fais comme mon père. Bois du vin, petit, bois. C'est le vin qui fait le cœur généreux, c'est le vin qui nous rend forts et courageux, c'est le vin qui fait le Français. A ta santé !

— A celle de Mlle Miette, d'abord, dis-je.

— Non, dit le père, à la tienne en premier parce que tu es mon convive. Vide ton verre, vide-le. Il n'est pas convenable de remettre son verre sur la table avec du vin dedans quand on porte une santé.

Et me versant rasade :

— A-présent... fit-il.

— A-présent, à la santé de Mlle Miette, m'écriai-je, pour qu'elle soit toujours heureuse.

— Elle le sera, dit le père. Elle est mon unique enfant, ma fille chérie. C'est à elle, cette maison, c'est à elle mes mulets, mes vaches, mes moutons, mes poulets, à elle mes abeilles et mes fleurs. C'est à ma belle Miette la vigne du coteau, le vin généreux qu'elle produit et les tonneaux de ma cave. C'est à elle l'huile qui provient de mes verts oliviers, à elle les fruits rouges que produit ma terre et mes gerbes de blé d'or. Que les pampres lui servent de couronne, et que l'inonde de ses rayons le Soleil de la Provence, car elle est belle entre les belles, ma fille adorée.

Je vis que Miette écoutait avidement les paroles de son père. Il y avait chez ces deux êtres, habitués à vivre ensemble, une élévation d'idées que l'instruction ne développait pas, mais qui, imprégnées de la divine nature, imbibées de ce beau climat sous lequel ils vivaient, en faisaient des poètes inconscients.

Miette servit une omelette et une fricassée de poulet qui embaumait. Je fis honneur à tous les plats et au vieux vin du père qui avait un bouquet de violette connu, chez nous, à Vienne, à la Côte-Rôtie. Peut-être le père me versa-t-il outre mesure de ce bon vin, car il s'écria tout-à-coup :

— Miette, regarde si les yeux de Benjamin sont brillants!

— Je vais être gris, murmurai-je.

— Tu n'en dormiras que mieux, dit le père. Mais, Miette, sers nous de ce miel dont la blancheur est pareille à celle de la neige et qui conserve si bien le parfum des fleurs qu'on croit manger l'œillet des jardins et la lavande des montagnes.

Miette apporta un rayon de miel et sur mon assiette en mit un gros morceau qui coulait doucement, sans granules, limpide.

— Est-ce que je puis être gourmand? demandai-je.

Miette me servit un nouveau morceau. Ah! le bon miel! Ah! le bon miel! Jamais je n'avais mangé un miel aussi parfumé. Certainement, en ce pays plein de la Grèce, les premiers navigateurs grecs avaient apporté des essaims de l'Hymette, et Miette en avait gardé pieusement. Comme des Dieux lares, les abeilles, de génération en génération, étaient restées sur ce sol sacré des ancêtres jusqu'à Miette. Elle avait du miel de l'Hymette, la belle fille, car elle était païenne, païenne comme le sont tous les Provençaux, aimant les Dieux qui font l'olive mûre et les abeilles

Filles des corolles vermeilles.

Miette avec la servante prépara ma chambre. Il était temps que je montasse me coucher. Le bon vin me faisait dormir debout.

Je m'étendis sur une couche de noyer, dans une chambre aux murs blancs, au plafond de laquelle pendaient comme des glands d'or des épis de maïs.

Et le canon pouvait tonner et le tonnerre pouvait canonner : Je dormais.

Et je continuais à dormir profondément quand on frappa à ma porte. Une jolie voix me criait :

— Monsieur Benjamin! monsieur Benjamin!

— Voilà! voilà! fis-je en me jetant en bas du lit.

— Monsieur Benjamin, répéta la voix, venez-vous avec moi, donner le grain à mes poules.

— Je vous suis, mademoiselle Miette.

Quelques minutes après nous étions, elle et moi, devant la maison, et coqs, poules, poulets, chapons, pintades et dindons accouraient à la vue de Miette. Celle-ci leur jetait du blé-noir à poignée.

Quelques blancs pigeons s'abattaient aussi autour d'elle, voletaient au-dessus de la vigne et du toit et des moineaux batailleurs jacassaient en attendant

que les gros oiseaux leur lais-
sassent quelques bribes à dérober.

Oh ! que Miette était donc
jolie ainsi avec ses ju-
pons courts, son tablier contenant   le grain, sa main qui
le répandait gracieusement soulevée, et   son beau visage encadré des bandeaux de ses cheveux relevés par un peigne en un gros chignon.

— Je n'ai jamais vu si belle fille que vous, lui dis-je.

Elle sourit et murmura :

— Il est drôle, ce petit Benjamin.

— Je voudrais faire un souhait, lui dis-je. Ce serait que ma petite sœur
Clémentine, que j'aime de tout mon cœur, vous ressemblât. Cela causerait mon
bonheur qu'elle fût jolie comme vous l'êtes.

— Elle le sera, me dit-elle.

Et elle m'interrogea sur cette sœur Clémentine, sur ma famille de Vienne.

— A la soupe ! cria une voix de stentor.

C'était le père de Miette qui nous appelait.

Nous rentrâmes. La servante avait en main la louche et servait dans des écuelles une bonne soupe au lait. Nous nous assîmes autour de la table, comme la veille, et le père me dit :

— Avec le lait, petit, le vin rouge est aigre, mais le vin blanc est doux, et j'en ai des bouteilles, en tas.

Il me remplit mon verre.

— Bois, dit-il, parce qu'il faut que l'homme ait du cœur.

Je descendis ensuite avec Miette jusqu'à un ruisseau où elle lavait son linge. Je portai le paquet qu'elle avait à savonner, et je m'assis à côté d'elle tandis qu'elle s'installait dans un endroit où le lit du courant était creusé pour donner une faible profondeur d'eau.

— Ah ! Miette, lui dis-je, que tous vos mouvements sont donc gracieux !

— C'est ainsi que les aura votre sœur Clémentine, fit-elle en souriant.

Je ne pouvais détacher mes yeux de ma compagne de la veille et je ne pensais pas du tout à mes deux ânons et à mes cousins Bécopoulos qui devaient m'attendre. Miette, en riant, m'en fit l'observation.

— C'est juste, dis-je, vous me rappelez, Miette, que je dois partir.

— Je ne parle pas pour que vous me quittiez, Benjamin, me dit-elle, mais, au contraire, pour vous dire que vous pouvez demeurer chez nous tant que vous voudrez et que ce serait mal si vous vous en alliez si vite, parce que, mon père et moi, nous croirions ne vous avoir été assez hospitaliers.

— Ah ! Miette, lui dis-je, bannissez cette crainte, car jamais je ne reçus accueil si cordial et si doux que dans votre maison, et, chose extraordinaire, jamais, jusqu'à ce jour, je n'éprouvai une sensation de quiétude, de paix, telle que celle que j'ai chez vous.

— Ah ! fit Miette, c'est qu'ici, voyez-vous, Benjamin, c'est la campagne, c'est les champs. On vit avec la nature, et la nature vous rend autre que les boulevards des villes. Que voulez-vous que vous content les pavés des rues ? Tandis que dans les champs le brin d'herbe a des histoires à raconter. Il a, dans la nuit, reçu les confidences du grillon. Celui-ci avait chanté et on lui avait répondu. Cette sérénade avait ravi deux fourmis qui étaient montées sur le brin d'herbe ; elles avaient fait incliner légèrement son extrémité et le brin

d'herbe les avait bercées. Au-dessus, sur le tronc d'un mûrier s'était posée une
cigale. Les feuilles du mûrier en se froissant l'une contre l'autre accompagnaient son chant. D'autres cigales, au loin, répondaient et les cri-cris et les
sauterelles. Les oliviers avaient frémi d'aise et sous la brise venant de la mer
leurs fruits à peine formés se choquant l'un contre l'autre augmentaient le bruit
de froissements d'ailes des feuilles. Les oiseaux nichés dans les ramures
étaient caressés par les branches. C'est que l'arbre aime les insectes ailés et les
oiseaux qui le prennent pour abri. C'est leur maison à eux, et l'arbre le sait.
Que là-bas, sur la mer, une ligne blanchâtre annonce l'aube, et aussitôt les
oiseaux s'éveillent, étirent leurs petites pattes et leurs petites ailes. Ils s'appel-
lent les uns les autres, ils se disent mutuellement bonjour. Puis, au premier
rayon du Soleil, c'est un chant, un chant de triomphe et d'amour qu'entonnent
les oiseaux. Et les arbres entendent et le brin d'herbe entend. Tout est joie
dans la nature. Alors, rendez-vous sous un olivier, et l'olivier, tout bas, vous
dira : Dans mon tronc à demi creux par les ans j'ai abrité des gris capricornes ;
ils se sont caressés de leurs antennes et leurs élytres ont chanté ; cependant
deux grosses cigales se sont abattues sur moi et sur moi se sont reposées et
elles m'ont payé en tambourinaires qu'elles sont l'hospitalité qu'elles s'offraient ;
tandis que chantaient les cigales, deux tourterelles gloussaient et de leurs
plumes blanches elles caressaient mes feuilles ; aussi, vois combien mes feuilles
sont développées et saines et mes fruits abondants : c'est que je suis un arbre
heureux et je le crie aux autres arbres qui sont autour de moi et forment ma
famille, quand passe le vent chaud qui vient du désert et qui porte aux vallées
ce que je pense.

— Oui, dis-je, les arbres doivent se parler.

— Et ce ruisseau dans lequel je lave, continua Miette, il m'a conté bien
des histoires. Quand il sortit de terre, il y avait des herbes qui mouraient faute
d'un peu de pluie, pour avoir été trop heureuses d'absorber les rayons du Soleil. Il courut à elles, il les baigna, les baisa au passage, il les rendit à la vie,
et elles, pour le remercier, elles effleurèrent doucement son onde. Mais dans
ces herbes, une jolie grenouille, verte comme une émeraude, s'était cachée. De
vilains enfants la poursuivaient pour la mettre à la torture, pour l'écorcher vive,
peut-être. Le brave ruisseau l'emporta, la cacha sous une souche d'arbre qu'il
arrosait en passant, et la grenouille verte comme une émeraude fut sauvée.
Dans son cours des petits viennent se baigner, et il les caresse tendrement.
Sur ses bords une jeune fille et un jeune garçon accourent s'asseoir, et il calme

le bouillonnement de ses eaux, il leur présente une surface lisse comme un miroir, et il leur dit : Regardez comme vous êtes beaux ! A moi-même, toujours ce ruisseau me parle : Ah ! te voici, Miette, me dit-il ; tu vas regarder dans mon miroir tes grands yeux noirs et tes beaux cheveux noirs ; tu es belle, Miette, je le murmure à ton oreille, je te le fais voir ; je suis la vérité, car je reflète l'image ; je ne trompe pas, car je te sers à t'admirer toi-même, à te faire dire ce que je pense ; j'aime à ce que tes bras blancs plongent dans mon lit ; mon eau en frémit de plaisir, et s'en va raconter le long de ses bords que Miette a les plus jolis bras du monde ; et les plantes, et les arbustes qui croissent au-dessus de moi et dont je baigne les racines le soufflent dant les airs ; si bien que partout, dans les eaux et sous le soleil, tout répète que Miette est belle : C'est moi, le ruisseau, qui l'ai dit.

— Oh ! que je voudrais donc être le ruisseau ! m'écriai-je.

Miette se mit à rire.

— Je crois, dit-elle, que le ruisseau me vante.

— Oh ! non, Miette, non.

— Et si vous n'étiez pas un enfant, Benjamin, le ruisseau ne parlerait pas devant vous avec cette franchise.

— Mais je ne suis pas un enfant ! m'écriai-je.

Le visage de Miette devint sérieux. Elle me regarda longuement et éclata de rire.

— Admettons, si vous le voulez, Benjamin, que vous êtes un jeune garçon..... C'est la vérité, après tout.

Je remontai à la maison le linge que Miette venait de laver. Nous rentrâmes pour dîner. A midi, on servait le dîner devant la maison, sous la treille. C'était gai.

Le père avait mis son vin rafraîchir dans l'auge de la fontaine et la soupe fumait. Miette jeta un coup-d'œil sur les plats préparés par la servante et vint s'asseoir.

— Va détacher les chiens, dit-elle au domestique.

Presque aussitôt deux chiens de berger arrivèrent et tournèrent autour de la table en remuant la queue.

— Ils sont toujours avec nous quand nous mangeons dehors, dit Miette.

Les chiens la connaissaient bien. Ils se placèrent à côté d'elle, l'un à droite et l'autre à gauche, leur tête allongée et fine appuyée sur chacun de ses genoux.

— Tu sais, père, M. Benjamin ne part pas aujourd'hui.

— Mais... fis-je.

— Ah! monsieur Benjamin, dit Miette, je suis votre hôtesse. Vous devez m'obéir. Vous partirez quand je voudrai.

— Voilà qui est bien parler, dit le père. Ta mère est morte, la pauvre, commande ici, ma fille.

— Au fond, dis-je, je ne demande pas mieux, car pour la première fois de ma vie je me sens véritablement heureux.

— Tu sais, petit, s'écria le père, que tu ne pouvais rien dire qui me flattât davantage. Use largement de l'hospitalité de la Provence. La maison où on vous reçoit est à vous.

— Oui, nous sommes des Provençaux, nous autres, dit Miette, nous ne sommes pas des Françiots.

Je n'éprouvais en aucune manière le désir de quitter Miette. Je dois même avouer que j'oubliais mes grands parents et mes cousins de Vitrolles, ce qui était fort compréhensible, mais aussi mon père, ma mère, tout le monde enfin, excepté ma petite sœur Clémentine, mais que mon imagination faisait grande, belle, et mélangeait si bien avec Miette que je ne savais plus en faire la différence.

Le soir, des amies de Miette et de jeunes hommes de Marignane vinrent lui rendre visite. On causa sous la treille, et sortant de sa poche son fifre, un jeune garçon joua des airs du pays.

— Il faut danser! s'écria Miette.

— C'est cela, mes enfants, dit le père de Miette. Je vais chercher mon instrument.

Avant son mariage, le père avait été un tambourinaire distingué passant ses soirées à faire danser ses camarades de Marignane et des alentours. Il descendit un tambour étroit et long qui, au lieu de fournir un son sec comme celui des minces tambours d'à-présent, donnait une note grave et profonde qui remuait l'estomac. Car vous savez qu'on n'entend pas seulement par l'oreille. Les ondes sonores qui frappent le tympan frappent aussi le reste du corps et certains instruments causent une sensation très nette à l'estomac, lequel étant retenu par une peau tendue forme quelque peu lui-même une sorte de tambour. C'est ainsi que, à l'École des Sourds-muets, on se sert d'un tambour pour appeler les élèves; leur oreille cependant est morte. Ils entendent par l'estomac. C'est donc bien par le corps entier que certaines vibrations vous se-

couent, touchent et remuent toutes les cordes de votre lyre, vous grisent, vous transportent : C'est l'effet obtenu par quelques instruments des peuples primitifs et par les tambours ancien modèle. De tambour continuant à produire cet effet, il n'est resté que le tambour des tambourinaires. Le père n'avait frappé que deux ou trois coups de son unique baguette en tendant la peau que chacun se trémoussait.

Bientôt, sur l'air du fifre, et le tambour battant la mesure ou esquissant un accompagnement, je vis Miette s'élancer gracieusement sous la treille, arrondir ses bras en couronne, se courber en arrière avec souplesse, se poser sur la pointe de son joli pied, se jeter en avant, légère comme un oiseau, tourner sur elle-même et laisser tomber sa main dans celle d'un beau garçon qui s'était glissé auprès d'elle et qui, en la tenant par la taille, finit la danse avec Miette.

Ce beau garçon, je le détestai aussitôt que je le vis, tant les enfants sont jaloux comme les hommes faits! Il ne quittait plus Miette.

D'autres couples de danseurs se mêlèrent, firent ce que Miette et ce garçon avaient fait, et ils me crièrent.

— Petit, à toi, imite-nous. Vois la gentille danseuse.

En me parlant, ils me désignaient une petite fille d'une dizaine d'années Comme si j'avais voulu danser avec cette moutarde!

— Je ne sais pas danser, dis-je.

Et je ne mentais pas, je ne savais pas danser, mais j'eusse appris, si Miette avait voulu.....

Et Miette me devina, elle me devina à mon air sombre, au refus que je formulais pour ne pas danser avec la petite fille que je déclarais en moi-même être laide quoiqu'elle fût simplement ravissante. Miette dit à son danseur de prendre l'enfant et vint à moi. Je rayonnai de bonheur. Elle sourit.

— Venez, Benjamin, dit-elle, c'est moi qui veux vous apprendre à danser.

Et, sous la treille, au milieu de ses compagnons, elle se fit mon cavalier, m'enseigna à marcher, à tourner, à être leste.

— Je ne vous croyais pas si habile et si fort, murmura-t-elle.

C'est vrai, j'étais fort, beaucoup plus que je ne le croyais moi-même, car je la prenais par la taille et je l'enlevais.

Tout-à-coup le tambour précipita ses coups, ce fut presque un roulement, le sifflement du fifre prit le galop et, avec des cris et des éclats de rire, nous tenant tous par la main, à la lumière des étoiles d'or et de la lune d'argent, nous galopâmes autour de la maison, au milieu des oliviers, à travers les rejetons des figuiers, en une farandole qui ne cessa qu'avec notre fatigue et le halètement de nos poitrines.

Chacun alors prit congé et rentra chez soi, et moi, en disant bonsoir à mes hôtes, j'ajoutai, tout bas :

— Merci, Miette.

Je demandais encore moins à partir.

La journée du lendemain fut employée à m'en aller avec Miette visiter les oliviers, afin qu'elle se rendît compte de l'état des fruits et de ce que pourrait donner, plus tard, la récolte, et le soir nous retrouva sous la treille.

— Père, dit Miette, raconte-nous donc ton histoire ; elle intéressera Benjamin.

Je m'assis sur le banc, à côté de Miette, le dos appuyé contre la muraille, et j'écoutai ce que raconta le père, placé en face de nous sur une escabelle.

Voici ce qu'il nous dit :

HISTOIRE DU PERE DE MIETTE

Mon histoire, enfants, sera brève. Elle ne comporte pas de grands événements.

Je suis né dans cette maison, comme ma fille Miette y est née. C'est la maison des ancêtres, c'est la maison de la famille. Je souhaite que Miette l'habite toujours et que ses enfants y voient le jour.

Aucun événement ne signala mon enfance, à l'exception de plusieurs fugues du logis paternel. Ces disparitions avaient toujours le même but : Voir la mer.

Le soir, après le souper, je sortais furtivement et on ne me trouvait plus. Je m'en allais jusqu'aux Martigues. Là, je commençais à être heureux. Ce n'était pas la mer, mais je la sentais, je l'aspirais. L'air était salin et dans les grandes barques des pêcheurs carguaient leur voile latine, qu'ils allassent sur l'étang de Berre ou qu'ils gagnassent la mer.

Je m'approchais d'un pêcheur et je lui demandais :

— Où allez-vous ?

S'il me répondait qu'il allait sur l'étang, je lui donnais le bonjour, mais s'il me répondait :

— A la mer.

Oh! alors, je sautais dans sa barque et je lui disais :

— De grâce, emmenez-moi avec vous.

Quand j'eus pratiqué ce petit manège une dizaine de fois, je commençai à être très connu dans cette pittoresque ville des Martigues qu'on a nommée si bien la « Venise provençale », et où les gens ne sont pas plus bêtes qu'ailleurs, quelque méchante réputation que les Marseillais leur aient faite. Je n'ai même jamais compris l'acharnement des Marseillais contre les Martiguais, à moins que ce ne soit de la jalousie.

C'est que, en effet, si on le voulait, les Martigues seraient le premier port de France. L'étang de Berre est plus merveilleux que la rade de Toulon et que la rade de Brest; il pourrait recevoir les plus puissants navires de guerre. Si on creusait le chenal des Martigues, en lui donnant une grande largeur, on aurait vite fait d'avoir là le plus admirable port de guerre qu'on pût trouver en France.

Et comme port de commerce! A quelles installations, à quel merveilleux outillage pourrait-on consacrer les rives de l'étang de Berre! Il n'y aurait rien de comparable au monde, de plus abrité, de plus sûr. Vous qui êtes jeunes, vous verrez peut-être un jour faire quelque chose de grand aux Martigues.

Ah! cela, je le dis, sera fâcheux pour les Martigues même. Elles n'existeront plus ces petites villes reliées ensemble pour en former une seule. Les maisons calmes ne se refléteront plus de même sur des eaux calmes. Les linges multicolores ne sècheront plus dans les rues. Les femmes ne pourront plus s'installer devant leurs portes, au bord de l'eau, pour raccommoder leurs filets, mais la France y gagnera et la Provence sera encore plus belle!

Mais revenons à ce que je disais.

Je m'en allais donc, sur une barque de pêche, voguer sur les flots bleus de la Méditerranée. Les premières fois, je fus malade comme un chien, mais je finis par triompher du mal de mer. Je me rendis utile. J'aidai les marins.

Et je me liai avec des petits garçons de mon âge, c'est-à-dire ayant une douzaine d'années, qui servaient de moussaillons à leur papa.

Or, un jour, avec trois garçons comme moi, nous nous étions mis à fumer de grosses pipes, assis sur le bord du quai, les jambes pendantes au-dessus de l'eau, lorsque l'un de nous, qui se nommait Pétrus, se mit à dire :

— J'ai une folle envie d'aller loin, loin.

— Moi aussi! m'écriai-je.

— Ma foi, je verrais du pays avec plaisir, dit un troisième, nommé Paul.

— Et moi, donc, dit le quatrième, qui répondait au nom de Camille.

— Hé bien, dit Pétrus, j'ai une idée, et, si elle vous agrée, nous la réalisons.

Nous nous serrâmes contre Pétrus.

— Papa, nous dit-il, est convalescent d'une longue maladie. Il ne pourra reprendre la mer avant deux mois. En deux mois, on peut aller loin.

— Oh! oui.

— Si vous voulez, nous détacherons sa barque et nous gagnerons la mer. Ah! ce n'est pas une petite entreprise. Il faut que chacun de nous apporte les provisions qu'il pourra avoir chez lui. J'aurai soin que tous les engins de pêche soient dans la barque. Nous pêcherons sans quitter les côtes. Quand nous aurons pêché, nous aborderons dans une ville où nous vendrons notre poisson. Avec ce qu'il nous rapportera, nous achèterons des provisions nouvelles, et nous recommencerons.

— C'est pratique, dis-je, ce plan-là, et, en le suivant, on peut aller loin.

— Oui, dit Camille, mais diras-tu chez toi, Pétrus, que tu pars avec la barque de ton père?

— Non, répondit Pétrus; on ne me laisserait pas partir.

— Et toi, Paul, diras-tu que tu pars?

— Non.

— Nous ne le dirons pas non plus! nous écriâmes-nous.

— Alors, comment avoir des provisions?

— Nous les prendrons.

— Et de quelle façon quitterons-nous les Martigues?

— Oh! fit Pétrus, ce n'est pas difficile. Nous aurons l'air d'aller nous amuser.

— Mais, où irons-nous, demanda Paul, une fois que nous serons en mer.

— Nous suivrons la côte de France, nous suivrons la côte italienne.

— Ce serait joli!

— Oh! il faut voyager! m'écriai-je. Nous verrons beaucoup de pays!

Nous ne discutâmes pas longtemps et, sans voir au-delà de notre raison d'enfant, nous fixâmes un rendez-vous pour partir à l'aurore, quelques jours après.

J'avais à moi deux pièces d'or de vingt francs, je les pris dans ma poche. Je saisis, la nuit, quelques poulets que je plaçai dans un sac avec le pain qui restait dans notre huche, et je gagnai si rapidement les Martigues que j'y arrivai exténué.

Les camarades étaient déjà dans la barque et m'attendaient.

Nous carguâmes la voile.

— Où allez-vous, les enfants ? nous cria le père de Paul qui portait ses filets dans sa barque.

— Faire une promenade, lui répondit Paul.

Quelques heures après, nous étions en pleine mer.

Le moment où nous perdîmes de vue la côte et où nous nous vîmes à quatre, tous ayant entre douze et quinze ans d'âge, maîtres de notre bateau et pleins de l'espoir d'un grand voyage, fut un moment de joie indicible. Nous avions l'expérience de l'eau et mes camarades beaucoup plus que moi encore ; ils avaient embarqué tout petits et ils étaient constamment sur l'étang ou sur la mer, tandis que, moi, je n'avais pu y aller que par aventure ; mais dans le présent, j'y étais bien, et pour longtemps. Ce qui nous faisait le plus de plaisir était de penser que nous ne toucherions la terre que pour vendre notre pêche.

Pétrus, qui était le plus expérimenté d'entre nous et qui connaissait la barque, puisqu'elle appartenait à son père, prit naturellement notre commandement et s'installa à la barre.

Nous fîmes le premier jour et le lendemain une abondante pêche que nous allâmes vendre à Marseille.

Comme nous en étions convenus, nous achetâmes des provisions et nous retournâmes à notre barque. Nous mangeâmes le plus gaiement du monde. Il nous semblait que nous étions libres, sans joug, sans frein, sans surveillance, pour la première fois de notre vie. Nous ne devions compte de notre existence qu'au Ciel et à l'Eau, et elle était neuve et belle la barque du père de Pétrus, solide, tenant admirablement la mer ! La nuit, nous carguions la voile, nous allumions les feux, et nous nous enroulions dans des couvertures au fond de la barque, laissant celle-ci voguer au gré des flots, mollement bercés que nous nous sentions par l'élément qui nous portait et traitant, avec un jeu-de-mot innocent, la mer de bonne-mère.

Ah ! les belles nuits d'azur sur la mer azurée ! Ah ! les belles nuits éclairées seulement par les étoiles que nous passions en longeant les côtes de la Provence ! Nous sentions sans le voir encore que le jour commençait, le premier blanchiment du ciel nous trouvait debout et les filets jetés, et, tout en tra-

vaillant, nous regardions à l'horizon la côte qui changeait de couleur, qui peu-
à-peu devenait d'argent et qui, à la tombée du jour, paraissait refléter et l'azur
du ciel et l'azur de la mer.

La pêche allait toujours, plus ou moins, mais nourrissant son homme. La
bonne-mère est généreuse. Elle produit toujours ; on lui vole ce qu'elle porte
dans son sein et on le mange. Grand instrument producteur, il n'y a qu'à se
baisser pour recueillir. Chez elle, pas n'est besoin
de chemins, de pioches, de bêches. Pas de
mottes dures à soulever, pas de rochers à
faire sauter, rien qui soit une barrière.
Pas de pluies trop fortes, pas de sé-
cheresses trop prolongées, pas de
froids, pas de grêles à redouter. La
bonne-mère est toujours clémente
et si une journée la pêche n'est
pas miraculeuse, elle l'est le lendemain.

Nous voguions gaiement, nous
souvenant à peine qu'il y avait à
Marignane et aux Martigues des fa-
milles à nous. Ni Pétrus, ni Paul, ni Camille, ni moi ne faisions cette réflexion
qu'en ne nous revoyant pas, nos parents allaient s'enquérir, et que le premier
soupçon qui les effleurerait serait celui d'un malheur. Car si la bonne-mère est
généreuse pour ses enfants, elle n'est pas constamment bénigne, et quatre
bambins partis dans une barque et qu'on ne revoit pas doivent éveiller l'idée
d'une catastrophe où ils ont péri avec le frêle esquif qu'ils montaient. Sans
doute, il n'y avait pas eu de tempête sur ces bords, la bonne-mère avait été
calme, sage, mais on peut périr sans qu'il y ait bourrasque.

Nous étions partis du port et nous n'y étions pas rentrés.

Il fallait que nous fussions encore bien enfants pour ne pas réfléchir à l'état
dans lequel nous devions mettre père et mère! Mais nous continuions notre
navigation sans le moindre souci. Nous avions vendu des poissons à Marseille, à Cassis, à la Ciotat, à Toulon. Nous voguions jusqu'à Nice, jusqu'à Monaco, mais nous commençions à être regardés d'un mauvais œil par les
pêcheurs de la côte qui avaient l'habitude des marchés sur lesquels nous venions
leur faire concurrence, et ce fut bien pis quand nous nous trouvâmes en Italie.

Cependant, plus nous avancions et plus belle nous paraissait l'existence mêlée d'oisiveté et de périls que nous avions choisie. Nous visitions le pays chaque fois que nous abordions et nous allions de ville en ville avec un enthousiasme croissant. Monaco et la côte, que nous serrions au plus près, portèrent notre enthousiasme à son comble.

— Il faut reconnaître que la terre a du bon, disais-je.

— Oui, répliquaient mes camarades, tu dis cela, toi, parce que tu es un cultivateur, un terrien, mais nous, nous sommes des marins, nés dans l'eau, élevés dans l'eau, des amphibies, des Martiguais, quoi !

Les choses allèrent tant bien que mal jusqu'à Savone. Les côtes de la Ligurie nous paraissaient plus belles encore que la Corniche, mais ses habitants nous inquiétaient. Nous sentions leur sourde irritation contre nous.

Ni les uns, ni les autres, nous ne savions la langue italienne, mais nous parlions tous le provençal et avec le provençal on se tire d'affaire en n'importe quel pays. La preuve, c'est que nous vendions le produit de notre pêche... Seulement... Seulement...

A Savone, nous étalions notre marée sur le marché, quand le bruit se répand que des pêcheurs français viennent offrir des poissons sur le sol italien. On nous désigne, on nous regarde, on nous entoure. Deux messieurs galonnés viennent nous parler en italien. Malgré le provençal, nous ne nous comprenons pas. On nous emmène au poste, tous les quatre, au milieu des vociférations de la population. Là, on nous fait comprendre en assez bon français que nous n'avons pas le droit de vendre sur le marché de Savone sans une licence, et que l'on a mis l'embargo sur notre barque jusqu'à ce que nous ayons payé le montant de cette licence qui est de quinze lires, plus une amende de cent lires pour nous en être passé. Ce peuple italien est tellement musicien qu'il donne à la pièce d'un franc le nom d'un instrument de musique.

Nous nous regardâmes avec effarement. Je possédais toujours les deux pièces d'or que j'avais emportées de chez moi, mais ces quarante francs, joints à ce que nous avions, cela faisait cinquante francs à peine. Pétrus essaya de parlementer, d'arriver à des diminutions, promettant de quitter l'Italie et de regagner la France. On ne voulut rien entendre et on nous mit dehors.

Nous allâmes sur le port voir notre pauvre barque. Elle était gardée.

— Hélas! dit Pétrus, qu'allons-nous devenir?

— Ma foi; dis-je, il n'y a pas à choisir. Avec l'argent que l'on nous laisse, il faut regagner le pays.

— Comment?

— A pied, d'abord. En chemin-de-fer quand nous pourrons. Nous connaissons l'état de notre bourse.

— Plate.

— Et, ajoutai-je, lorsque nous serons rentrés, nous demanderons l'argent nécessaire et nous reviendrons dégager la barque et la ramènerons aux Martigues.

— C'est loin les Martigues, pour y aller à pied, mais avec cinquante francs dans notre poche, c'est la seule chose que nous ayons à faire, dit Pétrus. Nous avons assez pour manger le long de la route, et c'est tout.

Nous quittâmes le port et nous nous acheminâmes vers la France. La route, splendide, longeait la mer. Nous ne ralentîmes pas une minute notre marche et nous arrivâmes à la nuit à une auberge isolée à l'entrée d'un ravin où nous demandâmes par des gestes expressifs à passer la nuit. Il fallait constater que la mimique provençale était plus universelle que la langue de notre pays, quoique nous en eussions pensé en vendant notre marée.

L'hôtesse, qui nous avait ouvert et nous éclairait d'une lampe fumeuse, appela son mari. Celui-ci, un homme jeune et fort, très noir, un couteau passé dans sa ceinture, arriva aussitôt et nous examina longuement.

Il nous fit signe d'entrer, nous lui fîmes signe que nous avions faim. La femme alors plaça sur la table un pain grossier, du fromage et du vin. Nous mangeâmes de bon appétit tandis que notre hôtesse montait, à ce que nous crûmes, préparer des chambres, mais quand

nous voulûmes les gagner à notre tour, notre hôte nous fit sortir et nous indiqua un galetas plein de paille où deux individus qui avaient posé leur fusil à leur côté dormaient déjà d'un profond sommeil.

Si cette paille constituait la literie de cette auberge, il fallait s'en contenter et un pareil lit était aussi moëlleux que le fond de notre barque. Nous nous étendîmes sur la paille sans nous déshabiller et bientôt nous dormions aussi innocemment que si nous n'avions pas été victimes de notre escapade.

Mais voilà qu'au milieu de la nuit nous sommes brusquement réveillés. Nous étions empoignés par une douzaine de vigoureux gaillards au nombre desquels se trouvaient nos deux compagnons de paille. On nous mit un mouchoir dans la bouche pour nous empêcher de crier, un bandeau sur les yeux pour nous empêcher de voir, on nous ligotta dextrement les bras et les jambes et nous nous sentîmes enlever.

Je calculai que nous devions être transportés à bras pendant une heure, moi, au moins, car je ne savais, à ce moment-là, si mes camarades avaient le même sort que le mien. Je me sentis placer en travers d'une mule ou d'un cheval, position dans laquelle je ne pouvais déclarer que je fusse très à mon aise. C'est peut-être parce qu'elle n'était pas agréable qu'on m'y laissa longtemps. Secoué, ayant la tête en bas, respirant difficilement sous le bâillon, j'étais complètement étourdi lorsque je sentis qu'on me prenait sur ma monture pour me transporter dans un lieu ignoré. Mais aussitôt que je fus déposé sur le sol, on m'enleva le bâillon, ce qui me fut un grand soulagement, et, quelques minutes après, on ôta le bandeau que j'avais sur les yeux.

D'abord un peu ébloui par un gros feu de bois qui brûlait en envoyant sous une haute voûte des colonnes de fumée, je pus regarder autour de moi et ma joie fut grande de retrouver à mes côtés Pétrus, Paul et Camille. Eux-mêmes se montrèrent aussi satisfaits que moi de voir que nous n'étions pas séparés.

Mais cet éclair de joie passé, nous nous livrâmes à de pénibles réflexions. Nous étions entourés d'une vingtaine de gaillards à la barbe noire, aux yeux de charbon, armés jusqu'aux dents qui, avec une volubilité qui laissait derrière elle la fougue provençale, s'entretenaient évidemment de notre modeste personne.

Nous regardâmes autour de nous; nous nous trouvions dans une caverne dont nous ne pouvions apercevoir le fond.

Il était inutile d'épiloguer sur notre situation : nous étions chez des brigands.

Un coup-d'œil que nous échangeâmes entre nous quatre suffit pour marquer la communauté de nos sentiments et de nos inquiétudes.

En cet instant, un des brigands vint s'asseoir sur une escabelle, en face de nous, et nous dit :

— Vous êtes Italiens?

— Français, répondit Pétrus qui l'avait compris.

Parlant aussitôt en français, le brigand demanda :

— Parlez-vous italien?

— Non.

— Le comprenez-vous?

— Non.

Cette dernière négative parut lui faire plaisir. Il continua :

— Connaissez-vous le fameux ban-
dit Manonegro ?
— Non.

Le brigand eut l'air très froissé et fit un haut-le-corps.

— C'est moi, dit-il.

Nous ne sourcillâmes pas, par cette raison que « moi » ne nous disait rien.

— Vous êtes jeunes, vous ne lisez pas encore les journaux, c'est sans doute pour cela que vous ne me connaissez pas, car on parle tous les jours de moi, Manonegro. Je suis célèbre.

Nous haussâmes les épaules. Cela nous était bien égal.

— Est-ce que vous n'allez pas détacher nos bras et nos jambes? demanda Pétrus.

— Attendez, dit le brigand. Donc Manonegro, c'est moi. Je suis le maître de la montagne, tout m'obéit dans la montagne, tout est à moi dans la montagne.

— Hé bien, dit Pétrus, il reste la plaine pour les autres.

— Vous êtes mes prisonniers, dit Manonegro.

— C'est ce qui nous ennuie, fis-je.

— Mais il ne tiendra qu'à vous d'être délivrés.

— Alors, délivrez-nous de suite, et nous nous en allons, dit Camille.

— Quand vous aurez payé votre rançon, dit Manonegro.

— Payer une rançon? fis-je.

— Payer! s'écria Pétrus.

— Sans doute, dit Manonegro; vous allez m'indiquer, pour que je vous taxe les uns après les autres, la situation de fortune de vos familles...

A ces mots, Pétrus partit d'un grand éclat de rire, et nous aussi, ce qui fit que tous les brigands nous entourèrent.

— Ah! fit Pétrus, vous vous imaginez que nos parents ont de la fortune? mais ils n'ont pas le sou, nos parents!

— Pas le sou, dit Paul.

— Pas le sou, affirma Camille.

— Pas le sou, ajoutai-je.

— Ils disent que leurs parents n'ont pas le sou, dit Manonegro à ses hommes.

Les brigands murmurèrent et échangèrent entre eux quelques observations.

— Comment, dit Manonegro, vous n'êtes donc pas des fils de famille voyageant en Italie?

— Oh! fit Pétrus, des fils de familles, nous le sommes autant que n'importe qui, puisque tous nous avons une famille.

— On n'est fils de famille, dit Manonegro, que lorsque la famille est riche.

— A ce compte, dit Pétrus, nous n'avons pas de famille et nous ne sommes pas des fils. Ah! ça, vous n'avez donc pas regardé notre mise?

— Que font vos parents? demanda Manonegro.

— Pardon, dit Pétrus. Si nous n'avons pas de famille, nous ne pouvons avoir de parents.

Manonegro sourit et dit :

— Il faut que vous soyez réellement Français pour plaisanter dans l'état où vous voilà. Mais voyons ce que font vos parents.

— Ce sont de pauvres pêcheurs, dit Pétrus. Ils n'ont pas un sou vaillant.

— Vous voulez me tromper, dit Manonegro.

Alors Pétrus entra dans des détails sur nos familles et il me fit, moi comme les autres, fils de pêcheur des Martigues, pour abréger les renseignements qu'il fournissait.

— Comment donc vous trouvez-vous voyager en Italie pour votre agrément? demanda Manonegro.

— Pour notre agrément!... s'écria Pétrus.

Et il raconta de quelle manière nous étions venus pêcher sur la côte de la Ligurie, et pourquoi on avait mis, à Savone, l'embargo sur notre esquif, ce qui nous forçait à regagner à pied la France.

Manonegro se tourna alors vers un de ses hommes, il lui répéta ce que nous venions de raconter et l'envoya à Savone vérifier la véracité de nos assertions.

— Si véritablement vous êtes de pauvres pêcheurs, dit Manonegro, vous nous avez bien trompés et ce n'était pas la peine de vous amener ici.

Il nous fit enlever nos liens et nous pûmes remuer nos bras et nos jambes.

— Nous commencions à être joliment engourdis, observai-je.

— Je mangerais bien quelque chose, moi, dit Pétrus.

— Vous vous sentez de l'appétit? demanda Manonegro.

— Mais oui, Seigneur, dit Pétrus.

— C'est que, si vous n'êtes pas sujets à rançon, ce n'est vraiment pas la peine de vous nourrir.

— Alors, dit Paul, vous pouvez nous laisser mourir de faim.

Le brigand nous fit cependant donner d'un pain grossier fortement rassis qu'un de ses compagnons sortit d'un coin.

Nous mangeâmes ce pain de bon appétit et comme les brigands se mirent à boire du vin, ils nous en servirent tant que nous en voulûmes.

Tout-à-coup, Manonegro se frappa le front.

— Au fait, dit-il, si véritablement vous êtes pauvres, il est inutile que vous retourniez chez vous...

— Comment?... Comment?... fîmes-nous.

— Et je puis vous utiliser ici.

Il dit à un de ses hommes :

— Va chercher Regina.

Quelques minutes après nous vîmes arriver une femme énorme, malpropre, laide à faire peur pour laquelle le nom de Regina aurait constitué une injure si ce n'eût été celui qu'elle avait reçu le jour de son baptême.

— Regina, dit Mano-negro, voilà longtemps que tu te plains de vieillir, que tu répètes que tu as trop de mal à faire notre cuisine : Voici quatre marmitons que je te donne pour te soulager.

Et se tournant vers nous, il nous répéta ce qu'il venait de dire à la vieille, en ajoutant :

— Suivez Regina, et conduisez-vous bien, sans cela vous recevrez des coups de nerf de bœuf.

— Hé bien, notre sort est enviable ! m'écriai-je.

Mais comment nous révolter ? Nous suivîmes tous les quatre, encore heureux de n'être pas séparés, l'affreuse Regina.

Elle s'enfonça dans la partie ténébreuse de la caverne et tourna brusquement. Un couloir obscur se présenta au bout duquel brillait une lumière. Nous la suivîmes dans ce couloir et nous arrivâmes, après une vingtaine de pas, dans une salle beaucoup moins spacieuse que la première et moins haute, dans laquelle on avait installé la cuisine, sans doute parce qu'une manière de cheminée sortant dans une partie quelconque de la montagne permettait à l'air de se renouveler et à la fumée de s'échapper.

Dans un coin, il y avait une litière de paille fraîche retenue par une planche, et sur cette paille des couvertures. Là-dessus, on dormait.

Regina commença à nous parler avec beaucoup de gestes, à droite à gauche, et en roulant des yeux noirs, énormes, des yeux de veau. Nous ne comprîmes pas un mot. Elle nous secoua alors rudement en nous demandant de lui répondre. Nous fîmes signe que nous ne l'entendions pas et que nous ne pouvions lui parler. Elle jeta aussitôt un grand cri et s'enfuit. Elle avait compris que nous étions des sourds-muets et nous lui faisions peur. Elle revint avec Manonegro qui lui expliqua que nous étions des Français.

— Je ne réfléchissais pas que ce ne sera pas commode de vous entendre, nous dit-il, mais à la longue, vous vous habituerez à l'italien.

— A la longue! m'écriai-je, avez-vous donc la prétention de nous garder?

— Qu'est-ce que cela vous fait, puisque vous êtes pauvres, dit Manonegro. Vous serez excellemment ici. Vous ne manquerez de rien. Tenez, commencez par piler ces grains de maïs, Regina a besoin de farine pour la polenta.

Manonegro nous quitta pour aller à ses affaires dans la première caverne.

— Mes amis, dis-je, soyons prudents, obéissons, mais cherchons le moyen de fuir.

— Chut! fit Pétrus, ne prononçons pas ce mot que l'on pourrait entendre.

Et quoique nous fussions fatigués nous nous mîmes à piler le maïs.

— Cache soigneusement tes deux pièces d'or, murmura Pétrus à mon oreille.

Nous ne revîmes Manonegro que le lendemain, car de toute la journée nous ne sortîmes de la cuisine et la nuit nous couchâmes sur la même paille que la vieille Regina.

Je crus comprendre que toute la bande était partie en expédition. Toujours fut-il que, lorsque le chef rentra, il nous fit comparaître devant lui.

— Ce que vous m'aviez raconté est reconnu exact, fit-il. C'est bon, je ne vous demande pas de payer votre liberté puisque vous n'avez pas d'argent, mais cette liberté, je la confisque et je vous garde pour aider Regina. Vous serez mes marmitons.

— Grand merci de l'honneur, murmurai-je.

Pétrus me toucha le coude pour me faire taire.

— Et quand vous vous serez habitués à nous, continua Manonegro, que vous verrez quelle belle vie nous menons, qui sait? vous voudrez peut-être vous faire bandits...

— Qui? nous? m'écriai-je, emporté par un beau mouvement, nous, d'honnêtes Provençaux, devenir des voleurs!...

— Des voleurs! s'écria Manonegro avec colère. Pour qui me prenez-vous?

Il appela deux de ses hommes qui me saisirent et sans autre jugement m'appliquèrent sur certaine partie de mon indidu quelques coups de nerf de bœuf que cette partie n'oubliera jamais! Oh! là! que ces deux gredins me firent mal! Oh! là, là! Oh! là!...

— Je vous donne à Regina, dit Manonegro en élevant la voix. Vous lui obéirez, et vous ne sortirez d'ici que le jour où je le permettrai. En attendant ce jour, je vous préviens que vous devez être sages. Ne cherchez pas à vous évader, car la montagne est gardée. Ces souterrains, inconnus de tout le monde, sont inextricables et vous n'auriez pas fait vingt pas dehors, si vous parveniez à vous retrouver, qu'une balle vous étendrait raides morts. A-présent, retournez avec cette excellente Regina qui est la crème des femmes.

Elle était propre, la crème! Mais nous commençâmes par lui donner des preuves de la soumission la plus parfaite et petit-à-petit nous gagnâmes sa confiance. Nous en avions besoin, car, quoique nous allassions de temps-en-temps dans la grande caverne, nous n'avions pu découvrir par où elle communiquait avec le dehors.

Nous calculions qu'il y avait plus de trois mois que nous étions prisonniers des brigands, qu'il y avait trois mois que nos familles devaient nous pleurer, lorsqu'un jour, portant du bois dans le feu qu'on ne laissait jamais s'éteindre, je sentis la terre remuer sous mes pieds. Je me jetai vivement de côté, et, non sans éprouver un mouvement de frayeur, je vis une tête surgir du sol.

Je continuai ma besogne comme si je n'avais rien remarqué. C'était un des brigands qui venait de me révéler la manière dont on pénétrait dans la caverne.

J'avertis en grand mystère mes trois camarades de ma découverte et nous décidâmes de chercher à nous enfuir.

— Si vraiment la montagne est gardée, demanda Paul, comment ferons-nous?

— Si elle est gardée, dis-je, c'est par en bas. Nous nous sauverons par le haut. Et puis au petit bonheur... Seulement, il faut emporter des vivres.

Emporter des vivres, ce n'était pas facile, à moins de nous jeter tous les quatre à la fois sur Regina et de la ligotter comme nous l'avions été nous-mêmes.

Nous décidâmes de la réduire ainsi à l'impuissance, sans lui faire de mal, car, à y réfléchir, elle n'avait pas été méchante pour nous pendant notre captivité.

Cependant nous eûmes le

bon sens
d'attendre que les brigands ren-
trassent et repartissent pour une expédition, et nous voulûmes nous rendre compte de la manière dont on pouvait déplacer la roche qui bouchait l'entrée de la caverne.

Ce qu'il fallait relever de curieux dans la vie de ces brigands, c'est que jamais ils n'apportaient dans leur caverne que du bois, du vin, des vic-tuailles, des vêtements, des armes, de la poudre et des balles. Ce qu'ils pillaient, ils devaient le déposer, je suppose, chez des recéleurs ou dans des habitations de personnes qu'on ne soupçonnerait jamais d'être leurs com-plices.

Par exemple, ce qu'ils emmagasinaient dans la caverne de sacs de riz et de

farine, de figues, de tomates, de poulets et de morceaux de porc, difficilement
on s'en ferait une idée. Les poulets, c'est nous qui les plumions et nous avions
fort à faire. Il est vrai que nous en mangions tant que nous voulions. Les ton-
nelets de vin étaient mis en perce et tôt vidés. Nous pouvions boire et je dois
convenir que si nous nous étions grisés comme les brigands, ils nous auraient
félicités.

Chaque fois qu'ils revenaient dans la caverne, ils y passaient deux ou trois
jours, uniquement occupés de manger, de boire et de fondre des balles. Ils
repartaient et on ne les revoyait pas de huit ou dix jours.

Un jour qu'ils quittèrent la caverne, comme nous jouissions de la liberté
d'aller et de venir et que nous baragouinions quelques mots d'italien, nous
assurâmes Regina que nous nous trouvions pour le mieux et que nous de-
viendrions peut-être de bons brigands. Lui ayant ainsi jeté notre gâteau de miel,
nous passâmes dans la grande caverne et nous essayâmes de pousser le rocher
qui bouchait l'entrée, mais en nous y mettant tous les quatre, nous ne le fîmes
pas remuer.

Nous étions fort captivés par cette besogne et n'apercevions pas Regina
qui s'était avancée à pas de loup.

Elle nous tomba dessus à coups de nerf de bœuf avec une vigueur et une
dextérité que nous ne lui aurions pas soupçonnée.

— Ah! vous voulez vous sauver! s'écria-t-elle.

— Mais non! mais non! protestâmes-nous.

— Essayez, et vous n'aurez pas fait mouvoir la pierre, vous ne serez pas
descendus dans le trou que vous vous noierez dans le torrent.

— En voilà d'une autre! pensâmes-nous.

— Allons, dit Regina, revenez dans ma cuisine.

Nous la suivîmes; mais comme nous avions la faculté de parler en français
sans qu'elle nous comprît, nous délibérâmes de la surprendre pendant son
sommeil.

— Il faut en finir, nous dit Pétrus, car si Manonegro revient avec ses
hommes et que Regina lui apprenne que nous avons voulu nous sauver, il est
capable de nous infliger les plus mauvais traitements et de nous faire surveiller de si près que jamais nous ne pourrons recouvrer la liberté.

Nous donnâmes raison à Pétrus et nous nous apprêtâmes à l'action.

Nous eûmes l'air de dormir profondément.

Regina s'allongea sur la paille, comme elle le faisait chaque soir, après avoir lampé cinq ou six coups d'un vin liquoreux, d'une belle couleur d'ambre, pour lequel elle avait un faible non-dissimulé. Quelques minutes après, elle ronflait et ses ronflements sous la voûte de la caverne n'étaient pas sans retentissement.

Je me levai alors et saisis des cordes qui pendaient à la muraille. Je fis deux solides nœuds coulants et me recouchai auprès de mes camarades. Nous demeurâmes quelques minutes sans bouger en observant du coin de l'œil la grosse Regina, puis nous nous dressâmes sans bruit et d'un bond chacun de nous tomba sur un des quatre membres de la cuisinière.

Elle n'était pas revenue de son sommeil qu'un premier nœud coulant paralysait ses jambes et un de ses bras. Nous la fîmes pivoter sans souci de sa résistance et nous parvînmes à saisir ses deux poignets. Malgré son énergie et sa force nous en étions maîtres.

— Ne bouge pas, lui dîmes-nous, et nous ne te ferons pas de mal.

— Brigands! vauriens! bandits! cria-t-elle.

Mais nous pouvions nous dispenser de lui dire de ne pas bouger. Elle était ficelée comme une andouille.

Nous fîmes aussitôt main basse sur les provisions, nous en emplîmes un sac, et nous courûmes à la pierre, pleins d'anxiété.

Allions-nous pouvoir faire pivoter le rocher? Grave question, bien émotionnante!

Nous apportâmes à le pousser dans tous les sens ce que nous avions de forces, nous cherchâmes autour le secret ressort qui lui permettait de se déplacer, mais en vain.

— Nous sommes perdus! m'écriai-je.

— Ma foi, dit Pétrus, je le crains. Ne connaissant pas le moyen de déplacer ce rocher, nous ne pourrons sortir. Regina ne nous pardonnera pas de l'avoir ligottée. Elle racontera que nous voulons fuir, et qui sait si l'on ne nous tuera pas comme de pauvres petits poulets.

— Nous ne sommes pas dans de beaux draps, ajouta Paul.

Et puis, voilà que Camille se met à pleurer, à sangloter, à crier :

— Nous sommes perdus! Nous sommes perdus! On va nous tuer!

De voir la désolation de Camille amollissait notre courage.

— Oui, nous sommes perdus! nous écriâmes-nous. Nous ne reverrons jamais le ciel de la Provence, nous n'irons pas essuyer les larmes de nos parents qui doivent nous croire morts.

Paul se met à pleurer à l'imitation de Camille. La douleur est une chose qui se propage et se gagne.

Nous nous asseyons sur la roche même, navrés.

— Allons donc! s'écrie tout-à-coup Pétrus, est-ce que nous sommes des femmes!

Un mot suffit souvent pour rendre le courage.

— Non, non, crions-nous.

— Cherchons donc encore.

Nous ne fîmes faire aucun mouvement à la porte de cette caverne.

— Allons, dîmes-nous, c'est bien fini. Nous ne reverrons jamais nos parents. Ils pleurent notre mort, ils la pleureront toujours.

— Hélas! hélas! fit Camille qui faisait mal à voir.

— Il ne faut pas nous désespérer, m'écriai-je : Je tiens le moyen.

— Lequel? demanda Pétrus.

— Nous ne pouvons pas trouver le secret qui fait mouvoir cette pierre, dis-je, il faut nous le faire indiquer.

— Par Regina? demanda Pétrus. Elle ne voudra jamais parler.

— Il faut l'y contraindre.

— Comment?

— Pas n'importe quel moyen, mais il faut nous sauver. Il y va de notre vie et de la consolation de nos parents. Allons chercher Regina.

Nous retournâmes dans la seconde caverne et nous traînâmes Regina jusqu'auprès du rocher que nous voulions déplacer.

— Ouvre-nous, lui dis-je.

— Jamais! chiens! bandits!

— Tu ne veux pas nous dire comment s'ouvre l'entrée de cette caverne?

— Non, jamais.

Je ne fis ni une ni deux, je déchaussai la cuisinière.

— Apportez de la braise et des tisons, dis-je à mes camarades.

Mon grand-père m'avait souvent raconté des histoires des Chauffeurs, j'allais user de leurs procédés.

Pétrus m'avait compris.

Paul et Camille s'agenouillèrent pour fixer contre le sol les jambes de Regina et Pétrus et moi, nous commençâmes à alimenter un bon petit feu que nous rapprochâmes lentement de la plante des pieds de la cuisinière.

— Qu'allez-vous faire? demanda-t-elle.

— Ouvre-nous l'entrée, lui dis-je.

— Jamais!

Le feu se rapprocha et elle commença à avoir de violents mouvements pour retirer ses jambes, mais elles étaient si solidement ficelées et tenues qu'elle pouvait à peine les éloigner du feu.

— Vous me brûlez! Vous me brûlez! cria-t-elle.

— Ouvre.

— Non, non, jamais!

— Attends un peu, fis-je, et je rapprochai de la bonne braise de ses pieds qui grésillèrent.

Alors, elle jeta des cris épouvantables.

— Au secours! au secours! Sainte Marie, au secours! cria-t-elle. A moi, ma bonne patronne, reine du Ciel! Ne m'abandonnez pas, à moi, bonne madone! Aïe! aïe! aïe! Au secours!

Ah! je n'y allai pas par quatre chemins! L'heure était grave, c'était une question de vie ou de mort pour nous, de consolation pour nos parents et nous avions affaire à des brigands. Regina pouvait implorer la madone et tous les saints, ce n'était pas eux qui pouvaient nous retenir.

— Apporte du bois, dis-je à Pétrus.

La flamme lécha les pieds de Regina.

— Ma patronne! s'écria-t-elle. Ah! gredins! Ah! bandits!

— Ouvre!

— Jamais.

Alors j'approchai entièrement le feu.

Regina poussa un cri terrible.

— Retirez! cria-t-elle, grâce! Je vais ouvrir.

Nous l'éloignâmes aussitôt du feu.

— Là, là, fit-elle, une pointe de rocher, à côté, une surface lisse.

C'était beaucoup plus loin que l'endroit où nous avions cherché.

— Appuyez fort, dit-elle.

J'appuyai très fort sur la pierre lisse et aussitôt le rocher se déplaça.

— En avant, fîmes-nous.

Nous nous munîmes de chandelles et nous engageâmes dans le trou.

Nous n'y étions pas que le bruit d'un torrent nous glaça d'effroi, tellement le mouvement des eaux dans les anfractuosités de la montagne peut jeter d'épouvante.

Et comme j'étais le premier, je criai :

— Je tombe dans l'eau.

Mes camarades s'arrêtèrent. Moi, je continuai à avancer.

— Venez, leur criai-je, j'ai de l'eau jusqu'aux genoux, le torrent fait plus de bruit qu'il n'est gros.

Ils descendirent et bientôt se trouvèrent à mes côtés.

— Les brigands n'arrivent pas mouillés dans la caverne, dit Paul.

— Il doit y avoir un autre chemin, dit Pétrus ; mais nous n'avons pas le loisir de le rechercher. Un cours d'eau aboutit toujours à l'air libre. Suivons celui-ci.

— Et si nous nous noyons? demanda Camille.

— Oh! fit Pétrus, entre l'immersion ici ou notre vie dans la caverne, autant que cela finisse dans l'eau.

— D'autant mieux, dit Paul, qu'après notre fuite et la rôtisserie de la belle Regina, les brigands nous mettraient à mort vilainement.

— Peut-être bien, dit Pétrus. La vie des hommes ne doit pas leur coûter beaucoup.

— J'enfonce! attention! criai-je.

Nous nous arrêtâmes un moment.

J'avais de l'eau jusqu'à la ceinture. Je tâtai le fond du torrent avec mon pied, mais je n'étais pas sûr de moi parce que l'eau était si fraîche que nous

grelottions et que nous
éprouvions un engourdis-
sement des membres qui sup-
primait presque le toucher.

— Avançons, dis-je, car
nous ne pouvions rester là et

la nécessité est une grande conseillère, elle a vite fait prendre une résolution.

Nous avançâmes avec précaution, en essayant de nous rendre compte du lit du torrent et de la profondeur des trous avant que de nous aventurer. De temps-en-temps, cependant, l'eau exerçait sur nous une si énorme poussée que nous ne pouvions qu'obéir au courant. Nous descendions les petites cascades plus vite que nous ne le voulions. Entraînés tous les quatre par un de ces rapides, dans un courant d'air plus fort causé par l'eau, nos chandelles s'éteignirent et nous nous trouvâmes dans une obscurité profonde.

Dire que nous n'avions pas peur, je mentirais. On a beau être de la Provence, on est tout-de-même de chair humaine. Nous tremblions, mais surtout à cause du froid de l'eau, naturellement.

Nous nous appelâmes.

— Tenons-nous tous solidement par la main, dis-je, et marchons en queue, comme si nous dansions la farandole. Je suis le premier.

— Ne lâchons pas nos provisions, dit Pétrus.

Nous continuâmes à naviguer ainsi pendant un quart-d'heure.

Tout-à-coup, nous poussâmes un grand cri.

Brusquement, à un détour de la galerie que suivait le torrent, nous aperçûmes le jour et le soleil par une manière de grande baie.

Mais en même temps, le courant s'accéléra et nous poussa.

— Approchons-nous du bord, dit Pétrus.

Nous nous accrochons aux pierres pour ne pas être entraînés et nous gagnons le bord où le courant est un peu moins fort.

— Mais le voilà, leur chemin ! s'écrie Pétrus.

En effet, à environ un mètre cinquante au-dessus du torrent existe une manière de corniche sur laquelle on peut marcher. Nous nous y hissons avec autant de rapidité que nos vêtements mouillés et le peu d'élasticité de nos membres nous le permettent.

Une fois là, nous marchons en nous collant à la muraille. Il était temps que nous découvrissions ce chemin, car le torrent s'élançait en cascade au détour de la montagne et si nous étions demeurés dans le courant, nous eussions été entraînés et précipités d'une douzaine de mètres de haut, et, selon toute probabilité, tués sur le coup.

A l'entrée de la gorge souterraine d'où se précipitait le torrent, nous sautâmes de roche en roche et bientôt nous nous trouvâmes en pleines broussailles. Nous ne découvrîmes aucune trace de sentier, ce qui ne nous ennuya pas, puisque nous l'eussions évité, et nous nous mîmes à gravir la montagne avec rapidité.

Où allions-nous ? En nous réglant sur la direction du Soleil, notre ascension nous ramenait du côté de la France, mais nous devions en être loin.

— Nous trouverons des habitations où on nous renseignera, dit Paul.

Mais Pétrus émit un sage conseil :

— Une bande nombreuse et organisée comme celle dont nous avons été les victimes, dit-il, doit avoir des complicités établies dans la contrée entière. Nous éviterons les lieux habités autant que cela nous sera possible et tant que nous ne nous trouverons pas loin de cette affreuse caverne où Regina doit avoir bien mal aux pieds.

— Que je voudrais donc voir la tête de Manonegro lorsqu'il rentrera dans son palais! fis-je.

— Moi aussi, dit Paul.

— C'est simple, dit Pétrus, il n'y a qu'à retourner dans la caverne et à nous cacher dans un coin : Nous assisterons à la scène.

Nous jetâmes tous les hauts cris.

Nous étions trop heureux de voir le jour, le Soleil, de respirer librement. Nous ne nous étions pas aperçus en vivant dans la caverne que l'air y était légèrement vicié, mais en nous retrouvant dans la pure atmosphère de la montagne et des bois, nous éprouvions une sensation de vie, nos poumons se dilataient et nous nous grisions en respirant.

Nous nous serions assis volontiers, car cette transition de l'air de la caverne à l'air libre nous lassait, et il fallait y joindre sans nul doute une certaine fatigue de nos yeux pendant si longtemps habitués aux quasi-ténèbres de la montagne ; mais la peur nous donna des jambes.

Nous marchâmes jusqu'à la nuit en évitant trois maisons isolées et nous nous endormîmes délicieusement sous les arbres. Le ciel était plein d'étoiles, la température élevée : Il nous sembla que nous n'avions jamais si bien dormi.

La fraîcheur matinale nous réveilla.

Nous reprîmes notre marche après avoir mangé un morceau de pain avec du porc et nous découvrîmes un gros village qui nous fit faire un grand détour. Cependant si, jusque-là, nous avions gravi la montagne, nous commencions à la redescendre, mais en évitant autant que possible les chemins frayés.

Nous allâmes ainsi pendant trois jours, et, à la fin du troisième jour, nous tombâmes sur une ligne ferrée.

— Nous sommes sauvés! m'écriai-je.

Un chemin-de-fer, c'était la civilisation, l'administration, une garantie. Les employés de la ligne auraient pu connaître des brigands, mais ils ne l'auraient pas été eux-mêmes, ils ne pouvaient nous arrêter et nous garder pour nous livrer à ceux qui nous avaient si malheureusement enlevés.

Nous abordâmes donc le premier garde-barrière que nous rencontrâmes, et nous lui demandâmes le nom de la station que nous devions rencontrer.

— Suivez la route qui longe la voie, nous dit-il, et vous ne tarderez pas à arriver à Cera.

— Ce n'est pas loin?

— Non, à douze kilomètres.

Douze kilomètres, c'était encore une course pour de pauvres diables peu habitués à la marche et qui venaient d'être renfermés pendant plusieurs mois. Nous mîmes deux heures et demie pour arriver à Cera.

Quand nous vîmes des carabiniers nous ne nous sentîmes pas de joie. On avait pu, tant qu'avait duré notre enfance, nous inspirer la crainte du gendarme, nous étions trop heureux d'en voir. Nous eûmes même quelque velléité de dénoncer les brigands qui nous avaient pris, mais nous préférâmes courir au chemin-de-fer et prendre nos billets pour Nice. Une fois à Nice, Paul irait voir un de ses parents qui y était établi et lui demanderait de l'argent pour aller jusqu'à Marseille.

Rentrer en France, nous éloigner de l'Italie et des brigands qui l'infestaient encore à cette époque pourtant peu reculée, fut tout ce que nous demandâmes.

Les deux pièces d'or que les brigands ne m'avaient pas enlevées, que j'avais conservées dans la doublure de mes souliers, nous sauvèrent alors. A Nice, nous eûmes d'autre argent et nous reprîmes aussitôt le train pour Marseille.

De Marseille aux Martigues, nous continuâmes la route à pied. Le plaisir de revoir l'étang de Berre et ma bonne commune de Marignane nous donna des ailes.

Marignane étant presque sur le chemin, nous nous montrâmes sans nous annoncer, ici même, devant cette terrasse.

Mon père, qui était sur le seuil, en laissa tomber sa bêche qu'il tenait à la main, et ma mère poussa un grand cri. On me croyait mort, et on m'avait presque enterré. Mes braves parents eurent une crise de larmes et de rires mêlés. Ma bonne mère me palpa sans pouvoir croire que ses yeux et ses mains ne la trompaient pas. Nous emmenâmes mes parents jusqu'aux Martigues, mais là notre résurrection causa un tout autre événement. La population entière fut en rumeur et se mit en mouvement.

En ne nous voyant pas revenir et ne recevant aucune nouvelle de leur barque, les parents de Pétrus et ceux de Paul et ceux de Camille n'hésitèrent pas à admettre qu'un sinistre était arrivé en mer, que la barque avait chaviré et que nous étions tous au fond de l'eau salée, mangés par les poissons.

Nos parents avaient pris le deuil et tous les bateliers envoyés à notre recherche étaient plus convaincus encore que nos familles de notre noyade. Dans toutes les Martigues, pas un pêcheur ne conservait l'espoir de jamais nous revoir ; mais cet espoir-là restait au cœur de nos mères, parce que les pauvres mamans ne comprennent pas que la mort ait pu ravir leur enfant.

Quand la mère de Pétrus l'aperçut, elle le prit dans ses bras en s'écriant :

— Je savais bien, moi, que tu n'étais pas mort !

Les parents de Paul et de Camille accoururent. Puis la population des Martigues se groupa peu-à-peu autour de nous.

— Vous savez, criaient les Martiguais, ils ne sont pas morts.

— Qui donc ?

— Ceux qui l'étaient.

— Qui l'étaient ?

— Les noyés. Venez vite les voir, ils sont là.

— Courons les voir.

— Mais qui, encore une fois ?

— Cela ne fait rien, venez les voir : Ils sont là.

Et quand ils connurent tous qu'il s'agissait de Pétrus, de Paul, de Camille et de moi, leur émotion et leur enthousiasme fut indescriptible. Seulement, aussitôt, sans nous laisser respirer, il fallut leur raconter ce qui était survenu dans notre existence.

— Ils ont été pris par des brigands ! s'écrièrent-ils quand nous eûmes achevé notre histoire.

— Pris par des brigands !

Il n'en fallait pas plus pour nous rendre célèbres.

— Alors, dit le père de Pétrus, ma barque, ma belle barque neuve est à Savone ? Demain, j'embarquerai avec des amis pour aller la chercher, mais ton escapade va me coûter cher, mon fils.

Et se tournant vers nous tous, le père de Pétrus ajouta :

— Le jeune homme est inexpérimenté et il ne doit jamais négliger l'expérience des vieux. Si vous nous aviez confié ce que vous vouliez faire, nous vous aurions donné de bons conseils et vous n'eussiez pas embarqué à la légère pour un grand voyage. Je vous aurais évité d'aller faire retenir ma barque par des Italiens et vous ne reviendriez pas de chez les brigands après avoir fait pleurer à vos parents toutes les larmes de leur corps. Voyez-vous, quand on est jeune, il ne faut jamais rien faire sans consulter sa famille.

Le père de Miette acheva là son récit.

— Je profitai, dit-il, de la leçon du père de Pétrus et ne fis plus rien sans consulter mon père. Je renonçai même à la mer. Je m'occupai de notre agriculture et je fus content.

Miette regardait son père de ses grands yeux. Elle l'avait écouté avec une attention soutenue, bien qu'elle eût déjà entendu cent fois cette histoire de brigands. Je remarquai qu'elle était très impressionnée. Ni moi, à l'âge que j'avais alors, ni cette belle fille, nous ne songions à nous dire que son père était de Marignane, village situé entre les Martigues et Marseille où le Soleil chauffe les récits comme le pays.

— Allons, Miette, dis-je, allons dormir et vous ne rêverez pas de cette affreuse caverne où votre père était le marmiton de Regina.

— Oh! je vais certainement en rêver, dit Miette.

Elle en rêva, et moi, j'en rêvais encore lorsqu'à l'aube, j'entendis son père crier :

— Les gendarmes!

Le père de Miette monta et je l'entendis encore qui disait à sa fille.

— Les gendarmes viennent chercher Benjamin.

— Comment, fit la voix de Miette, les gendarmes viennent pour Benjamin?

— Oui, dit le père; c'est sans doute un petit voleur. Voilà ce que c'est que de ramasser sur les routes des gens que l'on ne connaît pas.

— Oh! Benjamin n'est pas un voleur, dit Miette, c'est un brave garçon.

Bonne Miette! ce que je lui sus gré de ses paroles!

— Enfin les gendarmes viennent le chercher.

Pourquoi les gendarmes venaient-ils me chercher?

Je me levai en grande hâte et descendis.

Le père de Miette avait fait entrer les gendarmes chez lui et leur versait du vin.

— Tenez, le voilà, fit-il, lorsque j'entrai dans la cuisine.

— Qu'est-ce que vous lui voulez? demanda Miette.

— Nous voulons, dit un des gendarmes, le ramener chez ses parents.

— Ah! fit Miette en regardant son père d'un air triomphant.

— Il paraît que ce jeune homme, dit le brigadier, a quitté sa famille de Marseille avec deux ânes pour aller dans sa famille de Vitrolles. Depuis son départ de Marseille, on a perdu sa trace et on l'a cru égaré, et sa famille de Vitrolles ayant écrit à sa famille de Marseille qu'elle ne l'avait pas vu arriver, sa famille de Marseille a écrit à sa famille de Vitrolles qu'il était parti, alors sa famille de Vitrolles a dit à sa famille de Marseille qu'il devait être victime d'un accident, et aussitôt sa famille de Marseille a demandé à la gendarmerie de le rechercher tandis que sa famille de Vitrolles priait la gendarmerie de le retrouver. Comprenez-vous?

— Oh! certainement, gendarme, certainement, affirma le père de Miette.

— Alors, la gendarmerie s'est mise en mouvement. Nous avons cherché dans tous les coins un petit jeune garçon avec deux ânes et nous sommes venus ici. Maintenant, nous allons l'emmener.

— En prison? demandai-je, frémissant déjà à l'idée d'une nouvelle aventure de geôle.

— En prison? Jamais de la vie, répondit le brigadier, puisque vous n'avez rien fait pour ça.

Je sentis, à son ton, que le brigadier avait pour moi le plus profond mépris. Je n'étais ni un assassin, ni un voleur, ni un braconnier, en un mot je n'étais rien du tout.

— Où voulez-vous donc l'emmener? demanda Miette.

— Nous allons, dit le brigadier, lui faire réintégrer sa famille, à ce gaillard-là, lui et les deux ânes, car il ne faut pas oublier les deux ânes.

— Il ne faut pas les oublier, répéta le gendarme.

— Vous reconduisez donc Benjamin à Marseille? demanda Miette.

— Non; nous le menons à Vitrolles, chez les Bécopoulos, une riche famille où on paie toujours un verre de vin aux gendarmes, quand ils passent.

J'ignorais que ma famille fût riche, mais cette affirmation ne déplut pas au père de Miette.

— Allons, me dit le gendarme, il faut nous suivre.

— Je reviendrai, dis-je à Miette.

— Oh! vous n'allez pas partir sans déjeuner, me dit Miette. Et, se tournant vers les gendarmes, elle ajouta : Vous restez pour partager le sel avec nous.

— Ce n'est pas de refus, dirent les gendarmes, car nous avons faim.

Les gendarmes déjeunèrent fort gaiement et le père de Miette leur versa rasade. Moi, j'étais fort triste, les larmes remplissaient mes yeux, les morceaux de pain s'arrêtaient dans ma gorge.

— Mangez donc, Benjamin, me dit Miette en souriant, puisque vous reviendrez.

— Oh! oui, fis-je.

Quand le déjeuner fut terminé, le gendarme me dit :

— Va chercher tes ânes, petit : Il faut partir.

Miette et moi, nous nous levâmes et nous nous dirigeâmes vers l'écurie.

— Écoutez, Benjamin, me dit Miette, vous êtes un gentil garçon et je vous aime comme si vous étiez mon frère. Fille unique, j'ai été élevée seule, sous notre toit et vous êtes le premier garçon que le hasard y ait fait habiter. Je ne sais pas si je vous reverrai...

— Oh! si, oh! si! m'écriai-je en laissant échapper mes sanglots, oh! si, je vous reverrai, Miette.

— Qui sait? fit-elle en essuyant vivement une larme du bout de son petit doigt. Vitrolles n'est pas loin d'ici, mais vos parents vont vous garder.

— Je me sauverai pour venir.

— Et on vous fera encore ressaisir par les gendarmes! dit-elle en souriant. Voyez-vous, Benjamin, dans la vie, on ne sait jamais ce qui vous attend. Ce que je vous demande, moi, c'est de ne pas oublier que vous rencontrâtes un jour une grande sœur sur votre chemin...

— Je n'oublierai pas Miette.

Elle tira de ses beaux cheveux noirs une fleur de grenadier qu'elle y avait piquée, et elle me la tendit.

— Prenez cette fleur, dit-elle, gardez-la quand elle sera fanée, et chaque fois que vous l'aurez devant les yeux vous vous direz : C'est de Miette, qui m'aima bien et qui pense quelquefois à moi, car elle me trouva simple et bon.

Je saisis la fleur qu'elle me tendait et me jetai à son cou en pleurant. Nous nous tînmes un moment embrassés.

— Allons, Benjamin! fit-elle en se dégageant de mon étreinte... Vous reviendrez voir Miette.

Nous sortîmes de l'écurie Martin et Anatole, nous les harnachâmes et nous retournâmes à la maison.

— Il faudra revenir nous voir, petit, me dit le père de Miette.

Nous nous embrassâmes encore et, les gendarmes chevauchant à mon côté, nous partîmes.

Quand nous nous trouvâmes en haut de la côte, à l'endroit d'où la maison allait disparaître à mes yeux, je m'arrêtai pour la regarder encore. Miette était sur le coin avec son père. Ce dernier agitait son chapeau, et Miette, en développant son bras pour que je visse

nettement son geste, m'envoyait des baisers. Je fis le même mouvement du bras et j'agitai mon mouchoir.

Un des gendarmes envoya un coup de plat de sabre à mon âne qui bondit.

Je ne vis plus Miette, ni son père, ni son toit, ni ses arbres, ni ses vignes. Je pleurai à fendre le cœur des gendarmes, et les Provençaux que nous croisions me prenaient tous pour un affreux criminel touché par le repentir.

La seule consolation que j'eusse était que j'allais revoir mon cousin, celui qu'on appelait Petit-Béco.

Je le trouvai sur la route, en avant de Vitrolles, à la deuxième borne kilométrique où il venait depuis trois jours crier dans la solitude :

— Sœur Anne, ne vois-tu rien venir ?

Enfin, il m'aperçut et s'élança dans mes bras.

— Nous avons cru, me dit-il, qu'un grave accident t'était survenu.

Nous allâmes dans la maison de son père où les gendarmes m'abandonnèrent après avoir bu un coup de vieux vin.

Cette maison était située en dehors de Vitrolles, sur les pentes complantées en vignobles qui descendent vers l'étang de Berre. C'était un grand cube de pierre percé de cinq ouvertures à chaque étage, dont les murs étaient épais et le toit fait de tuiles romaines. A chacun des quatre coins il y avait un laurier rose dans une caisse verte. Une ma- nière d'allée régnait autour de la maison, et la vigne couvrait le reste. La maison était bien bâtie, en bons maté- riaux. Il n'y en avait pas de plus belle dans le pays et mes parents Bécopoulos en étaient aussi fiers que

leurs aïeux avaient dû l'être du Parthénon, peut-être même davantage parce que, après tout, le Parthénon n'était pas à eux tandis qu'ils étaient indiscutablement les propriétaires de ce castel.

Il y avait de belles marches de pierre devant la porte ; un large couloir coupait en deux la maison; au rez-de-chaussée on entrait dans un salon qui possédait un canapé; enfin, la maison était entièrement meublée et toutes les fenêtres avaient des rideaux. Il semblait impossible de dire qu'ils n'étaient pas riches, les Bécopoulos !

Toute la vigne qui entourait la maison leur appartenait, cependant leur richesse ne provenait pas de leur exploitation agricole, mais bien de salines qu'ils exploitaient sur les bords de l'étang.

Ces salines, faites à l'ancienne mode, rapportaient plus qu'il ne paraissait. Elles se compo-
saient de fagots éta-
gés. A l'aide de
pompes on faisait
monter l'eau de mer
sur le haut de cet
édifice de fagots, le
soleil aidait à l'éva-
poration et le sel
restait attaché sur
les branches du bû-
cher. Des ouvriers
passaient et recueil-
laient ce sel qu'on
livrait ensuite aux

marchands qui le revendaient tel que, c'est-à-dire gris et malpropre, ou qui lui faisaient subir différentes manipulations pour le rendre blanc.

Nous allâmes, dès l'arrivée, à ces salines, car là se trouvait l'écurie où nous devions mettre mes ânes. Notre vie se concentra désormais dans ce coin, dans cette anse minuscule de l'étang de Berre au bord de laquelle s'élevaient les salines et toutes les bâtisses nécessaires aux différentes exploitations de mon cousin, ses caves, ses greniers, sa ferme, et sur les eaux de laquelle se voyaient des barques dont une très jolie, munie d'une petite machine à vapeur, qui servait pour les promenades et qui était baptisée « la Gloire ».

Cette barque, Petit-Béco et moi, nous l'accaparâmes dès que j'eus dormi une bonne nuit en rêvant de Miette, que je l'avais pour sœur aînée, et nous passâmes notre vie sur cette petite mer ou cette grande baie, dont les vagues sont justes assez grosses pour vous bercer mollement, qu'on nomme l'étang de Berre.

— Tu ne sais pas? fit Petit-Béco. Il y a grande guerre sur l'étang.

— Grande guerre sur l'étang! m'écriai-je avec surprise.

— Oui. La jeunesse d'Istres vint, il y a un mois, s'amuser à Berre, et, le soir, dans les cabarets, elle se prit de querelle avec les garçons de cette dernière localité. Ils en vinrent aux mains parce qu'ils étaient un peu gris, particulièrement ceux d'Istres. Depuis ce temps, la bataille continue, quelquefois à terre et le plus souvent sur l'eau. Naturellement, la jeunesse de Rognac et de Vitrolles s'est jointe à celle de Berre, et la jeunesse d'Istres a vu venir à elle celle de Saint-Chamas. Tu admireras un de ces soirs nos deux flottes et tu assisteras à un combat naval.

— Un combat naval?

— Tu verras. En attendant « la Gloire » se couvre de gloire; elle ne peut faire autrement.

Les batailles entre ceux de Berre et ceux d'Istres avaient toujours lieu le soir parce que, dans la journée, les barques étaient occupées à la pêche. Lorsque les mariniers étaient rentrés, leurs fils et quelquefois leurs filles, car celles-ci se mêlaient de la querelle avec leur fougue méridionale, pouvaient monter leur bateau et partir en guerre.

Presque toutes les barques étaient construites pour aller chercher le poisson. Il n'existait qu'une barque de plaisance, munie d'une voile et d'un foc « le Terrible », et une seule embarcation à vapeur, celle de mon cousin.

Petit-Béco jouissait donc d'un avantage énorme sur ses adversaires et sur ses amis. En premier lieu, « la Gloire » se moquait du vent dont tous les autres avaient besoin, ensuite elle pouvait rapidement attaquer et fuir avec vitesse. C'était « la Gloire » qu'on envoyait en reconnaissance, c'était elle qui se lançait à travers la ligne des vaisseaux ennemis !

J'arrivais juste pour assister à la lutte navale décisive, celle qui devait assurer la prépondérance maritime à Berre ou à Istres. La rencontre était fixée pour le dernier dimanche du mois suivant, et on commençait à s'approvisionner, dans chaque bateau, de munitions de guerre. Il n'y avait point un jeune garçon, ni peut-être un habitant sur l'étang qui songeât à autre chose qu'à cette bataille.

Les munitions consistaient surtout en fusées, pétards, chandelles romaines et autres pièces d'artifice, aussi le spectacle promettait-il d'être beau.

En attendant qu'il eût lieu, Petit-Béco et moi, nous étudiâmes les salines et la topographie de l'étang de Berre. Nous nous plaisions particulièrement aux Martigues et Petit-Béco prétendait que cette jolie ville méritait d'être élevée au rang de sous-préfecture.

Je m'habituai à demeurer à Vitrolles ; je m'y plaisais mieux qu'à Marseille, à cause de « la Gloire ». Je n'aurais d'ailleurs pas voulu partir avant le combat naval. Mes grands-parents ne me pressaient pas. Il est même possible qu'ils fussent satisfaits de me voir demeurer chez le cousin Bécopoulos, homme riche. De mon côté, mes grands-parents ne m'attiraient pas d'une manière excessive, puisque je les connaissais depuis peu. Il me semblait que je n'avais aucun intérêt à Marseille, et je n'éprouvais un désir d'y retourner qu'en pensant que Marignane était sur la route.

Enfin, après plusieurs escarmouches dans lesquelles ceux de Berre avaient lancé à ceux d'Istres des volées de pierre que ces derniers avaient rendues avec usure, le grand jour arriva, et dès quatre heures de l'après-midi, les bords de l'étang de Berre, dans le haut, se couvrirent d'habitants venus jusque de Salon, avides de jouir du spectacle qui les attendait, car le bruit de cette joute guerrière s'était répandu au loin.

On vit majestueusement sortir d'Istres et de Berre deux flottilles, celle d'Istres composée de vingt-deux bateaux en tête desquels marchait « le Terrible », celle de Berre comptant seulement dix-huit bateaux et « la Gloire ».

Notre bateau était en avant et il défilait à toute vapeur devant la flotte d'Istres, examinant les navires les uns après les autres, filant tandis qu'ils s'avançaient avec l'avantage du vent, alors que ceux de Berre étaient obligés de tirer des bordées.

Quand nous passâmes devant « le Terrible », nous entendîmes les cinq jeunes garçons qui le montaient s'écrier :

— Qu'est-ce donc que « la Gloire » s'est mis à l'avant?

Ce qu'elle avait à l'avant, troundelair! c'était une idée à moi.

Nous avions fait confectionner une manière de fourche qui s'adaptait à la proue et que le maréchal-ferrant avait garnie d'une pointe de fer : « la Gloire » était un navire à éperon comme la trirème antique et comme le cuirassé moderne! Oui, nous montions un navire à vapeur et à éperon, et il était pourvu de munitions de guerre, je vous en donne mon billet.

Il est vrai que, nous-mêmes, qui étions quatre sur « la Gloire » comme eux cinq sur « le Terrible », nous avions aperçu sur ce dernier navire une sorte de cylindre de cuivre.

— Est-ce qu'ils auraient un canon? me demanda Petit-Béco.

— Qu'est-ce qu'ils en feraient puisqu'ils ne peuvent nous envoyer de projectiles, répondis-je.

— De projectiles, cela dépend lesquels, expliqua Petit-Béco. Assurément, ils ne nous enverront ni balles ni boulets, mais autre chose...

— Quoi?

— Je ne sais pas.

— Laisse donc, cousin. C'est peut-être simplement un cylindre comme ceux dont est armé Gastinel. Je connais la pièce humide, moi qui fus potard.

— Tiens, oui, au fait.

Les cylindres dont se trouvait armé le bateau appartenant à Gastinel, qui était de Berre, étaient de grosses seringues que l'on avait remplies d'encre. Il y en avait dix de chaque côté, ce qui faisait appeler le bateau « la Frégate de vingt canons » ou plus simplement « la Frégate ». Un autre de nos navires était armé d'une énorme bombarde faite d'un tronc creux. Dans l'intérieur de cette bombarde on avait fixé un fort ressort-à-boudin pour lancer des melons qu'on avait choisis à-peu-près du calibre nécessaire. Plusieurs s'étaient armés

d'oranges, mais d'oranges avariées. La plupart des autres avaient des pièces
d'artifice, comme nous-mêmes.

Les deux flottes s'observèrent assez longtemps. On les vit s'avancer lentement dans la grande largeur de l'étang, et le crépuscule tombait quand elles
se trouvèrent à distance de combat, c'est-à-dire à
quelques mètres les unes des autres.

Ce fut la bombarde qui commença. Ceux
qui la montaient lancèrent si adroitement leur
projectile que le melon s'écrabouilla sur le timo-
nier ennemi. Mais aussitôt, des gaffes s'abattirent
sur le malheureux bateau, et les garçons d'Istres
montèrent à l'abordage. Ce fut une belle lutte
dans laquelle ceux de Berre eurent le dessous.
Ils furent faits prisonniers, et le bateau qui les
avait capturés sortit à ce moment de la ligne de
bataille, remorquant vers Istres sa capture.

La « Frégate » avait déjà défilé devant deux
navires ennemis et son artillerie faisait pousser
de véritables cris de rage aux jeunes gens qui
les montaient. Ils étaient littéralement couverts
d'encre. Leurs vêtements, leur visage, leurs mains
étaient noirs et ce qu'ils touchaient devenait
noir. Ils se seraient encore consolés de leur peau,
mais la perte de leurs vêtements devait leur
être excessivement sensible, d'autant plus qu'ils
avaient eu soin de s'habiller de leurs plus belles frusques afin de parader
comme il faut devant tous les Provençaux accourus pour les voir.

Ils se seraient volontiers jetés sur la « Frégate » et l'eussent fait chavirer
si celle-ci n'avait eu en joue sa formidable artillerie, mais l'irritation que con-
çurent ceux d'Istres à se voir pleins d'encre, les huées qui partirent tout d'un
coup des bords de l'étang parce qu'on apercevait sur la voile des bateaux de
longues traînées noires, les amenèrent à tirer des coups de fusil.

Nous crûmes d'abord que les fusils étaient chargés à blanc, mais nous reçûmes des projectiles qui nous cinglèrent fortement. En même temps, nous
perçûmes distinctement un coup de canon et mon cousin Petit-Béco poussa
un tel cri que nous pensâmes qu'il était mort. Il n'en était rien, mais nous ra-

massâmes une balle élastique comme celles avec lesquelles on joue à la paume, dont il avait été frappé, et en même temps plusieurs petites balles de liège de la grosseur d'une balle de fusil. Il nous était démontré que « Le Terrible » avait un canon dans lequel il mettait comme boulets des balles à jouer et que les fusils de ceux d'Istres étaient chargés de petites balles découpées dans des bouchons de liège. Ces balles et ces boulets n'étaient pas sans danger, à cause de la force qui les lançait. Pour que les coups fissent grand bruit, ceux d'Istres avaient soin de mettre une grosse charge de poudre, de bourrer fortement, et si une balle nous atteignait à l'œil, la perte de l'organe pouvait s'ensuivre, ce que sachant nous entrâmes dans une sorte de rage, et, la nuit étant arrivée, nous lançâmes sur la flotte ennemie nos fusées qui illuminèrent l'étang et firent avec les pétards, les coups de feu et le canon un bruit épouvantable qui souleva l'enthousiasme des spectateurs dont nous entendîmes les applaudissements.

Le ciel est illuminé de nos artifices. Mais les fusées mettent le feu à deux navires d'Istres dont les flammes rougissent l'étang. Des cris partent du rivage. On nous excite. Le combat a l'air de devenir sérieux. Le public est content.

Les garçons qui montent les navires incendiés se hâtent de les abandonner. La flotte de Berre les recueille. Nous nous envoyons des bordées d'oranges qui s'écrabouillent sur le nez et sur le corps de nos adversaires. Nous étions nous-même en train d'en jeter quand nous reçûmes dans le dos une vraie mitraillade. C'était « Le Terrible » qui nous lâchait presque à bout portant une volée de bouchons qui nous cinglèrent comme des pierres.

— Attends un peu! s'écrie Petit-Béco.

Il fait défiler « La Gloire » devant un grand bateau sur lequel nous lançons un paquet de pétards et revenant droit sur « Le Terrible » afin de l'aborder en flanc, Petit-Béco va à toute vapeur. Ceux du « Terrible » nous voient venir, mais ils ne savent que nous avons un éperon. Il nous attendent avec des chandelles romaines qu'ils font partir en nous voyant approcher et en nous criant :

— Gare! gare!

Notre choc contre eux est tellement fort que leur bateau penche tandis que faisant machine en arrière nous nous dégageons avec tant de difficulté qu'il faut employer la hache pour détruire notre éperon.

A peine sommes-nous séparés du « Terrible », auquel nous avons fait un large trou dans sa paroi, que nous entendons les cinq jeunes garçons qui le montent crier :

— Nous coulons ! au secours !

Les spectateurs qui voient un bateau couler, battent des mains. Nous entendons leurs bravos.

Au milieu du tumulte, des cris, des fusées, des pétards de ce combat naval, il n'y a peut-être que nous qui entendions le suprême appel. Nous revenons au plus vite sur « Le Terrible », mais au moment où nous allons l'accoster, il coule à pic avec son équipage.

Par un de ces hasards fréquents chez les peuples maritimes, des quatre que

nous sommes, je suis le seul à savoir nager. Je me déshabille en deux mouvements.

— Restez-là, dis-je à mes amis, et recueillez-moi quand je remonterai à la surface.

Je plonge. Il y a en cet endroit environ six mètres d'eau. Je distingue les corps cramponnés au « Terrible »! J'en saisis un, je l'arrache de la voile qu'il a saisie dans sa main et je le ramène à la surface.

— Prenez-le! enlevez-le! fais-je.

Et aspirant l'air profondément je replonge et j'en amène un autre. Trois fois encore, je recommence et j'ai le bonheur de reparaître chaque fois avec un des malheureux noyés. Tous ont perdu connaissance, ont un commencement d'asphyxie. Quand je reparais pour la cinquième fois, il est nécessaire de me sauver moi-même. Je m'évanouis tandis que Petit-Béco me retire de l'eau.

Notre pauvre « Gloire » était bien chargée et Petit-Béco et nos camarades étaient fort anxieux en voyant ces six corps, le mien compris, étendus dans la cabine et sur le pont. Ils eurent cependant la présence d'esprit, étant en ce moment beaucoup plus près d'Istres que de Berre, de se diriger sur la première de ces villes.

Du rivage on crut que nous abandonnions le combat et des huées nous accueillirent, mais quand nous abordâmes et qu'on déchargea sur le quai six corps qui semblaient être des cadavres et parmi lesquels je comptais, on n'entendit que des cris de désespoir et d'horreur et peu s'en fallut que mes camarades ne fussent écharpés par les parents, car on crut d'abord que l'on avait sous les yeux les victimes de quelque traîtrise de cette fratricide guerre.

Cependant, vite, vite, on nous porta dans une maison sur le rivage et les deux médecins d'Istres aussitôt appelés commencèrent à nous prodiguer leurs soins.

Ils eurent beaucoup de mal à nous ranimer. Ils y parvinrent pourtant, mais comme nous étions très endoloris, on nous fit sur place des lits dans lesquels on nous coucha.

Cependant, le bruit s'étant répandu dans les deux flottilles qu'il y avait six noyés, beaucoup de jeunes combattants ayant reçu de véritables « gnons » dont ils se plaignaient avec amertume, « Le Terrible » ayant coulé à pic et deux bateaux de pêche ayant été la proie des flammes ce qui constituait une grosse perte, tous les artifices étant partis et les munitions épuisées, chaque bateau rentra dans son port et on remit au lendemain de juger lequel des deux partis était vaincu.

Le lendemain, on fit le calcul. Ceux de Berre devaient être les vainqueurs car ils n'avaient pas un bateau de moins et ceux d'Istres en avaient perdu trois. De plus, grâce à « la Frégate », tous les bateaux d'Istres étaient couverts d'encre, et il y avait peu de leurs marins qui n'eussent leurs vêtements perdus. Enfin, ceux d'Istres avaient cinq morts et ceux de Berre un seul. Le seul de Berre, c'était moi, moi qui écris aujourd'hui ce récit mémorable, moi, sans nulle vanité. Heureusement,

Les gens que vous tuez se portent assez bien,

comme dit l'autre.

Oui, ceux d'Istres étaient défaits, ceux de Berre étaient victorieux ; et peut-être la querelle entre ces deux villes se serait-elle envenimée et durerait encore, sans moi.

En effet, ceux d'Istres montrèrent une grande colère de leur déconfiture, mais quand la vérité peu-à-peu circula, quand on apprit qu'un de Berre, Benjamin Canasson, pour vous servir, avait exposé sa vie cinq fois de suite pour sauver les cinq d'Istres qui montaient « Le Terrible », ils trouvèrent cela si beau, si généreux, ceux d'Istres, qu'ils offrirent à ceux de Berre de se réconcilier pour ainsi dire sur mon corps.

Deux jours après, quand je sortis de mon lit avec mes adversaires que j'avais si bien tirés de l'eau, je trouvai tous les habitants d'Istres, M. le Maire en tête, rangés autour de la porte avec des drapeaux, les pompiers en grande tenue avec tambours et clairons, et le bataillon scolaire présentant les armes.

J'avais à peine mis dehors le bout de mon nez qui n'est cependant pas long, puisque c'est une pomme-de-terre, que j'entendis :

— Vive Canasson! Vive Canasson!

— Vive le courageux Canasson!

— Vive le petit Canasson!

— Vive le grand Canasson!

— Vive l'ami Canasson!

— Vive l'illustre Canasson!

— Et vive Canasson! Et vive Canasson!

Les femmes agitaient leurs mouchoirs, les hommes leur chapeau ; les jeunes filles m'envoyaient des baisers en me disant :

— Té, mignon!

Je ne savais où me fourrer et je baissais modestement les yeux, lorsque M. le Maire d'Istres, un gros court, s'écria en levant ses bras au ciel, qui avaient à un bout son chapeau et à l'autre bout un foulard rouge dans lequel il se mouchait :

« Canasson!

« Vous illuminez le ciel de la Provence! Vous êtes l'astre humain d'où s'échappent les rayons du courage! Vous êtes le Soleil qui plonge dans l'eau pour revivifier ceux qui vont mourir infailliblement! Et tu n'as pas quinze ans! Benjamin Canasson, tu n'as pas quinze ans et tu es plus grand qu'un homme mûr par l'âge! Oui, Canasson, tu es astral! tu es étoilant! Ce que tu as fait est sublime! Sans toi, cinq familles seraient dans les larmes, et, au contraire, elles rient, elles te bénissent, elles se plongent dans la joie parce que tu as plongé dans l'étang! Canasson, tu mérites la croix-d'honneur. Embrasse-moi! »

Et M. le maire dirigea vers moi des bras dans lesquels je me précipitai. Je san-

glotais, je ne sais pourquoi. Tout le monde pleurait. Les tambours
roulaient, les clairons sonnaient, on réentendait de toutes parts :

— Vive Canasson !

— Vive le petit Canasson !

Enfin, c'était épatant !

Petit-Béco qui assistait à cette scène me dit qu'il n'avait jamais rien vu de pareil. Je me l'imaginai aussi, car je ne le voyais pas, puisque mes yeux étaient remplis de larmes et que je pleurais comme un veau.

On me reconduisit jusqu'à « La Gloire », qui m'attendait, et je quittai Istres après avoir été embrassé, réembrassé, réréembrassé par les parents de ceux que j'avais sauvés, et par ceux-là même que j'avais sortis du fond de l'étang et qui me jurèrent une éternelle amitié.

En arrivant sur Vitrolles, il y avait encore sur les quais d'Istres des jeunes filles qui agitaient leurs mouchoirs et j'étais reçu par tous les Bécopoulos, leurs amis, leurs alliés, qui me couvrirent de baisers.

Vraiment, il y a des circonstances dans la vie où on se demande comment il peut vous rester des joues. Il faut que la peau soit un tissu solide.

Un grand repas m'attendait. On but à ma santé, tellement que personne ne fut capable de s'en retourner chez soi. Heureusement, la maison était hospitalière.

Et vous croyez que ce fut tout.

A trois semaines de là, le bruit courut dans le pays que le ministre de l'Intérieur venait de m'accorder une médaille de sauvetage.

J'étais décoré !

Ah ! je n'avais pas la Légion-d'honneur et le beau ruban rouge. Il paraît qu'on ne l'attache pas à la boutonnière des enfants. Mais j'allais exhiber un ruban tricolore, ce qui est bien aussi beau. On m'assura du moins que je le pourrais bientôt porter. Rouge ou tricolore, de belles couleurs, toujours ! Je n'avais pas la Légion-d'honneur, je n'en étais pas moins décoré aux couleurs de la France !

Décoré ! Je ne puis dire ce que cela me fit, mais il faut que ce soit une chose extraordinaire et produisant un grand effet, car je sentis mes jambes, mes bras s'agiter, mes yeux s'allumèrent, mon corps fut secoué, et j'éprouvai un besoin tellement invincible de marcher que je me relevai au milieu de la nuit pour aller trotter par les chemins.

Pendant le jour on tournait autour de la maison pour chercher de l'ombre. Quand le Soleil était d'un côté, on transportait sa chaise du côté opposé et à mesure qu'il envahissait l'ombre dans laquelle on se tenait, on fuyait vers

l'ombre qui s'allongeait. Dans la soirée on fuyait de même la Lune parce que la
Lune enrhume. C'est à quoi servait l'allée sablée autour de la maison. Moi, je
marchai en rond dans cette allée, tête nue, sans souci de la Lune, et, le jour,
sans souci du Soleil.

Je m'agitai d'autant plus que je soupçonnai qu'il se tramait quelque chose
dont on ne voulait pas me parler. Qu'est-ce que cela pouvait être? J'essayai,
mais en vain, d'interroger Petit-Béco.

— Je ne sais rien et il n'y a rien, me dit-il. Tu radotes.

Est-ce que, par hasard, la décoration qu'on m'avait annoncée ne viendrait
pas? J'en devins blême et il me sembla que mes jambes fléchissaient.

Mais non, mes appréhensions étaient fausses.

J'appris enfin que la jeunesse d'Istres et celle de Berre avaient résolu de
fêter leur réconciliation. De grands apprêts furent faits dans ce but, à Berre, et
nous partîmes de Vitrolles pour assister à cette fête dont je devais être le
héros.

A cinq cents mètres de Berre, une dizaine de jeunes gens à cheval m'attendaient. Ils firent partir, à mon arrivée, les fusils dont ils étaient armés et
me désignèrent un cheval recouvert d'une manière de caparaçon rouge sur lequel je montai.

Je fis à cheval mon entrée dans Berre,

> Ainsi qu'Alexandre-le-Grand
> A son entrée à Babylone,

en passant sous un grand arc de verdure au milieu duquel on lisait sur un
écriteau : « La ville de Berre salue la ville d'Istres. »

La foule était compacte. Sur mon passsage on cria :

— Vive Canasson!

Et j'aperçus un autre arc de feuillage sur lequel je lus : « Vive Istres » ;
puis, plus loin, un autre encore qui me remua l'intérieur de mon moi quand
j'avisai imprimé sur une bande de toile blanche : « A Canasson, le courageux
sauveteur. »

La fête était donc un peu pour moi? J'en tremblai de joie à ce point que
si je ne m'étais tenu sur mon cheval surtout par le pommeau de ma selle et
par les étriers j'eusse certainement chu sur le sol.

J'arrivai enfin devant la mairie.

M. le maire de Berre et M. le maire d'Istres m'attendaient.

Ils m'embrassèrent l'un et l'autre et l'un et l'autre me dirent en me tapant sur l'épaule :

— Brave enfant !

Puis le cortège se forma.

En avant marcha une compagnie de gymnastes avec sa bannière. Ensuite le bataillon scolaire de Berre avec son drapeau, puis le bataillon scolaire d'Istres aussi avec son drapeau, les pompiers de Berre avec leur drapeau, la musique des pompiers de Berre et d'Istres, le maire de Berre et le maire d'Istres marchant de pair, suivis de leurs conseillers-municipaux, ensuite une longue théorie de jeunes filles en blanc portant des palmes, et moi, à cheval, entouré de mes cavaliers, tout semblable à Jeanne Darc à son entrée dans Orléans, puis les pompiers d'Istres, avec leur drapeau, fermant la marche et derrière eux la foule.

Cette procession se promena dans la ville et se rendit jusque sur la route d'Istres.

Là attendaient les cinq jeunes garçons que j'avais sauvés. Chacun d'eux tenait un cartouche sur lequel était écrit : « A Canasson, notre sauveur ».

Ces jeunes gens m'embrassèrent et se rangèrent autour de moi.

Puis on attendit.

Qu'attendait-on ? Mais M. le Sous-Préfet, s'il-vous-plaît. Parfaitement, M. le Sous-Préfet qui quittait exprès pour moi sa sous-préfecture et qui devait venir par le chemin, en faisant un détour afin de rencontrer le cortège.

On ne m'avertit point d'une autre arrivée qui me fit pousser une exclamation de bonheur.

Ma mère descendit d'une voiture, accompagnée par mes grands parents. Ma mère était là, et elle amenait avec elle ma sœur Clémentine ! Quelle journée celle-ci devait-elle donc être pour moi ? Mon père seul, obligé de garder notre épicerie, me manquait et... et Miette, qui, sans doute, ne savait pas un mot de tout ce qui se passait, quoiqu'elle fût si près de l'étang de Berre et des Martigues.

Tout-à-coup nous voyons galoper deux gendarmes commandés par un brigadier. Derrière eux s'avance la voiture de M. le Sous-Préfet escortée par deux autres gendarmes. Les maires de Berre et d'Istres se précipitent au devant du représentant du Gouvernement. Ils le saluent, ils le ramènent, et j'ai

l'honneur d'être présenté à ce magistrat qui a de belles broderies au collet
et aux manches de sa tunique et dont le pantalon est orné d'une bande
en argent!

— Ah! c'est vous qui êtes le jeune sauveteur, me dit M. le Sous-Préfet.
Continuez.

Il se place entre les deux maires et voilà le cortège qui redéfile devant
les populations des alentours de plus-en-plus enthousiastes.

> Ah! c'était un beau spectacle
> Car j'avais un beau succès,
> Je dépassais par miracle
> Les maires, les sous-préfets;
> Les drapeaux et les bannières
> Pour moi seul flottaient au vent,
> Et des foules tout entières
> M'applaudissaient très souvent;
> J'accoutumais mon oreille
> A se mettre au diapason
> De la fête sans pareille
> Qu'on faisait à Canasson.

Hé bien, je n'étais pas encore au plus beau!

Le cortège se dirigea sur la place où une estrade couronnée d'un dôme de
verdure était érigée. Les autorités montèrent sur cette estrade, et nous,
nous demeurâmes en bas, avec la musique, les drapeaux et les bannières.

M. le maire de Berre sortit alors un papier de sa poche, il élargit sur
son ventre son écharpe tricolore et, se campant sur le devant de l'estrade en
tournant le dos à M. le Sous-Préfet, il commença :

« Monsieur le Sous-Préfet,

» Nos populations justement émues à votre approche saluent en vous par
ma voix le représentant de ce Gouvernement que nous respectons, que nous
idolâtrons, mais qui ne fait rien pour l'étang de Berre malgré les objurgations
de notre excellent Député.

» Puisque vous honorez aujourd'hui de votre présence la ville de Berre,
il faut lui dire, à votre Gouvernement, que les bonnes gens d'Istres et de
Berre se sont réconciliés dans la personne de leur jeunesse parce qu'ils
voulaient prouver que l'étang de Berre était mûr pour devenir le premier port

de France, attendu qu'il a tout ce qu'il faut pour ça, l'étendue, la profondeur et des habitants sur ses bords qui ne demandent qu'à nourrir le marin moyennant une rétribution honnête et parmi lesquels on trouve de grands cœurs pour sauver les noyés.

» Est-ce que ce n'est pas vraiment une horreur de penser qu'il y a des ports comme le Havre, Bordeaux et Marseille qui accaparent tout le commerce des mers, tandis que d'autres ports, comme Brest, Cherbourg et Toulon sont les seuls ports militaires, alors que leurs ports sont petits ou creusés de main d'homme, ou formés par un fleuve, loin de l'embouchure, tandis que Berre est tout prêt, tout fait et qu'il n'y a pas de ville de France qui soit maritime comme les Martigues! (*Bravos.*)

» Nous sommes un peuple d'eau. (*Cris : Oui! oui! applaudissements.*)

» Dites-le à votre Gouvernement, Monsieur le Sous-Préfet. (*Oui! oui! Qu'il le lui dise!*) Il est temps de réparer une injustice qui existe depuis que le monde est monde. (*Applaudissements frénétiques.*)

» Oui, dites-lui, à votre Gouvernement, que c'est seulement dans notre eau qu'on peut trouver un jeune homme capable de sauver à la même heure et dans le même moment cinq de ses semblables. (*Bravos.*)

» Vive l'étang de Berre port militaire et port de commerce! »

Des applaudissements prolongés, des cris de : « Vive le maire! » éclatèrent.

Le Sous-Préfet riait finement. Il avait l'air de penser :

« Attends un peu, mon bonhomme, » parce que tous les Sous-Préfets sont très forts.

Mais c'était le tour du maire d'Istres. Celui-ci ne sortit pas de papier de sa poche, il avait appris son affaire et si la mémoire lui faisait défaut, il saurait se rattraper. Il ne savait pas toujours s'il pensait, mais pour parler il était son homme.

Il commen- ça :

« Mon- sieur le Sous-Préfet, Mesdames, Messieurs,

» Les habi- tants de Berre et d'Istres réunis dans cette admirable cé- rémonie, ont l'honneur de sa-luer en vous, Monsieur le Sous-Préfet, l'imposante émanation du Pouvoir Su- prème que la France s'est donné et qui est l'auréole qui nous éblouit et vers laquelle nous avons, tous, les yeux comme vers le pôle qui nous guide et nous sauve-garde.

» Vous pouvez assurer le Chef de l'État du dévouement des populations de l'étang de Berre. (*Salve d'applaudissements.*)

» Nous aimons le Gouvernement comme nous aimons le Soleil; celui-ci fait mûrir nos vignes et nos Moissons, le Gouvernement doit faire mûrir notre étang. Vous êtes, monsieur le Sous-Préfet, un homme juste et un homme de bien; en bonne justice, nous devons devenir un grand port, et ce sera notre bien à tous. C'est une affaire de la volonté du Gouvernement de nous donner la fortune. Est-ce qu'il peut nous la refuser?

» Non, il mettra le même empressement à ouvrir l'étang de Berre à nos flottes qu'il en met à récompenser le courage et le dévouement. Portez au Chef de l'État l'expression de notre gratitude, remerciez-le de vous avoir laissé venir chez nous, comme nous vous remercions nous-mêmes de votre présence, remerciez-le aussi d'avoir sans tarder reconnu le mérite du jeune homme qui a sauvé cinq braves enfants d'Istres, et répétez-lui que le jour où le premier grand navire de guerre fendra de sa proue les ondes de l'étang de Berre, nous comptons le voir parmi nous et vous nous ferez l'honneur, monsieur le Sous-Préfet, de l'acompagner. (*Bravos répétés.*)

» Quant à vous, braves habitants de Berre, soyez convaincus que nous sommes heureux, nous les habitants d'Istres, de nous trouver parmi vous. Nous sommes, tous, les illustres et les vaillants, nous descendons des Romains comme les Marseillais descendent des Grecs, et si nos enfants se sont pris de querelle, jamais les pères ne se sont battus. Le glaive des batailles n'est pas fait pour flamboyer dans les mains de ceux qui ont besoin du progrès pacifique. La paix est notre privilège (*bravos redoublés*) et nos enfants aujourd'hui réconciliés seront de notre avis demain. Non, pas de guerre, jamais de guerre! (*Bravos enthousiastes.*) La paix qui permet de cultiver la vigne, la paix qui laisse le pêcheur s'exposer sur l'eau sans avoir peur de perdre par la poudre son bateau ou sa vie, la paix qui nous autorise à dormir au soleil et à boire entre habitants de l'étang le bon vin de nos collines. (*Applaudissement, cris : Vive M. le Maire.*)

» Non, plus de guerre, plus jamais de guerre. Que Berre et Istres s'embrassent!..... »

A ces mots, interrompant son discours, le maire d'Istres se précipita dans les bras du maire de Berre et ils se serrèrent avec effusion. La population entière applaudit, cria, trépigna. Les chapeaux volèrent en l'air et ceux d'Istres se précipitèrent dans les bras de ceux de Berre. Tout le monde s'embrassa.

Il était impossible d'admirer un spectacle plus touchant.

L'émotion fut telle que le maire d'Istres se dégageant des bras du maire de Berre était en larmes. Beaucoup fondaient en eau. Le maire d'Istres, vaincu par l'émotion, et ne pouvant finir sur un plus bel effet, fit signe qu'il se voyait dans l'impossibilité d'achever son discours.

Alors le Sous-Préfet se leva et aussitôt la musique lui coupa la parole en entamant une marche de son répertoire.

— Mais moi? Qu'est-ce qu'on fait de moi? me disais-je pendant ce temps.

Le Sous-Préfet, un grand maigre avec un long nez, promenait deux yeux en trou de vrille sur la foule quand, enfin, la musique cessant ses mélodieux accents, il put parler :

» Messieurs les Maires,
» Mesdames, Messieurs,

» Tout-à-l'heure, quand je descendais vos collines bénies du Soleil, en découvrant votre superbe étang de Berre, je me disais : Quel spectacle merveilleux si une flotte de guerre évoluait-là, au beau milieu, et si, réalisant en partie une prédiction du divin Molière..... »

— Comment, interrompit malgré lui le maire d'Istres, Molière divin! un qui n'était pas de la Provence !

— Il y a passé, murmura le maire de Berre.

— Alors...

» Si, comme le dit Molière, continua le Sous-Préfet, en fameux ports de mer on mettait toutes vos côtes! Vous êtes si naturellement disposés pour cela que je ne doute point que vos désirs ne deviennent réalités dans un temps prochain et l'invitation que vous adressez au Chef de l'État de venir inaugurer votre port, invitation que je lui transmettrai avec la fidélité d'un bon fonctionnaire, va certainement hâter la solution tant désirée de ces dévouées populations. (*Applaudissements, cris : Vive le port!*)

» Oui, Messieurs, les cris de : Vive le port! que j'entends, indiquent suffisamment votre nature, vos tendances et vos goûts, et, il y a un moment, en voyant couler tant de larmes sur le port, je convenais que M. le maire de Berre avait raison de vous appeler un peuple d'eau. (*Bravos.*)

» Cependant, je suis persuadé que vous avez quelquefois l'eau en horreur : C'est lorsque, dans la paix que souhaite M. le maire d'Istres et que vous assurera toujours le Gouvernement, vous allez vous asseoir sur les coteaux en vidant votre verre plein du vin des collines. (*Bravos.*)

» Soyez toujours assurés de la sollicitude du Gouvernement pour l'eau comme pour le vin, cette sollicitude, il la prouve aujourd'hui puisque je suis chargé d'apporter à un jeune sauveteur une décoration qu'il a bien gagnée. (*Bravos prolongés.*)

» Vous aviez raison encore, Monsieur le Maire d'Istres, et vous, Monsieur le Maire de Berre, en comptant le jeune sauveteur comme un des vôtres, car tout ce qui est sur le Rhône est à vous et Vienne est sur le Rhône et M. Benjamin Canasson est de Vienne. C'est même à Vienne qu'il commença à se distinguer par son courage, car il sauva sa jeune sœur qui était tombée dans le fleuve... »

— C'est vrai, té! cria ma mère en élevant dans ses bras Clémentine : La voilà !

» Vous le voyez, continua le Sous-Préfet.

» Aussitôt informé, par les soins de mon administration, de la manière dont cinq fois de suite le jeune Benjamin Canasson s'était précipité à l'eau et avait ramené cinq noyés, le Ministre de l'Intérieur a décidé de lui décerner une médaille d'or de première classe. (*Bravos.*)

» Cette médaille, la voici... »

Le secrétaire de la sous-préfecture qui était derrière le Sous-Préfet la lui passa. Je la regardais de tous mes yeux, ne sachant ce que je devenais.

— Avancez, Benjamin Canasson, dit le Sous-Préfet.

Je montai les marches de l'estrade.

— Au nom du Ministre de l'Intérieur, ajouta-t-il, je vous remets cette médaille, véritable insigne de la valeur. Portez-la constamment, elle vous répétera qu'on est récompensé lorsque l'on fait son devoir. Vous vous êtes bien conduit. Vous êtes un noble enfant.

Il m'épingla la médaille sur mon habit, me mit dans la main un diplôme et me donna l'accolade.

Je ne le remerciai pas; j'avais complètement perdu la tête et je me mis à pleurer à chaudes larmes tandis que MM. les maires, les adjoints, mes parents, ceux que j'avais sauvés, tout le monde m'embrassait. On agitait les chapeaux, on criait :

— Vive Canasson! vive Canasson!

Moi, j'avais un bourdonnement dans mes oreilles. Je ne comprenais plus rien. Je me serais assis par terre si Petit-Béco ne m'eût soutenu. La foule était enthousiasmée, la musique jouait ses airs les plus bruyants. J'avais déjà

été bien embrassé, on m'embrassa plus encore; mais je me laissai manier comme un mannequin. Il y eut ensuite un grand banquet où l'on me mit à une place d'honneur ainsi que ma mère qui répétait à tout le monde :

— Vous savez, c'est le mien!

Ce qui signifiait qu'il n'y avait qu'elle pour avoir un tel fils.

On mangea beaucoup, on but de même et très souvent à ma santé. On dansa ensuite la nuit entière. Tout cela fut pour moi comme un rêve, jusqu'au moment où nous montâmes dans le bateau qui nous ramena chez nos cousins Bécopoulos.

> Nous partîmes dans « La Gloire »,
> Mais ils étaient partis pour,
> Peut-être moins par le boire
> Que par leurs cris tout un jour,
> Et chacun, la voix vibrante,
> Criait encor que j'étais
> La gloire la plus brillante
> De mes parents Marseillais.

Car, j'appris, ce que j'ignorais complètement, que les journaux avaient parlé de moi, et que ce que j'avais fait presque sans y penser s'était trouvé célébré dans les deux hémisphères comme un acte réfléchi et déterminé.

Je n'en eus pas moins hâte d'aller me coucher. Je gagnai ma chambre aussitôt rentré et me déshabillai en ayant soin d'étaler sur une chaise, en face de mes yeux, mon habit portant à sa boutonnière ma médaille d'or pendue au ruban tricolore.

Je fermai mes paupières, mais j'étais très agité, plein de rêves. Au milieu de la nuit, je me réveillai en sursaut, croyant qu'on me volait ma médaille. Je me jetai en bas du lit et vite la détachai de mon habit, puis je la rattachai sur ma chemise, et croisant mes mains sur elle, je m'endormis du sommeil du juste récompensé.

VII

DE QUELLE MANIÈRE JE DEVINS TRÈS SÉRIEUX ET ME MIS DANS LE NOTARIAT

A mère était pressée par les nécessités de son commerce de retourner à Vienne et voulait cependant revoir son pays de Marseille : Nous prîmes congé des cousins Bécopoulos le lendemain. J'avais passé environ trois mois chez eux, et c'était là, éternel souvenir, que j'avais gagné ma médaille !

Je priai ma mère de me laisser rentrer seul à Marseille où je la rejoindrais à temps puisqu'elle devait y demeurer huit jours, et, avec mon cousin Petit-Béco, nous montâmes chacun sur un âne et nous nous dirigeâmes vers Marignane.

J'éprouvais une sorte de besoin de revoir Miette et de lui montrer la belle médaille d'or qui ne quittait plus ma poitrine.

J'étais heureux comme on peut l'être à cet âge de retrouver cette bonne amie de quelques jours et lorsque j'arrivai en haut de la colline et que j'aperçus sa maison, je me mis à chanter à tue-tête, espérant qu'elle viendrait vers qui chantait.

Je vis quelqu'un, pas Miette, un jeune homme que, de loin, je crus reconnaître pour un de ceux qui étaient venus danser chez Miette, certain soir. Il nous regarda quelques instants et, ne me remettant pas, sans doute, dévala dans les vignes.

Je continuai à chanter, mais personne ne se montra plus et j'arrivai devant la maison où je trouvai le père de Miette.

— C'est Benjamin! fit-il.

Il me tendit la main et appela :

— Miette! Miette!

Celle-ci parut à la fenêtre. Elle était, me sembla-t-il, encore plus belle qu'au moment où je l'avais quittée.

— Ah!... fit-elle.

Et elle descendit, elle m'embrassa.

— C'est vous, monsieur Benjamin... murmura-t-elle.

— Oui, Miette... avec mon cousin.

— Votre cousin?...

— Oui, celui de Vitrolles.

— Oui.

— Et vous vous portez bien, Miette?

— Oui... Voilà revenus nos amis Martin et Anatole. Ils ont engraissé à Vitrolles, les paresseux.

Miette paraissait gênée. Elle ne me regardait plus de la même manière que dans le temps...

— Vous allez dîner avec nous? demanda le père de Miette.

— Certainement.

— Mon mari va revenir, fit Miette.

Son mari? A ce mot je me sentis devenir tout pâle, mon sang se glaça dans mes veines. Pourquoi? Je ne sais. Je n'avais jamais pensé à épouser Miette qui atteignait presque ses vingt ans quand mes quinze ans, à moi, n'étaient pas révolus? Il y eut sans doute en moi, sans que je m'en rendisse compte, un sentiment de jalousie contre le mari? Au juste, je ne sus jamais ce que je ressentis, mais ce fut à la fois du désespoir et de la colère.

Miette vit que je souffrais, car elle me prit la main et murmura :

— Pauvre petit !...

« Petit » m'humilia. J'aurais voulu être grand, être un homme.

Son mari rentra.

— Tu reconnais M. Benjamin, lui dit-elle.

Le mari de Miette me serra la main. Je le trouvai beau, superbe. Il avait de grands yeux noirs, des cheveux bouclés, un nez droit, un nez droit ! Je connus que je le détestais d'autant plus qu'il était magnifique et se campait fièrement avec son pantalon serré par une ceinture rouge et son veston de velours brun.

Autant j'avais eu hâte de venir dans cette maison, autant je désirai en partir. Miette me devina. Le repas fut lugubre. Je ne pus manger. J'en oubliais ma médaille, mais Miette la remarqua à la fin.

— Quelle est donc cette médaille ? demanda-t-elle. J'ai cru que c'était l'insigne d'une société, mais je crois qu'elle est en or.

Ainsi pour Miette j'étais un « petit », elle n'avait pas vu de suite ma décoration et elle l'avait prise pour l'insigne d'une société ! Ma médaille accordée par le Gouvernement comparée à l'insigne d'une société de gymnastique ou d'un orphéon !

— C'est une médaille de sauvetage ! m'écriai-je.

Et je racontai de quelle manière je l'avais gagnée, je décrivis la fête qui avait eu lieu à Berre, pour moi. Ils m'écoutaient et me regardaient de tous leurs yeux. Il n'en avait pas fait autant que moi, lui, le mari de Miette ! Il n'avait pas de médaille de sauvetage, lui !

— Ah ! fit Miette, ici, nous ne lisons pas un journal, jamais, et il y a longtemps que nous ne sommes descendus aux Martigues et même à Marignane...

— Pas depuis notre mariage, dit le mari en regardant sa femme avec tendresse.

— Quel malheur, dit Miette, que l'annonce de cette fête ne soit pas venue jusqu'ici ! Nous aurions été voir décorer Benjamin, car c'est très beau, c'est très-bien ce que Benjamin a fait.

Elle me saisit les mains et me les serra avec effusion et je me sentis très sensible à cette manifestation affectueuse, mais c'était fini, je n'aimais plus Miette et je détestais son mari. Mon cœur était gros de chagrin.

Je leur dis que je devais partir pour rejoindre la station du Pas-des-Lanciers d'où je gagnerais Marseille tandis que mon cousin rentrerait à Vitrolles avec les ânes. Nous nous embrassâmes tous, oui, le mari de Miette aussi m'embrassa ! Et je partis, accompagné par Miette jusqu'en haut du chemin.

— Allons, me dit Miette, embrassons-nous encore, Benjamin, car, je le sens, nous ne nous reverrons jamais. Vous êtes un brave garçon et j'ai vite vu que vous étiez bon. Personne ne prendra le petit coin où sera votre souvenir.

— Ah! Miette!... Miette!... fis-je en éclatant en sanglots.

Elle pleura aussi et de nous voir fit partir les larmes de Petit-Béco. Je ne suis même pas certain que Martin et Anatole ne se soient pas mis à sangloter aussi.

— Adieu, Miette, fis-je.

Elle m'embrassa une dernière fois et, brusquement, descendit la colline. Je la suivis des yeux. Arrivée au coin de sa maison, elle m'envoya un baiser, et disparut.

Comme elle l'avait dit, nous ne devions jamais nous revoir et jamais je n'entendis parler d'elle, ni certainement elle de moi.

Bientôt, je me séparai de Petit-Béco, et je montai dans le train pour Marseille. Je retrouvai ma mère et mes grands parents et j'embrassai ma sœur Clémentine avec une effusion telle que ma mère en manifesta quelque surprise; elle ne pouvait se douter que je passais à ma petite sœur l'affection que j'avais eue pour Miette et je crois que, plus avant dans la vie, il resta toujours quelque chose de Miette dans ce que j'éprouvai pour Clémentine. Je me suis expliqué cela en me disant que, sans doute, j'eusse été heureux d'avoir une sœur aînée à laquelle je me serais dévoué.

La peine que j'avais de Miette me rendit plus grave encore, car je tirais de ma décoration une excellente opinion de moi-même et un air de dignité. Je ne la quittais pas. Il me sembla qu'elle devait attirer tous les regards des Marseillais, mais ce sont de si drôles de corps qu'ils n'y firent pas attention. Peut-être, comme Miette, la prirent-ils pour un insigne de société. N'était-ce pas une chose étonnante que tout le monde ne fût pas occupé de ma médaille alors que les journaux en avaient parlé et me rendaient célèbre!

J'ajoutai qu'ils ne me connaissaient pas. Et puis, à Marseille, ils ont l'habitude de coudoyer des gens galonnés, décorés, des navigateurs de toutes les nations. Je me trouvais naturellement perdu dans le tas. Un Marseillais, ça parle, ça gesticule, ça crie, mais ça n'a rien dans la poitrine et ça ne pense même pas.

Ah! parlez-moi des Viennois! Voilà de braves citoyens! Ils savaient mon histoire et quand j'arrivai dans ma ville natale je devins l'objet de la curiosité

générale. A peine
la Belle-Épicière des-
cendait-elle sur le
quai de la station
qu'on savait qu'elle
ramenait son fils, le
fils à la médaille de
sauvetage ! De la
station à notre bou-
tique, tout le monde
me regarda et plu-
sieurs personnes me
saluèrent comme un

personnage. Sur notre seuil, mon père m'attendait les bras ouverts. En m'embrassant, ses doigts tâtaient ma médaille et il pleurait.

Mes anciens camarades, nos voisins, tous voulurent me voir et me féliciter. Le Maire se dérangea pour me dire :

— J'ai su ce que vous aviez fait. C'est un honneur pour la ville de Vienne d'avoir des enfants courageux comme vous.

Je savais à-présent ce que c'était que la gloire. Je la goûtais beaucoup mieux qu'à Berre parce que je m'en rendais compte. Là-bas, sur l'étang, dans le brouhaha de la fête, j'étais grisé, je voyais trouble. Le sang-froid m'était revenu et je pouvais mesurer le degré de ma célébrité.

— Seulement, me disais-je, chaque fois que j'ai fait quelque chose sans l'agrément de mes parents, je n'ai jamais réussi ; lorsque j'entendis le récit du père de Miette, la conclusion en fut qu'il eût mieux fait de ne pas s'aventurer avec ses camarades sans avoir pris l'avis de leurs familles respectives, et cependant, je me jetai à l'eau sans consulter personne, et j'en retire le plus grand honneur de ma vie. Il est donc nécessaire de ne rien faire sans le consentement de ses parents, mais il est des cas où il faut s'abandonner à son initiative ? Sans doute, d'autant mieux qu'il y a des choses pour lesquelles on n'a pas le temps de se consulter soi-même, en conséquence de consulter les autres.

La gloire que je recueillais à Vienne me fit désirer de revoir Lyon. Je demandai à mon père la permission d'y retourner. Il me donna quelque argent et je partis.

J'avais quitté Lyon après de mauvaises heures, je sentis de la joie à y rentrer dans des conditions favorables. Je voulais revoir Azor, mon gros camarade de chien, M. Chomat, le pharmacien, Long-Potard et Gros-Potard, et surtout la brave Mme César et son mari.

Chez ces derniers je boutai tout droit.

J'entrai dans la rue Sainte-Catherine ayant à la main ma valise que je portais depuis Perrache, je vis la lanterne de l'Hôtel-des-Quatre-Nations et je me dressai tout-à-coup devant Mme César.

— Ah ! s'écria celle-ci, c'est toi, petit !

Elle se leva et m'embrassa. Je vis bien que, là, j'avais une amie sincère. Elle appela son mari. Celui-ci se montra plein d'affection pour moi.

— Qu'es-tu devenu, petit, depuis ton départ de Lyon ? me demanda Mme César. J'espère que tu n'as plus fait de fâcheuses connaissances ?

— Non, dis-je. Ces misérables de Lyon furent heureusement les seules. Leur fréquentation me coûta assez cher pour que je me misse en défiance vis-à-vis de ceux que je pouvais rencontrer encore. Il ne faut frayer qu'avec les gens qu'on connaît bien.

— Comme te voilà devenu sage! s'écria la bonne Mme César.

— Mais qu'as-tu à ta boutonnière? me demanda M. César.

— Quoi, vous ne savez pas! m'écriai-je.

— Non... rien... fit M. César en prenant ma décoration dans sa main. Tiens, c'est une médaille de sauvetage, en or! As-tu donc tiré quelqu'un du danger de mort?

Il paraît que ma gloire n'était pas aussi universelle que je le croyais. A deux pas du lieu de mon exploit, Miette ignorait ce qui s'était passé; les Marseillais n'en savaient pas un mot et le bruit ne s'était pas propagé à Lyon, même dans un hôtel où les commis-voyageurs racontaient tout. Si à Vienne on connaissait mon acte de courage, c'est que mes parents, les premiers, en avaient parlé à leurs clients dans leur épicerie, c'est que Bouju, notre voisin, n'avait rasé personne sans répéter que je rendais des points aux terre-neuve. Et voilà ce que c'est que la gloire!

Je racontai aux César que j'avais sauvé cinq naufragés, mais les réflexions que je fis en moi-même, en me ramenant à un degré naturel d'humilité, me rendirent plus sérieux encore. Je tins à aller voir M. Chomat, pour qu'il constatât que je n'étais pas devenu un vaurien. Il me reçut gentiment et me garda même à déjeuner.

— Est-ce que vous mettez encore de l'ipéca dans les soupes? me demanda Mme Chomat.

— Oh! non! m'écriai-je en m'excusant de nouveau de ce que j'avais fait.

— Tu ne fais plus de farces? me demanda le pharmacien.

— Plus du tout.

— Alors, tu as bien changé.

— Je ne pourrais pas, dis-je, maintenant que je suis décoré.

— Décoré! s'écria M. Chomat. Ah! oui, la médaille que tu as sur ton flanc gauche. Ce n'est pas une décoration, mais enfin, c'est gentil d'avoir ce bibelot à ton âge.

Eux, au moins, ils avaient lu dans les journaux le récit de mon sauvetage. Je leur en sus gré quoique le terme de bibelot fût dur à digérer. Azor, après m'avoir flairé, me léchait la main; il me reconnaissait donc. En faveur d'Azor je pardonnai à M. Chomat sa rudesse.

— Veux-tu toujours devenir pharmacien ? me demanda ce dernier.

— Oh! non, fis-je avec un certain dédain, je ne veux pas tenir boutique.

— Boutique! Tu es encore poli! s'écria M. Chomat.

Je voulus rattraper la bêtise que je venais de lâcher, mais je balbutiai.

— N'essaie pas de réparer, va, me dit M. Chomat; cela ne tire pas à conséquence.

Je m'informai des élèves.

— Ah! fit M. Chomat, Gros-Potard a prêté de l'argent à Long-Potard qui est présentement droguiste et commence une grosse fortune; quant à Gros-Potard, il vient de se marier et prendra un de ces jours la pharmacie de son père.

Je quittai le pharmacien après le déjeuner.

— Viens me voir quand tu feras le voyage de Lyon, me dit M. Chomat.

Je me promenai dans la ville où j'avais crié *le Gnafron*; j'allai revoir cet affreux bâtiment nommé Lycée dans lequel j'avais été enfermé, et, comme je passais sur le quai, je me trouvai nez-à-nez avec mon ancien camarade Reynaud.

— Tiens, c'est toi! fit-il.

— Tiens, Reynaud!

— Toujours camelot?

— Ah! non, par exemple!

— Que fais-tu?

— Rien. Et toi?

— Moi, j'ai renoncé à polytechnique : je fais ma rhétorique et mon notariat.

— Comment cela?

— Je mène les deux choses de front. Je suis externe, à-présent, heureusement! et je vais au Lycée parce que je désire passer mon bachaut et faire mes études de Droit. Mais, en même temps, comme il ne faut pas, dans la vie moderne, perdre de temps, je suis entré chez un notaire et j'apprends le métier. Dans quelques années, j'achèterai une étude, je me marierai, et je vivrai tranquille comme Baptiste...

— C'est très honorable d'être notaire?

— Oh! très honorable.

— Seulement, dis-je, il faut acheter une charge et c'est cher.

— Pas toujours; il y a de bonnes petites études de village qu'on a pour un morceau de pain.

— On y gagne cependant sa vie.

— Très honorablement, comme nous venons de le dire.

— Tiens! si je me faisais notaire?

— Veux-tu? Il y a une petite place de clerc à prendre chez M. Ginain, mon patron.

— Je gagnerais ma vie, de suite?

— Non, tu n'aurais que le déjeûner et vingt francs par mois.

— Il faudrait donc que mon père m'aidât à vivre?

— Évidemment.

— Combien peut coûter une pauvre étude de village?

— On peut en trouver pour quinze à vingt mille francs.

— Et l'on gagne?

— Oh! cela dépend de l'habileté du notaire et de son entregent.

— Encore?

— Deux mille, trois mille francs par an.

— Avec cela, on vit bien, dans un village. Mes parents, pour toute ma famille, ne dépensent pas plus à Vienne. Veux-tu que je te revoie après-demain?

— Tu voudrais entrer chez M. Ginain?

— Oui; mais il faut que je consulte mon père.

— Viens donc me voir après-demain, rue Sala, 13.

— J'irai.

— Qu'est-ce donc que tu as sur la poitrine? C'est un grigri, comme ceux des sauvages?

Je dus encore raconter ma propre histoire. Décidément, c'est bien décevant, la gloire, et une modeste fonction, honnête, paraît encore ce qu'il y a de plus consolant sur la Terre.

Je rentrai à l'Hôtel-des-Quatre-Nations et après avoir fait part aux César de la rencontre de mon camarade Reynaud, je les consultai sur le notariat.

— C'est ce qu'il y a de plus honorable, me répondirent-ils.

Je leur demandai combien ils me prendraient pour me nourrir le soir et me donner à coucher, si je revenais habiter Lyon, et je convins avec eux de quarante francs par mois. Ils me comptaient le dîner vingt sous et dix francs de logement, mais je mangerais avec les gens de l'office, comme dans le temps, et je partagerais la mansarde du garçon de salle qu'on diviserait avec un paravent.

Dûment informé, je repartis pour Vienne et je demandai à mes parents si je n'agirais pas sagement en embrassant le notariat.

— Notaire, fit mon père en se rengorgeant.

— On est bien vu, té! fit ma mère.

— Ah! ce n'est pas notaire que tu serais devenu, observa mon père, si tu avais reçu le nom de Vercingétorix; mais Benjamin...

— Seulement, fit ma mère, il faut acheter l'étude.

— Ah! oui... voilà.

Je dus examiner avec mon père les conditions dans lesquelles l'achat d'une étude pouvait se présenter; nous allâmes ensemble chez les notaires de Vienne, et l'un d'eux offrit de me dresser chez lui, ce qui me procurait l'avantage de vivre en famille.

— Voilà déjà une économie, fit mon père.

— Cela est vrai, dis-je; mais à Vienne, je ne pourrai poursuivre mes études, et à Lyon, je passerai mon baccalauréat.

— Tu serais bachelier? demanda mon père.

— Oui; et comme je ne suis pas très-fort, un complément d'études, un cours de Droit me seront utiles, même si je ne dois pas gagner de grades universitaires.

— Votre fils a raison, dit le notaire : Qu'il aille à Lyon.

Il donna à mon père des renseignements et des avis qui furent, quand nous rentrâmes, soumis à ma mère, car la Belle-Épicière était la forte tête de la maison.

— A Lyon, dans ces conditions, dit celle-ci, Benjamin nous coûterait soixante francs par mois, car il faut compter ses vêtements, son linge, etc.

— Je gagnerai vingt francs, dis-je; cela ne fait plus que quarante francs à votre charge.

— Il te faut, té, un peu d'argent de poche, dit ma mère. Mettons dix francs par mois. Tu nous coûterais cinquante francs. Pendant combien de temps?

— Le notaire d'ici assure qu'au bout de deux ans Gamin serait payé dans son étude. C'est ce dont il faut s'assurer, car notre fils ne pourra devenir notaire avant d'avoir ses vingt-cinq ans.

— Alors, nous pourrions lui acheter une charge de vingt mille francs, mais à condition que, peu-à-peu, il rembourserait dix mille francs à sa sœur.

— Comme tu dis.

Tout semblant examiné, pesé, je retournai à Lyon et, avec Reynaud, je me

présentai chez M. Ginain. Celui-ci me dit que, si je me montrais un bon clerc, et
si je voulais m'habituer à écrire une manière de ronde, il me donnerait au bout
d'un an huit cents francs et au bout de deux ans treize cents, c'est-à-dire de quoi
vivre. J'écrivis cela à mes parents qui m'autorisèrent à demeurer à Lyon et à
entrer dans l'étude. M. Ginain me recommanda au premier clerc, et lui dit
de me faire donner, à ses frais, à lui, M. Ginain, des leçons d'écriture.

Je me trouvai donc le jour suivant assis à un bureau et devant un volume
de minutes qu'on plaça sous mes yeux pour me faire voir ce que c'était et m'in-
culquer le style spécial des tabellions.

On me remit quelques lettres à copier, mais le patron ne fut pas ravi de
mon écriture, de quoi m'étant aperçu je m'appliquai fort aux leçons qu'il me
fit donner, et au bout d'un mois je moulai suffisamment bien la ronde. Il me
confia alors des minutes à copier et des expéditions qu'il me fit grossoyer.
Au bout de deux mois, il me dit de cesser mes leçons d'écriture. Après trois
mois, c'était moi qui traçais les plus mirobolants : « Par devant Mᵉ Ginain et
son collègue, notaires... » Le patron était dans l'admiration de mes majuscules.

Les choses allèrent donc au mieux dans mon étude et je recommençai à
assister aux cours du soir et à travailler, comme on dit chez nous, « tant que
dure dur », et d'abord je ne pris aucune autre distraction que d'aller quelquefois le dimanche à Vernaison où habitaient les parents de Reynaud et
où celui-ci m'emmena.

L'hiver était venu, il était rude, les brouillards du Rhône étaient épais à les
couper au couteau ; je ne pouvais rien faire de mieux que de rattraper le temps
que j'avais perdu en ne suivant pas l'enseignement du Lycée, car il est toujours
terrible pour un jeune homme de ne pas avoir suivi régulièrement les étapes de
ses classes, quel que soit le genre de ses études et la profession qu'il embras-
sera plus tard.

Je n'étais pas un paresseux, j'avais toujours bien fait mes devoirs, mais ma
jeunesse la plus tendre se trouva gâchée par les événements. En le considérant
dans son ensemble, mon actif se composait de farces et je n'avais éprouvé que
des déboires. Tout n'arrivait point par ma faute ; c'était indépendamment de ma
volonté que mes études devant être interrompues j'avais quitté le Lycée, mais
le plus souvent c'est moi-même qui me compromettais et il ne se présentait
qu'une seule de mes actions dont j'eusse reçu la récompense. Cette récompense,
elle brillait sur ma poitrine et je sentais qu'elle m'attirait la considération de
mon patron, des clercs et de toutes les personnes que je rencontrais. Je devais

dans l'avenir d'autant mieux apprendre à guider ma vie que j'étais en âge de raisonner ce que j'avais fait jusqu'alors, et si, précisément, il m'est venu dans l'idée d'écrire les *Mémoires de jeunesse de Benjamin Canasson* que vous lisez, c'est qu'ils serviront, je l'espère, d'exemple à plus d'un jeune homme, et que, même s'il a été dissipé dans son enfance, il verra que l'on se rachète par une noble action, par l'amour sincère du travail et par une irréprochable conduite.

Les jours où je ne suivais aucun cours, nous nous réunissions dans un café de la rue Raisin et nous faisions une partie de dominos. Le premier clerc adorait le jeu des échecs. Il m'apprit à y jouer et il faut admettre que j'avais un cerveau prédisposé car ce jeu me plut de suite et me passionna énormément. De l'avis du premier clerc mes progrès furent incroyables et comme je devenais son partenaire il se montra pour moi plein d'une bienveillance particulière.

Ce fut lui qui m'expliqua les beautés de la loi du 25 Ventôse an XI qui a institué ces fonctionnaires publics chargés de frapper les actes entre les parties d'un caractère d'authenticité légale et d'en conserver le dépôt.

Ce premier clerc occupait ses importantes fonctions depuis dix ans. Il en avait cinquante. Il voulait mourir premier clerc de l'étude Ginain et son souhait serait certainement accompli, car M. Ginain tenait beaucoup à lui, se reposait sur lui du soin de son étude et lui donnait dix mille francs par an. Le second clerc touchait quatre mille cinq cents, les autres clercs tombaient à dix-huit cents et quinze cents, enfin, il y avait ma majesté et le saute-ruisseau.

Ce dernier touchait plus que moi; on le gratifiait de cinquante francs par mois, mais il faisait les courses. C'était un petit galopin qui aimait les farces autant que je les avais aimées moi-même, et il me fit payer ma bienvenue dans l'étude d'un fameux billet de parterre. Il attacha ma chaise avec une ficelle, se tint à distance et il la tira brusquement au moment où j'allais m'asseoir. Il n'avait pas le mérite d'avoir inventé cette espièglerie qui peut coûter cher à celui qui en est la victime, mais je n'en tombai pas moins bien à plat sur le plancher et je me fis tellement mal que je poussai un cri angoissant.

Mes collègues avaient pris diverses attitudes selon l'impression que leur causait mon accident, les uns levaient les bras en l'air pour marquer leur étonnement, les autres riaient comme des bossus parce que la première chose que l'on fait quand on voit tomber quelqu'un c'est de rire. Il est probable que l'on doit être excessivement ridicule lorsqu'on essuie le plancher, et je ne puis blâmer les autres de se moquer puisque cela m'arrive à moi-même quand j'assiste à la chute désobligeante d'une personne, même lorsque mon cœur est remué par la peur qu'on se soit blessé.

Le seul qui ne se tînt pas les côtes fut le premier clerc qui bondit sur le malheureux saute-ruisseau et lui administra une maîtresse paire de gifles laquelle le fit piailler comme trente-six diables dans un bénitier.

Pendant ce temps, je me relevai en me frottant le dos, et je me livrai à d'amères réflexions sur les farces, tandis que mes collègues me disaient en ricanant :

— Comment se porte-t-on dans le département du Bas-Rhin?

Et comme complément de la manière dont se produisait la justice immanente, je vis entrer le soir même, dans le café de la rue Raisin, qui? Vous le devinez? Régulato! Régulato? Toto! mon ancien pion du Lycée! Toto qui avait réussi à revenir de Nantes à Lyon comme professeur de huitième et qui pouvait enfin adoucir la vie de sa pauvre mère aveugle et de sa sœur!

Il me reconnut de suite ainsi que Reynaud. Il vint à nous, nous lui offrîmes une chope et nous redevînmes les meilleurs amis du monde.

Je lui racontai qu'en ce jour même, il avait été vengé sur ma personne des farces que nous lui avions faites.

— Ah! fit-il, ce n'était rien. Il n'y en eut qu'une de terrible à cause de la peur instinctive, de l'éloignement nerveux que j'ai pour les reptiles : Ce fut lorsque vous plaçâtes des couleuvres dans mon lit et dans ma table. Un moment, je ne me possédai plus. Cela ne m'enleva ni mon amitié ni ma condescendance pour les enfants, car la vie est faite pour avaler des couleuvres.

— Nous finîmes, dis-je, par nous racheter, et nous vous aimions.

— Oh! les enfants ne font pas ces farces pour être méchants, ils les font pour s'amuser, pour rire, dit Toto. C'est une preuve de bon naturel plutôt que de mauvais penchants.

— Vous avez une drôle de manière d'envisager ces choses, lui dit le premier clerc.

— C'est la bonne, dit Toto. Un enfant qui ne s'amuse pas, qui ne rit pas est une mauvaise nature.

— Et papa Mulsant? demandai-je.

— Votre professeur d'histoire naturelle? Il lui en est arrivé aussi une bonne... ou pas bonne, il y a un mois environ.

— Oh! quoi donc? Elle n'a pas couru le Lycée, dit Reynaud.

— Vous savez ce que c'est que le sulfure de carbone?

— Oh! oui, dit Reynaud, ce produit qui sent si punais et que j'employais pour dissoudre la gutta-percha lorsque je voulais faire des moules pour la galvanoplastie.

— C'est cela. Un élève en apporte un flacon à la classe de papa Mulsant et il le vide. « Qu'est-ce que c'est? » s'écrie aussitôt le professeur : « Qui a fait cela? » Vous connaissez les élèves. Ils voient que le papa Mulsant se trompe et ils rient sous cape. Mais l'odeur persiste et papa Mulsant devine qu'on a apporté quelque malpropreté. Il cherche. « Vous allez enlever cela! » s'écrie-t-il. On rit de plus belle. « Enfin, s'écrie le professeur, il n'y pas moyen d'y tenir, je veux savoir qui a fait cela ». De tous côtés on lui crie : « C'est le tigre! c'est le tigre! » Machinalement, papa Mulsant regarde le tigre qu'on avait posé sur la table. Les élèves lui avaient relevé la queue qui se tenait bien droite et en ce moment éclate une grosse fusée que les élèves ont allumée en entrant et qui inonde papa Mulsant de feu et de fumée. L'odeur de la poudre se mêle à celle de sulfure de carbone. C'est à n'y pas tenir. Le professeur suspend sa classe. Il va chercher le Censeur. Grand émoi...

— Et finalement?

— La classe entière privée de sortie.

— Oh! c'est roide! m'écriai-je. Mais je vois que j'ai laissé de ma graine.

Je retrouvai ainsi ma vie de Lycée, je repris mes relations avec quelques anciens camarades, je revis papa Lembin, et, ce qu'on ne croira peut-être pas, je fis la paix avec Béquillard, nous fûmes au mieux l'un avec l'autre. Béquillard était entré chez des canuts de la Croix-Rousse pour apprendre la soierie et je le retrouvais au palais Saint-Pierre où il venait suivre un cours de mise-en-carte tandis que je prenais des leçons de latin. Il nous vint voir assez souvent, au café de la rue Raisin.

Alors, je touchais huit cents francs par an, je mangeais toujours dans les mêmes conditions chez les braves César qui me soignaient comme leur enfant, et j'avais réalisé mon désir d'avoir une chambre à moi, où je pouvais être laborieux à mon aise. Et, en effet, je travaillai si bien, avec tant d'application que je me sentis presque savant, grâce, je dois le proclamer haut, à cet excellent

Toto qui venait de temps-en-temps chez moi et me donnait d'excellentes répétitions de latin et de grec, tandis que le premier clerc, enchanté de ce que j'étais enfin parvenu à le faire échec et mat quelquefois, m'instruisait dans le Droit et dans la pratique du Droit.

Ainsi j'employai mon temps, lorsque je le pouvais retournant voir le guignol du Caveau, mon ami Gnafron, pas le journal, l'autre, de loin-en-loin allant au théâtre des Célestins que j'adorais et où Mme Lamy, l'excellente artiste, me paraissait la plus jolie femme de l'Univers.

Fréquemment, c'est si près, j'allais revoir mes parents, à Vienne. Mon père aimait causer avec moi.

— Il y a chez les hommes une prédestination, me disait-il, c'est indubitable;

car tu remarques, n'est-ce pas ? que l'épicerie, c'est des bocaux et des tiroirs rangés le long des murs ; hé bien, tu as voulu te faire pharmacien : Qu'est-ce que c'était encore ? des bocaux et des tiroirs rangés le long des murs ; puis, te voilà notaire en herbe, qu'est-ce que c'est ? Des livres et des cartons rangés le long des murs. Tout cela, ça se ressemble : C'est de l'épicerie. La pharmacie, c'est l'épicerie de la Médecine et le notariat c'est l'épicerie du Droit. Tu es né dans l'épicerie, tu demeures épicier.

Je laissais mon père à ses raisonnements. Pourquoi le contrarier, ce bon père, qui était si satisfait d'avoir trouvé ces définitions tout seul ? Je lutinais, en l'écoutant, ma petite sœur Clémentine, mon adoration. Elle devenait de plus-en-plus jolie, et j'étais loin de penser qu'un jour cette belle petite serait torturée et perdrait jusqu'à ses beaux yeux !

Oh ! cela arriva plus tard. Il y avait longtemps que je touchais treize cents francs par an, sans que rien dérangeât ma vie de clerc de notaire devenue essentiellement monotone. J'allais avoir vingt ans et j'étais dans la joie d'avoir passé mon baccalauréat ès-lettres, lorsqu'une lettre m'appela hâtivement chez mon père.

Ma pauvre petite sœur Clémentine venait d'être frappée de la petite-vérole qui sévissait à Vienne de la façon la plus violente. Sans aucune crainte d'attraper moi-même cette épouvantable maladie, je fis partir ma mère avec ma sœur Fabienne pour Vitrolles où elle se réfugia chez nos cousins Bécopoulos, tous en parfaite santé, je confinai mon père dans sa boutique et son arrière-boutique avec son garçon et je restai seul au premier étage à soigner ma pauvre Clémentine, à crever un à un les horribles boutons de son effroyable maladie.

Hélas ! j'étais revenu trop tard, la maladie ayant déjà fait de grands progrès ! J'aidai, sans doute, à éviter la mort de ma pauvre Clémentine, mais quelle torture fut celle de mon cœur lorsque j'entendis le médecin déclarer qu'elle resterait aveugle. Quoi ! n'était-ce pas déjà navrant de voir son beau visage couturé et fallait-il que ses yeux, ses beaux yeux si brillants, ne se rouvrissent plus ! Il en était ainsi ! Ma jolie petite sœur Clémentine était laide et aveugle ! Aveugle ! Était-ce donc pour la vouer à une pareille existence que je l'avais sauvée du Rhône !

Alors, je me jurai de me consacrer à elle ma vie entière. Je l'avais empêchée de se noyer, je m'efforcerais d'atténuer chaque jour la douleur morale de sa position.

Quand elle fut guérie, je l'emmenai avec moi à Lyon où je louai un petit logement sur le quai Saint-Clair. Dans ce logement composé de deux pièces et d'une cuisine, j'installai tout pour que Clémentine pût se rendre compte au toucher de notre ameublement et je pris une femme-de-ménage qui fit notre cuisine. Dès lors, on ne me vit plus au café et le premier clerc dut dresser un autre partenaire pour sa partie d'échecs. Je n'eus de promenades que pour ma pauvre petite sœur, de sorties, de jeux que pour elle. Elle n'y voyait plus, j'habituai son oreille à bien entendre, je développai son toucher. Chaque fois que je pus l'emmener au concert ou au théâtre, je ne manquai pas de le faire. Je lui expliquai ce que je voyais, moi, et je lui remémorai sans cesse ce qu'elle avait vu dans le temps qu'elle jouissait de son regard, faisant des rapprochements, tâchant, en un mot, de la faire voir encore, en imagination. Vous pensez si elle s'attacha à moi et si moi, qui l'avais toujours tant aimée, je m'attachai à elle!

Je n'avais qu'une peur : que le service militaire me séparât de ma sœur. En ce temps-là on tirait encore au sort et on rachetait un homme; il eût été dur de dépenser le prix d'un remplaçant alors que j'allais avoir besoin de tant d'argent pour m'acheter une charge, et de risquer de crever la peau d'un autre à ma place pour deux ou trois mille francs me répugnait énormément. Le sort, heureusement, me favorisa. Je tirai un bon numéro et fus exempté du service militaire. Je pus donc me consacrer uniquement à ma pauvre aveugle. C'était ma mission, je n'y faillis jamais.

Je lui fis apprendre le piano qu'elle joua admirablement de mémoire, et ce lui fut une grande consolation lorsque, ayant traité de l'achat d'une étude, je dus quitter la ville pour la campagne.

J'achetai ma charge dans une grosse commune du département de l'Isère, à Montalieu-Vercieu. Elle me coûta trente mille francs sur lesquels je versai vingt-mille comptant et deux mille chaque année. Cette étude me rapportait cinq mille francs par an et j'ai pu la développer, mais avec trois mille francs, ma sœur et moi, nous pouvions vivre honnêtement.

A Montalieu-Vercieu on exploite une pierre excellente généralement connue sous le nom de « pierre de Villebois ». Il s'y trouve une Société de carriers présidée par un homme excellent, M. Varvarande, avec lequel je me suis lié très intimement. Montalieu est une commune de braves gens.

La considération de tous m'a été acquise dès mon arrivée, non à cause de ma profession de notaire, mais parce qu'on connut que j'avais sauvé mes semblables. J'ai des amis dévoués et charmants et tous ont rivalisé pour créer autour de ma pauvre aveugle une atmosphère familiale. On ne se permet qu'une petite plaisanterie tout innocente. Les rouliers du pays au lieu de crier à leurs chevaux : « Hue, rougeaud » ou « Hue, la blanchette! » leur disent à tous : « Hue, Canasson! » ou « Hue, notaire! » Je suis le premier à en rire quand ils s'oublient jusqu'à le dire devant moi.

Il arrive aussi que des gamins, en me voyant passer, se mettent à chanter un refrain connu :

> Que les gros nez, que les gros nez
> Sont bien imaginés.

Car je dois avouer que le nez qu'on admira dès ma naissance n'a fait que croître et embellir et quelquefois je trouve en vue sur la table d'un ami un roman intitulé : *Le nez d'un notaire*. Mais je ris de ces enfantillages, et je me répète que jamais ma sœur, elle, ne verra que j'enlaidis encore, elle me trouvera toujours beau, et j'espère que tous ceux qui me connaîtront me trouveront toujours bon.

Je tends à devenir chaque année plus bienveillant et plus serviable et si je prête à d'innocentes plaisanteries, je ne me vois que des amis.

Quelquefois, j'entr'ouvre un papier où se trouve une fleur de grenadier desséchée qui me rappelle la maison de Marignane, quelquefois les amis de Lyon, Reynaud, César viennent chez moi. L'an dernier, j'ai eu la visite des Bécopoulos et Petit-Béco doit m'amener une jeune Martiguaise avec laquelle il vient de se marier.

Je vais chaque année passer quinze jours à Vienne avec Clémentine, et je serre
la main des compagnons des bonnes farces du jeune âge. Eusèbe Guillard est
marié. Bouju rase toujours la ville entière. Là-bas, on est bien gentil pour ma
pauvre sœur. Mais je reviens ici avec plaisir et je ramène Fabienne qui est jolie
comme un cœur. Je promène Clémentine dans nos campagnes, lui décrivant
ce que je vois ; nous allons ramasser des champignons que j'appris à connaître chez les César, et nous cueillons des bouquets de fleurs que je lui fais
toucher les unes après les autres. Je lui parle d'elle aussi, car elle est grande
et belle, et ce n'est que plus horrible de penser à son visage abîmé et sans regard. Nous nous disons que toujours je vivrai pour elle et qu'elle aimera pour
moi. Elle eût voulu que je me mariasse, mais je m'y suis refusé, car une
épouse me détournerait des soins que je lui dois, puisqu'elle seule a trouvé
place dans mon cœur. Je suis de la nature du bon chien : J'ai été terre-neuve,
me voici caniche d'aveugle. Peut-être, par moments, m'arrive-t-il, quand
je marche derrière Clémentine dans notre jardin, au milieu des roses, de
trouver que sa silhouette me rappelle celle de Miette, mais il n'y a plus de
Miette, et ma Clémentine rentre, se met au piano et elle me charme. Quand elle
a joué, je lui lis des romans et des vers, car j'ai beaucoup de livres. Les livres
m'ont appris ce que je sais, fort peu de chose, mais assez pour écrire, et ce fut
pour distraire et amuser ma sœur que je commençai mes *Mémoires de jeunesse*. Elle les trouva suffisamment intéressants et drôles pour me dire de les
publier. Elle m'aime, elle ; tout ce qui sort de ma tête ou de ma main est mer-
veille. J'ai suivi son conseil parce que c'était encore lui être agréable. J'ai
livré mes *Mémoires de jeunesse* à un éditeur et je ne sais si le public, auquel
je suis indifférent, si les jeunes lecteurs auxquels je m'adresse seront aussi
enthousiastes de mes *Mémoires* que ma sœur l'est encore. Je le souhaite, et si
ce livre amuse les lycéens et les écoliers, je leur permets de me l'écrire, car
leurs lettres feront grand plaisir à ma pauvre aveugle ; mais si je ne leur ai plu,
qu'ils ne me le disent jamais, car mes lecteurs doivent être bons, avoir un
cœur en même temps sensible à la joie et compatissant à la douleur, et ils
feraient de la peine à ma pauvre sœur.

FIN.

TABLE DES MATIÈRES

Chapitres   Pages.

 I. — De ma famille et de ma naissance 1

 II. — Histoire de mes premières années 9

 III. — Ce qui m'arriva au Lycée. 31

 IV. — Comment je m'engageai chez un pharmacien 94

 V. — Je deviens crieur de journaux et subis une rude épreuve. 140

 VI. — Ce qui m'advint à Marseille, à Marignane et à Vitrolles. 164

 VII. — De quelle manière je devins très sérieux et me mis dans le notariat. . . . 251

www.ingramcontent.com/pod-product-compliance
Lightning Source LLC
Chambersburg PA
CBHW071816020726
47502CB00004B/1132